회귀 경찰의

리셋라이프

회귀 경찰의 리셋 라이프 18

초판 1쇄 발행 2023년 1월 11일

지은이 ┃ 한길
발행인 ┃ 신현호
편집장 ┃ 이호준
편집 ┃ 송영규 최종건 정재웅 양동훈 곽원호 조정범 강준석 최성화
편집디자인 ┃ 한방울
영업 ┃ 김민원

펴낸곳 ┃ ㈜ 디앤씨미디어
등록 ┃ 2002년 4월 25일 제20-260호
주소 ┃ 서울시 구로구 디지털로 26길 111 JnK디지털타워 503호
전화 ┃ 02-333-2513(대표)
팩시밀리 ┃ 02-333-2514
E-mail ┃ papy_dnc@dncmedia.co.kr
블로그 ┃ blog.naver.com/gnpdl7

ISBN 979-11-364-4127-0 04810
ISBN 979-11-364-2581-2 (SET)

한길현대 판타지 장편소설

Papyrus-Modern Fantasy

회귀 경찰의

리셋 라이프

18

PAPYRUS
파피루스

1장. 편견(2)

편견(2)

해가 뜨기 시작하는 이른 아침.

미정의 숙소 근처로 승합차 한 대가 선다.

"뭐야, 벌써 다 왔어?"

"그래. 도착했으니까 이제 정신 차려."

"흐아암."

보조석에 앉아 기지개를 켠 덩치 큰 사내가 담배를 물
며 얼굴을 구긴다.

"야, 이 씨벌 새끼야. 얼굴을 본 건 넌데 왜 내가 여기
까지 끌려와야 하는 건데? 인터넷은 뒀다가 국 끓여 먹
을 거냐? 이래서 씨발 성골이 아닌 새끼는…….."

고등학교에서 스카우트되어 합숙소 생활을 거쳐 되는
정규 코스를 밟은 게 아니라 도중에 인맥으로 들어온 눈
앞의 사내.

"나한테 지랄하지 말고, 인터넷을 할 줄 모르는 네 형님한테 뭐라고 해. 내가 오라고 했냐?"

사내는 분명 맞는 것 같다고 말했다.

그런데 이 덩치가 형님이라 부르는 사람이 굳이 이놈을 딸려 보낸 거다. 확실한 게 좋다고 말이다.

"뭐 이 새꺄?! 다시 말해 봐. 네 형님? 하, 나 이 개새끼가……."

"어쭈, 치겠다? 쳐. 쳐 봐."

뿌드득!

덩치의 이가 살벌하게 갈렸지만, 사내는 지지 않겠다는 듯 덩치의 눈을 피하지 않았다.

그 순간이었다.

"어? 잠깐!"

원룸 건물에서 귀에 이어폰을 낀 한 소녀가 모자를 눌러쓴 채 나온다.

"저년이야?"

"아마…… 도?"

체격이나 하관을 보면 맞는 것 같은데 모자를 눌러써서 아리송했다.

"일단 있어 봐. 다녀올 테니까."

사내가 차에서 내리는 순간이었다.

부아아아앙!

굉음을 내며 빠르게 골목길을 내달리는 승용차 한 대.

"하, 새끼 저러다 사람 하나 죽여야…… 어?"

사내는 눈을 부릅떴다.

코앞을 스쳐 지나가는 차 때문이 아니다. 미정으로 보이는 소녀가, 멀쩡히 보도블록을 걷던 소녀가 느닷없이 도로로 나왔기 때문이다.

그리고…….

끼이이익! 콰앙!

"……씨발?"

사내는 눈앞에서 벌어진 상황에 정신을 놓을 수밖에 없었다.

* * *

"아이고! 아이고!"

여기저기서 곡소리가 울려 퍼지는 장례식장.

조문객 한 명 없는 텅 빈 빈소에 앉은 종혁이 멍하니 영정 사진을 응시한다. 핸드폰으로 찍은 사진이 전부라서 너무도 흐릿한 얼굴.

"종혁아."

김종두의 음성에 종혁이 고개를 돌린다.

"오셨어요? 하하, 하루 만에 뵙네요."

"그래. 이런 일이 아니면 좋았을 텐데 말이야……. 애냐?"

김종두 과장과 어떤 두툼한 대봉투를 든 최철호 대장이 영정 사진을 응시한다.

이제 겨우 중학생이나 됐을 법한 앳된 외모.

해맑은 미소가 김종두의 가슴을 찌른다.

"후우. 상주는?"

종혁은 고개를 저었다.

"엄마는 집 나갔고, 아빠는 술꾼이에요."

"……지랄 났네. 밥은? 먹었어?"

"딱히 뭐가 들어가질 않아서요. 아, 식사하셔야죠."

종혁은 몸을 일으켜 그들을 테이블로 안내했다.

복도 쪽이라 그래도 공기가 맑은 테이블.

"아주머니, 여기 두 상 주세요."

"세 상이요! 너도 먹어."

"딱히 땡기지 않는데……."

"꼴을 보아하니 네가 상주 할 거지? 그럼 먹어. 장례는 체력전이니까."

억지로라도 먹어야 한다. 그래야 버틴다.

"……그럼 그럴까요?"

종혁은 아주머니가 내 온 육개장을 한 술 뜨고는 한숨을 내쉬며 소주를 깠다.

"드실래요?"

"딱 한 잔만. 일해야지."

종혁은 자기 잔에 술을 따르고는 술병을 김종두에게 넘겼다.

상대의 술잔에 술을 따르지 않는다. 건배를 하지 않는다. 장례 예절이었다.

"크. 쓰네요. 아침이라서 더 그런가 봐요."

김종두는 씁쓸히 웃으며 종혁의 어깨를 두드렸다.

"대체 어떻게 된 일이야? 저 아이와는 어떻게 아는 사이고?"

"아, 그게……."

종혁은 사정을 설명했고, 그 순간 복도를 스쳐 지나가는 사람을 일견한 김종두는 딱 한 잔만 마시겠다는 다짐을 어길 수밖에 없었다.

"시발 좆같네. 사고라고?"

하늘은 왜 이렇게 무심할까.

"음주운전이요. 시킬 일이 많아서 데려갔다고 생각해야죠, 뭐."

"그런데 왜 이런 깡시골에서 초상을 치르는 거야? 너 돈 많잖아?"

그냥 시골의 허름한 장례식장도 아니고, 조립식 가건물로 지은 장례식장.

"보호자 동의가 없다고 병원에서 받아 주지 않는다는데 어떡합니까. 가는 길 염이라도 해 주려면 이런 곳이라도 와야지. 다행히 받아 주시더라고요."

불법이지만 잠시 눈을 감을 수밖에 없었다.

"……그래, 수고했다."

터벅터벅.

화장실에서 담배를 피우고 온 듯 알싸한 담배 연기를 풍기며 다시 옆을 스쳐 지나가는 사내를 힐끗 본 김종두 과장은 몸을 일으켰다.

"가시게요?"

"가야지. 밀린 사건이 많다. 나오지 마."

"그래도 그럴 수 있나요."

몸을 일으켜 김종두와 최철호를 배웅한 종혁은 음식이 식어 가는 테이블에 앉아 술병을 기울였다.

쪼르륵 따라지는 투명한 술.

종혁은 테이블 아래 놓인 대봉투를 만지작거리며 술잔을 입에 가져갔다.

그의 눈이 비틀리기 시작했다.

한편 장례식장 밖의 주차장에 주차 된 승합차 안.

황급히 차에 오른 사내가 핸드폰을 꺼내 든다.

"예, 형님! 최종혁 팀장이 맞습니다!"

—뭐? 그 새끼는 왜 그 노숙자 년하고 얽혔대?

"그게……."

사내는 화장실을 가는 척하며 엿들은 사정을 재빨리 설명했고, 수화기 너머의 상대는 긴 한숨을 내쉬었다.

—그러니까 자라 보고 놀란 가슴 솥뚜껑 보고 놀란 거네?

"그, 그게 무슨 말입니까, 형님?"

—……됐다. 내가 무슨 말을 하겠냐. 그래서 그 짭새 새끼 낌새는?

"아무것도 모르는 것 같았습니다."

사람이 죽은 상황에서 조문을 온 형사들에게도 말하지
않았다. 이건 모르는 게 분명했다.

　─그래?

　순간 수화기 너머 상대의 목소리가 밝아진다.

　─아무튼 그 노숙자 년이 죽은 건 맞다는 거지?

　"예, 맞습니다!"

　운이 좋아도 이렇게 좋을 수 있을까.

　"이제 큰형님, 아니 사장님께서 공을 들인 그놈과 계약
을 하는 것도……."

　─야. 미쳤냐?

　"죄, 죄송합니다!"

　─……돌아와.

　"옙!"

　전화를 끊은 사내는 기지개를 쭉 폈다.

　"크으. 이 지랄도 드디어 끝이구만?"

　그동안 얼마나 힘들었던가.

　복귀하면 술부터 마셔야 할 듯싶었다. 말실수를 했기에
빠따 몇 대는 맞겠지만 말이다.

　부르릉!

　사내는 가볍게 액셀을 밟았고, 차는 장례식장을 빠져나
갔다.

　그 순간이었다.

　부르릉! 부우웅!

　갑자기 시동이 켜지는 주차장의 다른 차들과 한 승용차

에서 빠져나와 장례식장으로 향하는 한 사람.

뚜벅뚜벅! 털썩!

종혁의 맞은편에 앉은 오십대 중년인은 술을 따라 입에 가져갔다가 품 뿜었다.

"아니, 뭔 물을 마시고 그러십니까?"

"하하. 근무 시간인데 술을 마실 수는 없잖습니까. 진짜 술도 있으니 걱정 마세요. 오늘 하루 푹 노시고요."

"아이고, 그런 걸 말한 게 아닌데…… 허흠. 아무튼."

순간 진지해지는 중년인의 표정.

"도청을 해 보니 이놈이 큰형님이 공을 들이던 놈과의 계약 어쩌고저쩌고 하더라고요?"

"계약이요?"

'공을 들였다?'

미간을 좁힌 종혁은 상주휴게실의 문이 열리는 소리에 고개를 돌리며 입을 열었다.

"어때? 아직도 생각나는 거 없니, 미정아?"

"……!"

그랬다. 이 장례식장, 아니 장례식 자체가 모두 거짓이었다. 미정이 교통사고를 당하는 것까지 모두 말이다.

긴급히 스턴트 배우들을 섭외해 꾸민 교통사고.

이곳도 진짜 장례식장이 아니다. 종혁이 가지고 있는 땅에 급히 가건물을 세워 장례식장처럼 꾸민 거다.

하지만 언제까지 미정에게 숨길 수는 없기에 종혁은 사정을 설명하고 이번 일에 대한 동의를 얻어 냈다.

미정은 미간을 좁히다가 이내 박수를 쳤다.

"아, 혹시 그건가?"

"있어?!"

순간 들썩거리는 종혁의 몸.

미정은 고개를 끄덕였다.

"네! 한 보름 전인가? 밤에 도로 쪽에서 갑자기 쾅 하는 소리가 나서 가 봤거든요?"

"쾅?"

"네."

뺑소니였다.

세정고 자체가 외진 곳에 있는지라 지나는 차 한 대 없는 도로에 널브러져 있던 어떤 할머니 한 분과 급히 떠나던 승용차 한 대.

그렇게 떠나려던 차가 갑자기 멈춰 서기에 미정은 겁이 나서 얼른 도망을 쳤었다.

'그거구나!'

이것일 확률이 높다.

"그런데 그거 신고했는데…….."

"뭐? 신고를 했다고?"

"네. 막 누구냐고 묻기에 얼른 끊기는 했지만요…….."

119에도 신고를 했고, 그 할머니 옆에 있다가 구급차가 오자 도망을 쳤다.

"그래서 아저씨도 아실 거라고 생각했는데…….."

종혁도 경찰이라서 당연히 알 줄 알았다.

"저 혹시 그러면 안 됐던 건가요? 저 잘못한 거예요?"

"아냐, 아냐. 잘했어."

신고를 해 준 것만으로도 어딘가. 피해자에게 가장 필요한 일을 해 준 거다.

"저, 정말요?"

"그럼. 정말 잘했어."

"휴, 다행이다. 그, 그럼 저 음식 더 먹어도 돼요?"

"그래그래. 많이 먹어. 아니, 그냥 여기 있는 음식 다 먹어. 아, 그 전에 미정아. 혹시 그 차 번호 기억하니? 차 종류라든가?"

종혁의 눈이 부리부리하게 빛나기 시작했다.

* * *

아쉽게도 미정은 차 번호판을 기억하지 못했다.

기억을 하는 건 차 종류뿐. 이것도 종혁이 시중에 판매되는 모든 자동차 사진을 보여 줘서 겨우 알아낸 거다.

하지만 상관없었다. 그 정도면 충분했다.

지직, 지직!

팩스에서 한 장의 서류가 나온다.

차량 소유주가 누군지 나타내는 서류.

종혁은 사고가 발생한 지역 인근의 모든 CCTV를 뒤져 결국 사고를 낸 것으로 추정되는 차량을 추려낼 수 있었다.

그 시각 그 근방을 지나던 차는, 미정이 말한 종류의

차는 오직 이 사람 것뿐이었다.

종혁은 어이없다는 듯 웃었다.

"하, 너였냐?"

한류스타. 지금도 TV만 틀면 나오는, 충분히 한류스타라 부를 수 있는 배우와 연예 기획사.

곧바로 모든 상황이 이해되기 시작했다.

"왜 미정을 감시하나 했더니……."

계약. 아마 전속 계약 때문일 것이다.

놈들은 이놈과 계약을 하기 위해 사고의 유일한 목격자인 미정을 감시한 게 분명했다.

여차하면 처리하기 위해. 계약을 위해서.

최철호가 넘겨준 자료에도 빛가람파가 이놈과 계약을 맺기 위해 공을 들이고 있다는 내용이 있지 않았던가.

그리고 그건 이놈과 계약을 하기 위한 빛가람파의 오지랖이 아니라 아마 쌍방 간의 거래일 것이다.

폐차를 했다는 이 서류가 그 증거였다.

빠득!

"문제는 이 새끼가 자의로 빛가람파에 부탁을 한 거냐, 아니면 빛가람파가 이놈이 뺑소니 쳤다는 걸 알아내서 접근을 한 거냐인데……."

종혁은 다시 서류를, 폐차가 이뤄진 폐차장을 검지로 두드리다가 핸드폰을 들었다.

"예, 대장님. 최 팀장입니다. 혹시 지금 폐차장 하나 딸 수 있을까요? 아무래도 이게 삼겹살의 비수가 될 것 같아서 말입니다. 예, 예. 부탁드리겠습니다."

전화를 끊은 종혁은 담배를 물었다.

"푸흐, 그럼 이제 남은 건 하나인가?"

이놈이 사고를 낸 이유.

음주운전인지, 아니면 졸음운전인지. 그것도 아니면 단순한 전방주시 태만인지.

뭐든 뺑소니지만 종혁은 확실하게 하기 위해 CCTV를 다시 돌려 보기 시작했다.

이놈이 어디서부터 왔는지를 알아내기 위해.

그렇게 얼마의 시간이 지났을까.

"응?"

반복해서 CCTV를 응시하며 날밤을 새다 뭔가를 발견한 종혁은 마치 모니터를 잡아먹을 듯 고개를 들이밀었다.

"……허, 이 씹새끼 봐라?"

종혁의 눈이 딱딱하게 굳기 시작한다.

눈을 비벼 봐도 같은 장면. 환각이 아닌 거다.

헛웃음을 터트린 종혁은 담배를 깊게 빨며 생각에 잠겼다.

"이제 최 대장님이 이 새끼가 폐차한 차만 찾으면 증거는 완벽해지는데…….".

하지만 이딴 놈을, 국민의 사랑으로 제 배를 불리면서도 이딴 짓을 하는 놈을 그냥 단순히 체포하는 걸로 끝내야 하는 걸까.

그러면 이놈 때문에 사망한 피해자는?

미정의 발 빠른 신고에 구급차가 제시간에 도착했지

만, 결국 병원에 도착하기 전 사망한 피해자.

또 이 피해자의 남겨진 유가족은 어떻게 위로해야 하는 걸까.

어디서 위안을 얻어야 하는 걸까?

고작 가해자가 누군지 아는 걸로?

말도 안 된다.

한류스타라 불릴 만큼 돈이 많을 놈이니 전관예우가 가능한 변호사를 선임할지도 모른다.

그럼 피해자 유가족은 몇 푼 안 되는 돈만 손에 쥔 채 평생 한을 품고 살게 될 거다.

여기에 어쩌면 죽었을지도 모를 정미정의 일도 있었다.

"그럴 순 없지……."

절대로 그럴 수는 없다.

"그래. 그러면 되겠네."

이건 어디까지나 일종의 시험이다.

없을 게 분명하지만, 그래도 부디 일말의 양심이라도 있기를 바라는 시험.

하지만 통과를 못한다?

"그럼 지옥을 보는 거지."

종혁은 담배를 비벼 끄며 몸을 일으켰다.

* * *

끼이익, 쾅!

"헉! 헉헉!"

침대에서 벌떡 일어난 삼십대 중반의 미남이 거친 숨을 몰아쉰다.

데뷔작부터 200만의 관객수를 동원한 영화를 찍으며 일약 스타덤에 올라 그 기세를 몰아 드라마로 진출하며 작품 세 개를 성공시키며 명실상부 한류스타로 등극한 미남 배우 한강우.

깨끗한 사생활과 바르고 어수룩한 언행으로 만인의 사랑을 받는 배우 한강우는 돌연 땀에 젖은 베개를 집어 벽에 던졌다.

"씨발. 왜 그 늙은 년 눈깔이 꿈에 나오고 지랄이야!"

부딪치는 순간 마주쳤던 눈.

한강우는 이를 갈며 화장실로 향했다.

쏴아아아! 끼릭!

"후."

샤워의 영향 때문일까.

더러웠던 기분이 좀 가라앉자 한강우는 살짝 밝아진 얼굴로 핸드폰을 들며 부엌으로 향했다.

"어? 문자 왔네? 또 누가…….."

부엌으로 가는 길, 문자를 확인하던 한강우의 표정이 딱딱하게 굳는다.

그는 재빨리 문자가 온 번호로 전화를 걸었다.

—어이고, 배우님. 이제 문자 보셨습니까?

빛가람파가 운영하는 라이트 엔터테인먼트.

언론조차 쉬쉬하지만, 연예계에 만연한 조폭이 운영하는 기획사다.

"정말입니까?"

―죽은 자는 말이 없다지요?

섬뜩!

―하하. 그렇다고 저희가 죽인 건 아니고요. 갑자기 교통사고로 쾩? 저희 그렇게 무서운 사람들 아닙니다.

"……문제없는 거 맞습니까? 그년이 다른 사람에게 말하지 않은 거 확실합니까?"

―장사 하루 이틀 하시나. 걱정 마십시오. 아주 깔끔합니다. 그럼 어떻게…… 식사 날짜 잡을까요?

'후우. 됐구나.'

끝났다.

이제 대한민국 톱스타로서 더 성공할 일만 남았다.

더 이상 발목이 잡힐 걱정은 하지 않아도 됐다.

하지만 한강우는 이를 악물었다.

이런 뒤처리를 해 준 라이트 엔터테인먼트가 뭘 원하겠는가. 일단 계약 비율부터 깎고 들어갈 거다.

8 대 2, 어쩌면 9 대 1.

뭐든 죽어라 구르면서도 돈은 벌지 못할 거다.

그러나 이제 거부할 수가 없었다.

"그러시죠."

―으하하하핫! 역시 우리 배우님! 그럼 날짜 잡아서 연락하겠습니다! 아, 배우님.

"듣고 있습니다."

—중간에 야료 부리면 재미없습니다.

뚝!

"씨발—!"

한강우는 결국 핸드폰을 집어 던지며 씩씩거렸다.

그 순간이었다.

삐비비비빅! 띠리릭!

현관문을 열고 들어오는 삼십대 초반의 사내.

"어? 일어나셨어요?"

한강우는 마치 네가 왜 이 시간에 일어나 있냐는 듯 놀라는 매니저의 모습에 발끈했다가 이내 심호흡을 하며 감정을 다스렸다.

무덤까지 가지고 가야 하는 실수. 언제 떠날지도 모르는 매니저에겐 말할 수 있는 일이 아니었다.

"쉬는 날에 무슨 일이야?"

"아, 빅뉴스! 빅뉴스 터졌어요!"

"뭔데?"

"JC엔터 아시죠?"

"JC?"

모를 리가 없다.

대한민국 기획사 통틀어 세 손가락, 아니 첫 번째로 꼽히는 공룡 기획사. 지금은 자체적으로 케이블에 진출을 하며 더 몸집이 커졌다.

그래서 항간엔 높은 사람이 뒤를 봐주는 거 아니냐는

소문이 떠돌았다. 아니, 이번에 아이돌 그룹을 런칭시켜
데뷔부터 성공시킨 지금은 거의 기정사실이었다.

"거기가 왜?"

"놀라지 마세요."

"그냥 말해, 씨발!"

찔끔 몸을 굳혔던 매니저는 이내 전율에 몸을 떨었다.

지금 가져온 이 소식에 비교하면 한강우의 저런 지랄은
얼마든지 참아 줄 수 있었다.

"JC에서 형이랑 계약 맺고 싶대요!"

"……뭐?"

"계약금이 무려 100억이래요! 100억!"

한강우는 눈을 커다랗게 떴다.

* * *

청담동에서 유명한 한정식집.

한강우가 건물을 보며 주먹을 쥐었다 편다.

'100억…….'

이 연예계 바닥에서 이런 계약금을 받은 존재가 있던가.

한강우 본인보다 훨씬 일찍 톱스타가 된 이들도 받지
못한 금액.

입에 담는 것만으로도 전율이 일어난다.

"후우."

"형, 약속 시간 다 됐어요."

"그래…… 잠깐 한 대만 피우고 가자."

내디뎌지려는 발을 수습한 한강우는 얼른 담배를 물었고, 매니저는 얼른 그를 차로 안내했다.

여배우도 아닌 남배우가 담배를 피우는 건 그리 큰 흠이 아니지만, 한강우의 이미지가 이미지다.

바른 생활의 미남 배우.

사소한 이슈도 조심할 필요가 있었다.

"형, 그런데 괜찮을까요? 라이트 엔터요."

빛가람파의 라이트 엔터테인먼트.

한 번 찍으면 어떻게든 소속으로 만들고야 마는 무서운 존재들.

그런 그들이 계약 의사를 타진해 왔기에 다른 엔터에서도, 계약 기간이 고작 하루밖에 남지 않은 현 소속사에서도 아무런 액션도 취하지 못하고 있었다.

당장 오늘 12시, 앞으로 3시간만 지나면 계약이 종료가 됨에도 말이다.

그런데 냉큼 JC와 계약을 맺는다?

해코지를 당하지 않을지 걱정이었다.

철렁!

"누, 누가 바로 계약을 맺겠대?"

매니저의 말처럼 한강우도 라이트 엔터테인먼트가 무섭다.

조폭을 자주 볼 수 있는 연예계에서 살기에, 조폭들이 수틀리면 어떻게 나오는지 알기에 미치도록 무섭다.

그래도 일단 말을 들어 보려는 거다.

정말 그런 계약금을 줄 수 있는지, 자신을 보호해 줄 수 있는지…….

라이트 엔터테인먼트의 김가람 대표는 그 노숙자 소녀가 갑작스런 교통사고 때문에 죽은 거라고 했지만, 그걸 누가 믿겠는가. 분명 자신들이 차로 받아 죽여 버린 거다.

즉, 그쪽도 찔리는 게 있단 소리였다.

'그럼 그쪽도 쉽게 나설 수가 없지. 거기다 증거도 없다고 했으니까…….'

증거가 있었다면 이미 그걸 가지고 협박을 하지 않았겠는가.

어차피 사고가 난 차는 폐차시켜서 결정적인 증거도 사라진 상황.

김가람 대표가 대체 어디서 한강우 본인이 낸 사고를 알아차리고 접근을 한 건지는 모르지만, 마냥 끌려 다니지 않아도 된다는 거다.

아니 이제 한강우 본인은 더 이상 거리낄 게 없을 만큼 깨끗한 사람이 되었다.

'여기에 만약 JC가 날 보호해 줄 수 있다면?'

다른 곳도 아닌 JC엔터테인먼트다.

국내 업계 1위의 JC엔터테인먼트.

'그럼 이야기가 달라지는 거지.'

한강우는 눈을 빛냈다.

"후우우. 가자."

'씨발. 100억이라니!'

구강청결제와 향수를 뿌려 담배 냄새를 제거한 한강우는 한정식집 안으로 들어갔다.

"엇?"

"하하. 예, 안녕하세요. 정영탁 님으로 예약이 됐을 겁니다."

"아, 예! 확인됐습니다. 이쪽으로."

예약된 방으로 안내된 한강우.

문이 열리자 정영탁이 몸을 일으킨다.

'정영탁 대표!'

전 국민이 IMF라는 고통에 시달리고 있을 때, 홀연히 이 바닥에 등장해 고작 10년도 안 되는 사이에 업계 1위가 된 것도 모자라 가요계 2대 엔터테인먼트인 JYK를 자회사로 둔 입지적인 인물.

컨택하는 연예인마다 업계 정상급 스타로 만드는 미다스의 손.

'한강우.'

대중들에겐 바른 생활의 이미지를 가지고 있지만, 아는 사람은 다 아는 개차반.

제아무리 연기력이 뛰어나고 스타성이 좋다하더라도 인성에 문제가 있으면 결코 계약하지 않는 JC와는 절대 어울리지 않는 인물이다.

거기에 그 라이트 엔터테인먼트가 욕심을 내고 있다. 결코 만나고 싶지 않은 인물이었다.

그럼에도 이 자리를 만든 건 종혁의 부탁 때문이었다.

100억이라는 계약금까지 내놓으며 한 종혁의 부탁. 그러며 걸었던 조건들.

그에 상황을 대충 눈치챈 정영탁은 마음껏 어울려 주기로 하며 푸근한 미소를 지었다.

"사진보다 훨씬 더 미남이시군요. 정영탁입니다."

"처음 뵙겠습니다, 대표님! 한강우입니다!"

둘은 각자의 마음을 숨기며 악수를 했다.

"앉으시죠. 여기 음식들 좀 내와 주세요."

밖을 향해 외친 정영탁은 슬그머니 입을 열었다.

"이번에 개봉한 작품은 인상 깊게 봤습니다. 눈빛의 호소력이…… 왜 사람들이 한강우, 한강우 하는지 알겠더군요. 아, 데뷔작이 99년 단막극 집으로였던가요?"

"헛! 그걸 보셨습니까?"

"그럼요. 그때 딱 보고 아, 저 배우 뜨겠구나 싶었죠."

그렇게 시작된 입발린 말.

한강우의 입이 주욱 찢어지기 시작한다.

"하하. 저도 대표님을 얼마나 만나 뵙고 싶었는지 모릅니다!"

"저를요?"

둘은 주거니 받거니 서로의 칭찬을 늘어놓으며 분위기를 부드럽게 풀어 갔다.

하지만 그 시간이 길어질수록 한강우는 조금씩 초조해져 갔다.

'아씨, 얼른 본론을 꺼내라고!'

그런 한강우의 얼굴을 본 정영탁은 속으로 피식 웃었다.

그래도 배우라고 표정에 변화는 없지만, 그 속내가 훤히 들여다보이는 한강우.

"자, 그럼 본론으로 들어가 볼까요?"

"큼. 예."

"일단 계약금은 앞서 전달했다시피 100억을 생각하고 있습니다."

불끈!

"배우님을 모셔 오려면 그 정도는 써야 하지 않겠습니까?"

"하하, 제가 그럴 역량이 될지……."

"엔터 사업이 뭐겠습니까. 연예인의 미래 가치에 투자하는 게 바로 엔터 사업 아니겠습니까. 전 배우님의 미래 가치를 100억으로 판단했을 뿐입니다. 배우님께서 그 수준이 되도록 만들 자신도 있고요."

'와, 씨발. 역시 업계 1위는 달라도 다르구나!'

속으로 혀를 내두른 한강우는 때가 됐다며 연기를 시작했다.

"하하. 저, 저를 그렇게 생각해 주셔서 정말 감사합니다. 하지만……."

순간 머뭇거리며 어두워지는 낯빛.

누가 여자의 무기가 눈물이라고 했던가. 한강우 같은 미남의 눈시울이 붉어지자 정영탁의 가슴에도 절로 안타

까움이 일어난다.

모든 상황을 눈치채고 있는데도 말이다.

'배우는 배우군.'

"말씀은 감사하지만 이 자리에서 확답은……."

"배우님."

"예?"

고개를 든 한강우는 깜짝 놀랐다.

방금 전의 서글서글한 미소는 어디로 간 건지 냉혹하기 짝이 없는 눈빛.

"JC가 어째서 업계 1위가 될 수 있었는지 아십니까?"

"그야 당연히……."

한강우는 입을 다물었다.

높은 사람이 JC의 뒤를 봐주는 거 아니냐는 항간의 소문.

정영탁은 마치 그게 맞다는 듯 차가운 미소를 짓는다.

"라이트 엔터라……. 글쎄요. 그런 깡패 나부랭이들 때문에 갈등을 한다면 제 자존심이 좀 상할 것 같군요."

오싹!

'미쳤다!'

역시 생각대로다.

이제 된 거다. 계약만 하면 라이트 엔터건 뭐건 해코지를 당할 걱정은 하지 않아도 되는 거다.

한강우는 찢어지려는 입을 겨우 추스르며 당황한 표정을 지었다.

"아, 아니 전 그런 의도가……."

"자, 그럼 제 의지도 전달했으니 다시 계약에 대해 이 야기를 나눠 볼까요? 계약서를 검토하시면서 이야기를 나눠 보죠."

"아, 예!"

정영탁이 내민 계약서를 받아 든 한강우는 살짝 놀랐다.

파격, 파격, 또 파격.

업계 최정상의 배우라고 한들 이런 계약서를 받아 볼 수 있을까 싶을 정도로 엄청나다.

거슬리는 점은 딱 하나.

[갑의 귀책 사유로 본 계약이 파기될 시 갑은 을에게 계약금의 3배에 해당하는 위약금을 지불한다.]

계약금이 100억이니 무려 300억.

현재 소유한 자산을 모두 판다고 해도 지불할 수 없는 액수.

"아, 귀책 사유란 마약이나 미성년자 성매매, 살인 등 초대형 사고들을 말하는 겁니다."

움찔!

"미, 미성년자 성매매요? 사, 살인?"

"저희가 커버할 수 없는 상황, 즉 언론에 대서특필이 됐을 때를 이야기하는 건데……. 흠, 왜 그렇게 놀라시는 겁니까?"

다시 몸이 굳은 한강우는 이내 어색하게 웃었다.

"아니, 그런 참담한 짓을 벌이는 사람이 이 바닥에 있나 해서요……."

"아."

정영탁은 고개를 주억거렸다.

"있지요. 참 많이. 혹시……?"

한강우의 얼굴이 와락 구겨진다.

"그 발언은 좀 불쾌하군요."

"하하, 죄송합니다. 당연히 아닐 건 알지만, 워낙 그런 사람이 많다 보니……. 물론 배우님께 그런 일이 있다고 한들 계약서에 사인만 하신다면 저희가 케어할 테지만요. 다만 미리 말해 주셔야 저희가 케어할……."

"절대 아닙니다. 절대로!"

있다고 해도 어떻게 밝힐까. 계약 조건을 떨어트릴 말을 할 만큼 한강우는 호락호락하지 않았다.

"그렇습니까? 그렇다면 진심으로 사과드립니다. 그러면 이런 우울한 이야기는 관두고 다시 본론으로 들어가시죠. 아무튼 저희 JC의 입장은 그렇습니다."

정영탁은 다시 눈빛을 차갑게 가라앉혔고, 한강우는 불쾌한 표정을, 아니 순간 철렁였던 심장을 다독이며 계약서를 훑어봤다.

"아무튼 그 계약서에 사인만 하신다면 배우님을 적극 보호할 예정입니다."

흠칫!

"……보호라고 하신다면?"

"물리적부터 정신적까지 배우님을 위협하는 모든 상황에서 보호를 해 드리겠다는 겁니다."

"헛!"

"그러니 어떻게…… 이 손을 잡으시겠습니까?"

악마, 아니 천사의 유혹이 이럴까.

한강우는 내밀어진 황금으로 된 만년필을 쥔 정영탁의 손을 떨리는 눈으로 응시했다.

"하, 진짜 왜 안 나오는 거야. 벌써 1시가 되어…… 강우 형!"

주차장에서 초조하게 담배를 피우던 매니저는 정영탁과 환한 얼굴로 악수를 나눈 후 이쪽으로 걸어오는 한강우를 발견하곤 다급히 달려갔다.

"형, 어떻게 됐어요? 한다고 했어요?!"

"……종성아."

"네?"

"그동안 고마웠다."

"헉! 사, 사인했어요? 했군요!"

"그런 조건인데 안 할 리가 없잖아!"

어디 사인만 했겠는가. 통장에 계약금 100억이 꽂히는 것까지 확인하고 나온 길이다.

한강우는 터져 나오는 기쁨을 참지 못했다.

"으아아아아! 이제 내가 한국 최고 배우다―!"

"와아아아아! 축하드려요, 형!"

둘은 얼싸안고 방방 뛰었다.

"와, 씨! 이런 날엔 한잔 제대로 빨아 줘야 하는데 내가 내일 기자들 앞에 서야 하니까 참는다, 참아!"

"헐? 웬일?"

"뭐, 새꺄. 닥치고 운전이나 해!"

"아, 예!"

둘은 재빨리 차에 올랐고, 한강우는 운전석에 앉는 매니저를 차가운 눈으로 응시했다. 그런 그는 슈트 안주머니에 꽂아 넣은 황금 만년필을 만지작거렸다.

계약을 하자마자 시작된 JC엔터테인먼트의 케어.

그의 입가에 미소가 번지기 시작했다.

그렇게 새벽녘 고요하기 짝이 없는 오피스텔 주차장에 도착한 그들.

드르륵!

매니저는 한강우가 탄 뒷좌석의 문을 열며 고개를 숙였다.

"수고하셨어요. 들어가서 푹 쉬세요!"

"그래, 너도 잘 들어가라. 아, 그리고 종성아?"

"네?"

한강우는 운전석으로 향하는 매니저를 불러 세우며 입술을 비틀었다.

"그동안 수고했다."

"헤헤. 아뇨, 형이 더 수고……."

"퇴직금은 섭섭지 않게 넣어 줄게."

"네?"

지금 자신이 뭘 들은 것일까.

매니저는 멍하니 한강우를 응시했지만, 한강우의 미소는 사라지지 않았다. 아니, 더 짙어졌다.

"이제부터 업계 1위의 케어를 받아야 하는데, 고작 이 바닥 3년 차인 너를 계속 매니저로 둘 순 없잖아."

주차장을 왕왕 울리는 소리에 매니저는 눈을 껌뻑였다.

"에, 에이. 장난이죠? 그러지 마요. 정말인 줄……."

"진짜 수고했다. 그럼 간다."

"형? 형! 야, 한강우 이 개새끼야-!"

등 뒤에서 욕설이 터져 나옴에도 한강우는 돌아보지 않았고, 매니저는 망연자실 한강우를 태우고 사라진 엘리베이터를 응시했다.

주룩!

"씨발…… 개씹새끼……."

그동안 수도 없이 지랄을 떨었어도 그래도 내 배우였던 한강우.

처음으로 전담을 맡았기에 더 애틋했던 내 배우.

지난 2년여의 함께했던 순간이 주마등처럼 스쳐 지나간다.

"그렇게 오래 했으면 최소한 미안하다고는 할 수 있잖아, 개새끼야……. 최소한은……."

하지만 뭘 할 수가 없다. 그는 배우고, 자신은 지금 회사에 소속된 매니저였으니까.

이런 게 사회의 쓴 맛인 걸까.

매니저는 눈물을 훔치며 차에 올랐다.

자신을 지켜보는 시선이 있다는 것도 모른 채 말이다.

부우웅!

지하주차장을 빠져나가는 승합차를 응시하는 중형차 안.

목에 문신이 있는 한 사내가 어이없다는 듯 웃는다.

"이야, 이 개새끼. 깡 좋네. 아니, 대가리가 멍청한 건가?"

그의 전신에서 넘실거리는 짜증과 살의. 그건 운전석과 보조석에 앉은 다른 사람들도 마찬가지다.

사내는 핸드폰을 들었다.

"예, 사장님. 지금 올라가는 거 봤습니다."

-정말 JC와 계약한 거 맞아?

"제가 두 귀로 똑똑히 들었습니다. 어떻게 할까요, 사장님?"

-……푸흐. 우리 배우님께서 조폭을 물로 보시네.

조폭이 왜 조폭인지 모른다면, 알게 해 주면 되는 거다.

-잡아 와.

"예, 사장님."

탁! 탁! 타타탁!

그들뿐만 아니라 다른 차에서도 내리는 조폭들.

그들은 목을 풀며 엘리베이터로 향했고, 멀리 세워진 차 안에서 그걸 지켜보던 어떤 사내들은 다급히 핸드폰을 꺼냈다.

"최 팀장님! 흥신소입니다!"

* * *

클래식 선율이 울리는 BAR.

문을 열고 들어온 정영탁이 테이블에 앉아 오렌지주스를 홀짝이는 종혁의 맞은편에 앉는다.

"오셨어요?"

"한강우 배우가 계약서에 사인을 했습니다. 자신은 살인이나 미성년자 성매매를 저지른 적 없다며 정색하더군요."

마치 이거냐는 듯 정영탁의 눈빛이 차가워진다.

종혁이 100억을 내놓으며 걸었던 조건 중 하나.

범죄 사실에 대해 물어봐라.

종혁은 모두 눈치를 챈 듯한 그의 눈빛에 움찔 몸을 굳혔다.

"그런가요……."

종혁은 씁쓸히 웃었다.

한강우는 결국 시험에 통과하지 못했다. 놈은 결국 그런 놈이었던 거다.

뿌득!

'어차피 용서할 수 없는 놈이었지만, 정말 씨발 개새끼였다는 거네.'

종혁이 CCTV에서 마지막으로 발견한 것.

그건 바로 웬 빌라에서 교복을 입은 어린 여성을 끌어안고 나오던 한강우의 모습이었다.

거나하게 취한 듯 비틀거렸던 한강우.

이날 그는 3차까지 술을 마신 것으로 확인됐다.

"수고하셨습니다. 그리고 대표님의 신념에 위반되는 행동을 하게 만들어서 죄송합니다."

몸을 일으킨 종혁은 진심을 담아 허리를 숙였다.

"어이쿠, 아닙니다! 팀장님의 부탁이라면 이보다 더한 것도 해 드려야죠!"

JC가 여기까지 클 수 있었던 이유가 뭐던가.

종혁의 주머니에서 무제한으로 나오던 돈 덕분이다. 지금의 JC엔터테인먼트를 만든 건 종혁이라고 봐도 무방했다.

종혁은 정영탁에게 앞으로의 인생을 전부 바쳐도 빚을 다 갚을 수 없는 은인이었다.

"그렇게 절 어려워하시면 더 이상 이런 부탁 못 들어 드립니다."

"하하. 그런가요? 알겠습니다. 그럼 더 이상 사과하지 않겠습니다."

종혁이 허리를 온전히 펴자 정역탁의 표정이 풀어진다.

종혁은 그런 그를 향해 입술을 비틀었다. 사과가 끝났으니 이제 비즈니스에 관한 이야기를 할 차례였다.

"돈은 약속한 대로 50억은 가져가시고, 나머지 250억만 행복의 쉼터 재단에 기부해 주시면 됩니다."

곧 한강우에게 뜯어낼 위약금 300억. 종혁은 그중 50

억을 주겠다고 흔쾌히 약속했었다.

"어이구, 말 몇 마디 했을 뿐인데 그렇게 많은 돈을……. 그런데 왜 250억이나 재단에……?"

"그 돈은 한강우에게 당한 피해자들에게 쓰일 겁니다."

한강우의 차에 치어 죽은 할머니의 유가족과 죽을 뻔한 정미정.

앞으로 행복의 쉼터 재단에서 그들을 적극적으로 케어하며 부족함 없는 삶을 살게 해 줄 터였다.

"정말 한강우가 그런 짓을 저지른 겁니까?"

"아, 그게……."

지이잉! 지이잉!

"잠시만요? 예, 최종혁…… 아, 그래요?"

섬뜩!

순간 낮아진 주변의 기운.

심장을 엄습하는 살의에 정영탁이 눈을 크게 뜰 때, 통화를 종료한 종혁은 누군가에게 다시 전화를 걸며 정영탁에게 미안함을 담은 미소를 보냈다.

"죄송하지만 아무래도 오늘은 여기서 끝내야 할 것 같군요. 예, 대장님. 최 팀장입니다. 삼겹살 움직였습니다."

종혁의 눈이 흉흉하게 빛나기 시작했다.

* * *

흙먼지와 쇳가루 냄새가 가득 풍기는 폐차장.

네모난 블록이 되어 산처럼 쌓인 자동차 잔해 앞에 선 최철호 대장이 어디선가 불어온 바람에 흩날린 흙먼지에 손을 젓는다.

"쿨룩! 쿨룩!"

"대장님."

"뭐 좀 찾았어?"

서울청 광수대 대원이 고개를 젓는다.

"개미 새끼 한 마리도 보이지 않습니다."

벌써 3일째다. 이 폐차장을 이 잡듯 뒤진 게.

그럼에도 종혁이 말한 차량은 흔적조차도 찾을 수가 없다. 고유의 일련번호가 적힌 차량의 부품조차도.

분명 이곳 폐차장의 관리대장에는 폐차를 시켰다고 나와 있는데도 말이다.

차종과 차량 번호만 알면 알 수 있는 차량의 부품 일련번호들. 보통 폐차장은 쓸 만한 부품들을 떼어 내 중고로 판매함에도 티끌조차 찾을 수 없다는 게 무슨 뜻이겠는가.

'이미 부품을 다 팔아 버렸거나…….'

최철호는 멀리서 뒷짐을 진 채 이쪽을 응시하고 있는 배불뚝이 대머리 폐차장 주인을 응시했다.

'저 사장 새끼가 뒤로 빼돌린 거겠지.'

최철호의 촉은 사장이 뒤로 빼돌렸을 거라고 의심하고 있었다. 아니라면 일련번호가 적힌 부품이 단 하나도 남아 있지 않을 리가 없었다.

'그렇다면?'

지금쯤 그 차, 종혁이 찾으라는 한강우의 차는 아마 삼겹살의 손에 들려 있을 확률이 높다.

왕왕 이런 일이 벌어지기도 한다. 멀쩡해 보이는 차를 폐차 하는 척 뒤로 빼돌리는 일들이.

최철호는 입술을 비틀었다.

'좋군.'

이 차를 어디에 숨겨 뒀을지는 모르지만, 아마 삼겹살의 구역 내에 있을 거다. 온전한 모습으로.

"대장님, 그런데 대체 한강우의 차가 삼겹살과 무슨 연관이 있는 걸까요?"

최철호는 담배를 물었다.

"글쎄…… 뭐든 최 팀장 말처럼 비수가 될 만한 것이긴 하겠지."

얼마 전부터 빛가람파가 공을 들이기 시작한 한강우.

그리고 2년 전 신차를 구입해 잘 타고 다니다가 얼마 전 급하게 폐차를 한 한강우와 그런 한강우의 차가 삼겹살의 비수가 될 거라 말한 종혁.

이 말이 뜻하는 게 뭐겠는가.

한강우가 그 차를 가지고 사고를 크게 쳤다는 거다.

'아마 교통사고 아니면 뺑소니…….'

그리고 삼겹살은 그걸 은닉해 주는 척 이 폐차장 주인과 공모해 한강우의 차를 뒤로 빼돌린 게 분명했다.

즉, 이것만으로도 범죄 은닉에 해당한다. 삼겹살의 안

방으로 치고 들어가기에 충분한 단서.

"거참 이래서 최 팀장이 자세한 설명을 안 해 준 거구만?"

그저 한강우의 차를 확보만 해 달라고 부탁한 종혁.

삼겹살을 욕심내지 않을 테니 광수대도 한강우를 욕심을 내지 말라는 신호였다.

"캬. 똘똘하다, 똘똘해. 이러니 그런 실적을 올리는 거겠지!"

이런 형사가 부하면 얼마나 좋을까.

입맛을 다신 최철호는 다시 사장을 노려봤다.

"어후. 저 새끼를 다그칠 수만 있었어도 이런 개고생은 안 했을 텐데."

한강우의 차가 아니라 다른 차량의 번호를 말하며 폐차장을 뒤진 최철호 대장.

아무래도 그렇게 둘러대길 잘한 것 같다.

이쪽이 한강우의 차를 찾는 뉘앙스를 풍겨 삼겹살로 하여금 경계심을 가지게 하는 것보다는 차라리 이렇게 구르는 게 나았다.

혹여 삼겹살이 영영 찾을 수 없는 곳에 숨겨 버리면 정말 골치 아파질 테니 말이다.

그럼에도 지난 사흘간의 고생이 눈앞을 아른거리자 입안이 텁텁해진 최철호는 폐차장 주인에게 다가갔다.

"정말 그런 차가 들어온 적이 없습니까?"

"몇 번을 말합니까! 그런 차는 들어오지도 않았다니까!"

"희한하네. 분명 여기에서 폐차를 시켰다고 했는데……."

"뭐, 뭐요?! 그 말뜻은 뭡니까! 지금 내가 폐차할 차를 뒤로 빼돌렸다는 거요. 뭐요! 이 사람이 정말! 뭔 범인을 잡는다기에 영장이 없어도 3일 동안 참아 줬더니만?! 나도 이제 못 참아! 당신 어쩔 거야! 지금까지 내가 본 손해는 어쩔 거냐고!"

마치 찔리는 게 있는 듯 크게 화를 내는 듯한 그의 모습에 최철호는 끓는 화를 가라앉히며 고개를 숙였다.

"죄송합니다. 답답해서 제가 말이 헛 나왔나 봅니다. 손해 보신 것은 저희 서울청 광수대로 청구해 주십시오. 협조해 주셔서 감사합니다."

"됐으니까 얼른 가 보쇼! 다신 오지 말고!"

'개새끼. 넌 내가 무조건 딴다.'

그렇게 폐차장을 빠져나온 최철호는 담배를 물며 먼지투성이가 된 광수대 대원들을 응시했다.

"다들 사흘간 수고했고, 퇴근하기 전에 사우나 들러서 씻고들 가자. 오늘 누가 꼬미 설 차례지?"

빛가람파의 간부를 감시하는 잠복근무.

"용성이네랑 지호네요."

"그래. 용성이랑 지호는 좀 더 수고해 주고……."

띠리링! 띠리링!

"잠시만? 어, 최 팀장님! 미안한데…… 뭐?! 알았어요! 지금 갑니다!"

전화를 끊은 최철호는 헛웃음을 터트렸다.

"이야. 진짜 능력 좋다, 능력 좋아."

삼겹살이 움직이기 시작했다는 종혁의 연락.

종혁이 구태여 이 사실을 전달해 주었다는 건, 삼겹살이 뭔가를 저지르려 한다는 것일 터였다.

밥상을 차려 주는 것도 못 받아먹는다면 서울경찰청의 자랑인 광역수사대의 체면이 서질 않았다.

"뭐해! 얼른 시동 걸어!"

"예!"

그들은 다급히 차에 올라타기 시작했고, 그 모습을 멀리서 지켜보던 폐차장 주인은 갈등을 하다가 고개를 저었다.

"에이, 굳이 연락할 필요는 없겠지. 한강우 그 사람 차를 찾는 것도 아니고."

* * *

쿰쿰하고 시멘트 흙먼지가 가득한 어느 공간.

피투성이가 된 한강우가 만세를 한 채 매달려 있다.

촤악!

"어푸! 어푸푸!"

"하, 새끼. 잠이 오냐?"

"헉!"

갑자기 들이민 험악한 얼굴에 기겁한 한강우.

그는 눈을 데구루루 굴렸다.

'내가 왜…… 아.'

둥기가 왔단 소리에 의아해하며 문을 열었던 그. 그 순간 그가 본 건 머리를 향해 날아드는 쇠파이프였다.

그리고 그 이후 기억이 없다.

'자, 잠깐 그럼 여긴?! 이 사람들은?'

검은 정장을 입은 채 이쪽을 씹어 먹을 듯 노려보는 험악한 인상의 사람들.

철렁 심장이 내려앉는다.

"라…… 이트 엔터?"

"푸흐. 이봐요, 배우님. 이제야 좀 상황 파악이 되세요?"

"자, 잠깐! 잠깐만요! 이건 제가 다 설명드릴 수…… 우푭!"

입안에 천 뭉치가 들어온 한강우.

그의 심장에 공포가 엄습한다.

"읍! 으으읍!"

"팰까요?"

"놔둬. 곧 큰 형님, 아니 사장님 오신다."

최대한 때리지 말라고 했다.

그 말이 뭐겠는가.

빛가람파의 보스, 삼겹살 자신이 직접 죽여 버리겠다는 뜻이다.

그 순간이었다.

"오셨습니까! 사장님!"

'흡?!'

저벅저벅!

덩치들을 대동한 채 느긋이 걸어 들어오는 삼겹살.

"뭐야. 얘 상태 왜 이래? 내가 패지 말라고 했잖아."

"끌고 올 때 맞은 겁니다, 사장님!"

"그래? 야, 이 새끼 내려."

도르륵! 도르륵!

삼겹살은 눈앞까지 끌려온 한강우를 향해 씩 웃었다.

"오랜만입니다, 한 배우님? 그래, JC와 계약을 하셨다고?"

"읍! 으읍!"

삼겹살은 천 뭉치를 뺐다.

"푸하! 기, 김 대표님! 제가 다 설명…… 우붑!?"

콱!

한 손으로 한강우의 입을 틀어쥔 삼겹살.

"맞아요? 아니에요?"

머릿속이 새하얗게 변한 한강우는 자신도 모르게 고개를 끄덕였다.

"그래요?"

"우우우……."

'그건 맞지만!'

"우붑?!"

천 뭉치를 다시 입안에 욱여넣은 삼겹살.

한강우의 항문에 힘이 풀린다.

푸드드드!

"우우웁! 읍!"

'살려 주세요! 살려!'

고약한 냄새가 풍기자 삼겹살의 미소가 더욱 흉악해진다.

"하, 이런 겁쟁이 새끼가 어떻게 조폭의 뒤통수를 칠 생각을 했을까. 왜? 지금까지 말로만 하니까 만만해 보였어?"

'그, 그게 아닙니다! 저는……!'

"개새끼. 야, 이 새끼 잡아."

"예, 사장님."

부하들이 달려들어 한강우를 붙잡자 재킷을 벗은 삼겹살은 그대로 솥뚜껑 같은 주먹을 휘둘렀다.

퍼어억!

튀어나올 듯 커진 한강우의 눈.

그와 동시에 다시 변이 쏟아진다.

푸드드득!

"……우우우우!"

아프다. 아팠다.

왜 이런 놈들과 연관이 된 걸까.

그냥 자수를 했으면 어땠을까.

뒤늦게 찾아온 후회에 한강우는 눈물을 쏟아 내며 고개를 저었지만, 삼겹살의 마음은 티끌만큼도 흔들리지 않았다.

"꽉 잡으라고, 새끼들아!"

뻐어억!

'꺽! 꺼어억!'

마치 갈비뼈가 부러진 듯한 아득한 고통.

그러나 폭력은 이제부터가 시작이었다.

"끄으. 끄."

"후우."

"수고하셨습니다, 사장님."

부하가 넘겨준 수건으로 땀에 젖은 얼굴과 피 묻은 주먹을 닦은 삼겹살은 피투성이가 된 한강우에게 침을 뱉었다.

"이제 어떻게 할까요, 사장님?"

삼겹살은 혀를 찼다.

이미 그 영향력이 연예계뿐만 아니라 정재계에 고루고루 뻗어 있는 JC엔터테인먼트와 계약을 맺었다.

"JC 뒤에 대단한 쩐주가 있다고 했던가?"

"예. 그렇지 않은 이상 JC 설립 당시의 움직임을 설명할 수가 없습니다."

이 바닥에 등장을 하자마자 압도적인 돈의 힘으로 연예계를 접수해 갔던 정영탁 대표.

심지어 나날이 덩치를 키워 가던 JYK의 지분을 모두 인사하여 JC엔터테인먼트의 자회사로 만들기까지 했다.

그런데도 쩐주가 누군지 밝혀지지 않았다. 빛가람파의 정보력으로도 말이다.

이건 삼겹살 본인이 감당할 수 없는 거물이 쩐주라는 소리.

"쯧. 거지 같구만. 일단 이 새끼 JC와 계약 기간 동안 아무 짓도 못하게 만들어 버려."

다리를 분지르든 교통사고를 내든 나을 때마다 중상을 입혀서 아무것도 못하게 만드는 거다.

"그리고 계약 만료되면 장기 하나씩 뗀 후에 일본에 남창으로 팔아 버리고."

한류스타로 일본에서 유명한 한강우.

분명 수요가 있을 거다. 이를테면 일본 변태 늙은이들에게 말이다.

"이 새끼 차는 잘 보관하고 있지?"

운이 좋아도 이렇게 좋을 수 있을까.

한강우가 차를 폐차시킨 폐차장 사장이 바로 삼겹살 본인과 꽤 인연이 깊은 인물이었다.

갑자기 연예인이 박살 난 차를 폐차시킨다기에 부리나케 달려갔던 그. 교통사고를 크게 낸 것 같은, 나름 세차를 한 것 같지만 혈흔이 남아 있는 차를 보고 한강우를 슬쩍 떠봤더니 알아서 불었다.

그래서 냉큼 차를 확보했었다.

"예, 사장님! 이곳 지하주차장에 잘 주차되어 있습니다!"

"계속 보관해 놔. 그게 저놈의 평생 목줄이 될 테니까. 그럼 저놈 병원에 던져 버리고 뒷정리…… 음?"

삼겹살은 한강우의 발치 아래 굴러다니는 황금 덩어리를 발견하곤 냉큼 집어 들었다.

"뭐야, 이건? 만년필?"

만년필 따위가 여기에 왜 있을까. 어울리지 않게 말이다.

"아, 이 새끼 건가? 하, 새끼. 좋은 거 들고……."

후다닥!

"사장님! 형님-!"

뛰듯이 달려 들어오는 부하.

"뭐야? 지금 사장님과 이야기하는 거 안 보여?!"

"죄송합니다! 하지만 짭새가 떴습니다!"

순간 삼겹살의 얼굴이 구겨진다.

"……진짜 오늘 일진 거지 같구만."

"모시겠습니다. 너, 너, 너! 이 새끼 둘러메고 따라오고, 나머지는 짭새들 못 쫓아오게 막아!"

"예!"

"가시죠."

"쯧."

여유롭게 재킷을 걸친 삼겹살은 부하 몇 명과 함께 탈출구로 향하기 시작했다.

*　*　*

서울 외곽의 허름한 6층 빌딩.

방치된 지 오래된 듯 외벽의 칠이 모두 벗겨진 건물을 멀리서 지켜보던 종혁이 뒤에서 느껴지는 인기척들에 몸을 돌린다.

"오셨어요?"

그제야 주변 건물들의 그림자 속에서 모습을 드러내는 최철호 대장과 서울청 광수대 형사들.

"삼겹살이 저기로 들어간 거요?"

"예. 그리고 오늘 다른 기획사와 계약을 맺은 한강우도 저기로 끌려갔죠."

"……!"

최철호는 헛웃음을 터트렸다.

지금 종혁의 말은 지금 저곳이 납치 및 특수폭행의 현장이란 뜻이었다. 삼겹살 김가람을 구속, 아니 실형을 살게 만들기에 충분하다 못해 넘치는 상황이었다.

거기다 삼겹살 김가람은 빛가람파라는 조직폭력배의 두목. 오늘 검거하면 못해도 12년이다.

"올 7월 인사이동 땐 어디로 갑니까?"

"예? 아, 외사국으로 갑니다."

"에이, 텄네. 그다음엔 우리 광수대도 생각해 보쇼. 아니면 총경 달고 차장님으로 오시든가."

"하하. 예, 생각해 보겠습니다."

빈말이라도 좋기에 고개를 끄덕인 최철호는 빌딩을 응시했다.

"그나저나 뭔 생각인지 모르겠지만, 한강우 이놈이 바보 같은 짓을 했구만?"

경찰이 왜 조폭을 싫어하겠는가. 이놈들에겐 법이 없기 때문이다.

교묘하게 법망을 피해 가면서도 제 꼴리는 대로 사는

버러지들. 빛가람파는 그런 버러지들 가운데에서도 지독한 버러지다.

한강우가 대체 무슨 생각을 했는지 모르지만, 아주 큰 오판을 한 것이다.

"그럼 여기 계쇼. 밥상을 이렇게 떡하니 차려 줬는데, 떠먹여 달라고는 할 수 없으니."

최철호의 불타는 눈을 본 종혁은 고개를 끄덕였다.

지금까지 한 게 별로 없는 서울청 광수대.

종혁은 선배 경찰의 체면을 세워 주기로 했다.

"그럼 전 뒤에서 도망치는 놈 있나 감시하고 있겠습니다. 한강우, 잘 부탁드리겠습니다."

"걱정 마쇼."

고맙다는 듯 웃어 준 최철호는 서울청 광수대의 전 대원들을 응시했다.

"삼겹살 집 셔터 내릴 준비됐냐!"

"예!"

캉, 캉! 따악!

광수대 대원들의 손에 들려 흉악한 빛을 내는 야구방망이나 각목들. 든든하기 그지없는 모습에 최철호는 담배를 물며 몸을 돌렸다.

"가자."

우르르!

'휘유.'

"저건 좀 부럽네."

명령 한 번에 일사불란하게 움직이는 수십 명의 경찰들.

종혁이 바라는 모습이었다.

"와아아아!"

"죽여!"

"막아!"

종혁은 금세 소란이 일어나는 건물을 응시하며 담배를 물었다.

"외사국엔 믿을 만 한 놈이 좀 있으려나…… 응?"

지잉! 지잉!

종혁은 뒷주머니에서 갑자기 울리기 시작한 사각형의 기기를 꺼내 들었다가 이내 눈을 가늘게 떴다.

한강우에게 넘긴 황금만년필, 아니 녹음기 겸 위치추적기가 갑자기 움직이고 있다.

종혁은 한참 피터지게 싸우고 있는 광수대를 보며 입맛을 다셨다.

"체면은 못 세워 주겠네."

종혁은 핸드폰을 꺼내 들며 걸음을 옮겼다.

"예, 대장님. 삼겹살 도망치고 있습니다. 저 지금 거기로 가고 있으니까 대원들 좀 보내 주세요."

한편 무사히 지하주차장으로 내려온 삼겹살이 저 멀리 한구석 박스들이 쌓여 있는 쪽으로 향한다.

"여깁니다, 사장님."

덜컹!

박스들로 가려져 있던 문을 열자 다시 계단이 나타난다.

설계 미스로 인해 엄한 곳에 만들어 놓은 출입구.

조직에 피해를 주는 이들을 다그치기 위한 용으로 이 건물을 매입한 이후 이곳을 발견한 빛가람파는 그때부터 이곳을 비밀통로로 쓰기로 했다.

지하주차장으로 내려올 수 있는 4개의 계단 중 하나의 출입구도 모두 틀어막으며 말이다.

"너는 박스들 정리하고 위에 합류해."

"예, 형님."

"가시죠, 사장님."

"음."

뚜벅! 뚜벅!

계단을 올라갈수록 점점 커져 가는 소란.

"안가에 도착하면 변호사에게 연락해서 애들 빼 올 준비하고……. 이번엔 누가 들어갈 차례지?"

한강우가 지금 함께 있다지만, 저 빌딩에는 혈흔들이 너무 많다. 그중 반은 거의 실종 처리가 된 상태.

경찰이 수사에 들어가면 자수할 사람이 필요했다.

"현식이네 식구들이 들어갈 차례입니다."

"그럼 현식이한테 넘길 업장들 정리해서 올리고, 내일까지 안가로 불러."

"예."

그러는 사이 계단을 모두 올라온 삼겹살은 아무도 없는 골목을 둘러봤다.

"차는?"

"저쪽으로 조금만 가시면 됩니다. 안내하겠습니다."

고개를 끄덕인 삼겹살은 발을 뗐다.

그렇게 얼마나 갔을까.

그들의 눈에 어느 주택 앞 작은 공터와 커버가 씌워진 차량 두 대가 들어온다.

"음?"

공터에 발을 디디려는 순간 멈춘 삼겹살.

다급히 뒤를 돌아본 삼겹살을 얼굴을 구겼다.

그리고 그와 동시에 그들이 걸어온 길에서 다가오는 거대한 그림자.

찰칵! 치이익!

"푸후우. 이야, 깡패 새끼들이 별짓을 다한다? 그거 한강우 씨 맞지? 살아 있냐?"

"……죽여!"

"이야아아압!"

한강우를 내려놓으며 달려드는 두 놈.

종혁은 느릿한 시간 속에서 허우적거리는 놈들을 향해 달려가 사이좋게 주먹을 꽂아 넣었다.

빠각! 쩍! 쿠우웅!

종혁은 뒤에서 무너지는 놈들을 무시하며 삼겹살을 응시했다.

"가십시오, 사장님! 여긴 제가 막겠……."

"비켜. 네 상대가 아니니까."

다급히 막아서는 부하를 옆으로 밀어내며 앞으로 나서는 삼겹살.

"불도저?"

어디 종혁 같은 체격이 흔할까.

거기다 사진으로 본 얼굴이다.

"이야, 깡패 새끼가 내 얼굴도 다 알고 있고. 이거 영광이라고 해야 하냐?"

"저 새끼 때문이겠군."

어찌 된 영문인지 모르지만, 결국 한강우에게까지 도달한 거다.

'쯧. 결국 저 애새끼를 죽이지 않는 이상 발목이 잡힌다는 소리군.'

주위에 다른 경찰이 없는 걸 보면 공명심에 혼자 온 게 분명해 보였다. 생각을 정리한 삼겹살은 재킷을 벗으며 사납게 웃었다.

종혁은 우람한 덩치를 드러내며 안 그래도 흉악한 얼굴을 더 흉악하게 구기는 삼겹살을 보며 혀를 내둘렀다.

"휘유. 비계가 좀 두둑한데? 사료 좀 많이 드셨나 봐?"

"새끼!"

땅을 박찬 삼겹살은 종혁을 향해 달려들었고, 종혁 역시 그에게 달려들었다.

두두두두!

코뿔소가 두 마리가 서로를 달리면 이럴까.

서로를 부숴 버릴 듯 달려든 둘의 주먹이 허공에서 교

차한다.

뻐어억!

주춤!

"어?"

"호오?"

사이좋게 한 발씩 물러선 종혁과 삼겹살은 서로를 놀랍다는 듯 응시했다.

살짝 울렁거리는 시야에 머리를 툭툭 친 종혁은 좀 따가워진 입가를 손가락으로 긁었다.

그러자 엄지에 살짝 묻어나는 혈흔.

종혁은 입술을 비틀었다.

'이게 얼마 만이더라……'

맨손 싸움에서 피를 본 게 말이다.

아마 회귀 후 동체시력이 비약적으로 상승한 이후 처음일 거다. 즉, 거의 최소한 10년 만인 셈이었다.

종혁은 재밌다는 듯 나른하게 웃으며 볼을 긁적였다.

"아야. 모기가 물었나."

그에 삼겹살은 씩 웃었다.

'불도저, 불도저 하더니 그럴 만하군.'

겨우 주먹 한 방에 시야가 흔들리고, 얻어맞은 턱이 부서질 듯 욱신거렸다.

지금껏 칼침이라도 맞은 게 아니고서야 고통을 느끼지 못했던 그로서는 생소한 경험일 수밖에 없었다.

그러나 삼겹살은 아무렇지도 않은 척 턱을 매만지며 고

개를 모로 기울였다.

"불도저가 이런 물주먹이었나?"

"……푸흐. 새끼가 센 척은!"

종혁은 냅다 주먹을 휘둘렀고, 삼겹살은 그럴 줄 알았다는 듯 피하며 종혁의 턱을 향해 주먹을 내질렀다.

'됐……!'

곧 있으면 주먹에서 느껴질 쾌감에 웃는 순간이었다.

쩍!

"크읍!"

주춤 물러난 삼겹살은 종혁을 멍하니 쳐다봤다.

방금 무슨 일이 일어난 걸까.

분명 자신이 카운터를 꽂는 타이밍이었는데, 왜 피했다고 생각한 종혁의 주먹이 자신의 안면에 꽂힌 것인지 이해할 수 없었다.

기어를 세 단계나 올린 종혁은 그런 그를 보며 휘파람을 불었다.

"이야, 이걸 버티네?"

카운터에 카운터를 꽂는 역카운터.

무방비 상태로 체중이 실린 주먹이 꽂혔음에도 서 있을 수 있다니, 삼겹살의 맷집에 종혁은 혀를 내둘렀다.

"더 시간 끌지 말고 그만 끝내자."

이젠 느려지다 못해 거의 멈춰 버린 시간 속, 발을 성큼 내디딘 종혁은 태클을 걸려는 듯 몸을 낮추는 삼겹살의 턱을 향해 주먹을 올려쳤다.

마치 비 오는 날 낮게 날던 제비가 솟구치듯 저 아래에서 날아와 솟구치는 어퍼컷.

땅을 박차려고 자세를 잡았던 삼겹살은 어느새 턱 아래 있는 주먹에 눈을 동그랗게 떴다.

쩌어억!

"크헉!"

턱뿐만 아니라 위로 젖혀지는 상체.

종혁은 그럼에도 여전히 쓰러지지 않는 삼겹살의 모습에 감탄하며 다시 한번 주먹을 내질렀다.

"죽어."

빠아악!

"끄르륵!"

피투성이가 된 거구가 뒤로 넘어간다.

쿠우웅!

마른 먼지를 내뿜으며 쓰러진 삼겹살을 보던 종혁은 땀이 몇 방울 흐른 이마를 훔치며 혀를 내둘렀다.

"하, 새끼. 존나 맷집 좋네."

웬만하면 거의 두 방으로 끝나는 주먹을 몇 대나 때린 걸까.

정말 덩치값을 하는 놈이었다.

"자, 그럼 김가람 씨? 당신을 일단 한강우 씨 납치 및 폭행 혐의로 긴급 체포합니다. 당신은 묵비권을…… 야, 자냐?"

툭툭!

수갑을 찬 삼겹살을 건드리던 종혁은 갑자기 느껴지는 인기척에 고개를 들었다가 아차 했다.

"맞아. 네가 있었지?"

"힉!"

삼겹살의 부하이자 빛가람파의 간부로 추정되는 놈.

종혁은 도망치려는 듯 엉덩이를 뒤로 쭉 뺀 놈을 향해 손을 까딱였다.

"자, 너도 이리 와서 수갑 차야지? 어? 어? 아니야. 그러는 거 아니…….'"

"씨발!"

"개새끼!"

종혁이 몸을 돌리는 놈의 모습에 땅을 박차던 그때, 뒤늦게 도착해 그들을 지켜보던 광수대는 한숨을 푹 내쉬었다.

눈 뒤집힌 황소를 농락하는 투우사처럼 삼겹살을 가지고 놀다 눕혀 버린 종혁.

"예, 대장님. 최 팀장님이 메인 반찬까지 다 떠먹여 줬습니다. 삼겹살 뻗었어요."

ㅡ……씨벌.

체면이 뭉개진 광수대는 고개를 숙일 수밖에 없었다.

* * *

서울경찰청 광역수사대! 빛가람파 일망타진!

전국 3대 조직 만득이파의 산하 조직 빛가람파!

엔터테인먼트 업체로 위장? NO! 연예계에 만연한 조폭들!

한 건 해낸 서울청 광수대! 배우 한 모 씨도 구해!

납치되어 폭행을 당한 한류스타 한 모 씨!

이택문 경찰청장, 조직폭력배들의 만행을 더 이상 좌시하지 않겠다! 조폭과의 전쟁을 선포!

"흐흐흐."

아무도 없는 VIP병실.

온몸에 붕대를 감싼 한강우가 신문을 보며 미소를 짓는다.

"아야야."

터진 입술에 얼굴을 구겼던 한강우는 다시 웃음을 터트렸다.

이제 됐다. 다 끝났다. 이제 더 이상 빛가람파가, 김가람 대표가 자신의 발목을 잡을 일은 없었다.

똑똑!

"들어와!"

스르륵 열리는 문을 본 한강우는 다급히 몸을 일으켰다. 정영탁이 들어오고 있었기 때문이다.

순간 얼굴이 확 밝아진 그.

그럴 수밖에 없다. 정영탁이 줬던 황금만년필이 자신의 목숨을 구한 것이나 다름없으니 말이다.

갑자기 자신이 서울 외곽으로 향하기에 전화를 해 봤는

데 받지 않아 재빨리 경찰에 신고했다는 정영탁.

실시간으로 감시했다는 게 좀 거슬렸지만, 결국 그게 자신의 목숨을 살렸기에 한강우는 꾹 참기로 했다.

"오셨습니까, 정 대표님!"

"몸은 좀 괜찮으십니까?"

"몸은 견딜 만하지만……."

한강우가 얼굴 여기저기에 붙은 거즈를 만지려다가 멈춘다.

"아, 방금 전 의사를 만나고 왔는데 타박상이 좀 있을 뿐 흉터가 질 만한 상처나 뼈가 부러진 건 없다는군요. 얼굴 복원에 있어선 국내 최고의 권위자께서도 그렇게 말하셨으니 걱정하지 않으셔도 됩니다."

"정말입니까?!"

"예. 빠진 이도 임플란트를 하면 감쪽같을 겁니다."

"하아. 감사합니다. 정말 감사합니다."

정영탁과 그 의사에게 모두 감사했다.

배우, 아니 연예인에게 있어 최고 자산인 얼굴.

그제야 완전히 안심을 한 한강우는 몸에 힘을 풀며 어깨를 늘어뜨렸다. 그러다 순간 그의 몸이 들썩인다.

"흐흐. 이제 다 죽었어."

조폭에게 사로잡혀 모진 고문을 당하다 구출당했다.

이 얼마나 아름다운 스토리란 말인가. 이제 앞으로 몇 년 동안은 자신의 전성시대라고 할 수 있었다.

정영탁은 그런 한강우를 차갑게 응시하다 싱긋 웃었다.

"상황이 어떤지 파악을 하셨나 보군요."

"예. 하지만 아무 예능이나 작품을 하지는 않을 겁니다. 그게 당초의 계약이었으니까요!"

스케줄은 갑과 을이 서로 협의해 정한다.

계약서에 적힌 내용이었다.

"걱정 마십시오. 저도 100억이나 주고 데려온 배우를 함부로 굴리고 싶지는 않으니. 그럼 가실까요?"

정영탁은 창밖, 아니 병원 앞에 진을 친 기자들을 가리켰고, 한강우는 얼굴을 구겼다.

"아니, 아직 씻지도 않았는데……."

"그렇기에 더 그림이 되겠죠. 날것 그대로의 생생한 그림이."

요새 한창 연예가를 장악한 단어인 야생 버라이어티.

대중은 더 이상 꾸며진 모습을 원하지 않았다.

"……역시 업계 1위에 오른 이유가 있으십니다."

씩 웃은 한강우는 몸을 일으켰고, 그들은 병원 로비로 향했다.

"억! 한강우다!"

"한강우 씨! 괜찮으십니까!"

"한강우 씨! 지금 심정이 어떠십니까!"

벌 떼처럼 달려드는 기자들.

속으로 인상을 찌푸렸지만 이들이 곧 자신의 아름다운 스토리를 퍼트려 줄 사람들이라 한강우는 어색하게 웃으며 정영탁을 봤다.

마치 허락을 구하려는 듯한 모습.

정영탁은 고개를 끄덕였고, 한강우는 한숨을 내뱉으며 연기를 시작했다.

"저는……."

한강우의 입이 열림에 사위가 고요해지는 순간이었다.

"한강우 씨?"

'어떤 씹새가?!'

누군가 자신의 말을 끊자, 고개를 휙 돌렸던 한강우는 고개를 모로 기울였다.

난생처음 본 얼굴, 종혁이 다가와서다.

그러며 손에 채워지는 수갑.

철컥!

"어?"

한강우뿐만 아니라 기자들도 멍하니 종혁을 본다.

"한강우 씨, 당신을 미성년자 성매매 및 음주운전, 김순임 씨 살인 혐의로 체포합니다. 당신은 묵비권을 행사할 수 있……."

"자, 잠깐! 이게 지금 뭐하는 짓입니까, 최 팀장님!"

아직도 멍한 한강우와 기자 대신 다급히 나선 정영탁.

종혁은 고개를 모로 기울였다.

"뭐하는 짓이긴요. 공무집행 중이지."

"즈, 증거 있습니까?!"

"네, 있습니다. CCTV와 증인, 그리고 김순임 씨를 치어 버린 차까지 모두 확보했습니다."

찰칵! 좌라라라라라!

순간 터지는 카메라 플래시들.

그들을 본 정영탁은 속으론 피식 웃으면서도 겉으론 혀를 차며 물러났다.

"아, 그래요?"

'어?'

한강우는 몸을 돌리는 정영탁의 모습에 반사적으로 손을 뻗었다.

하지만…….

탁! 하고 쳐 내지는 한강우의 손.

"아?"

정영탁은 한강우를 경멸에 찬 눈으로 응시했다.

"300억, 1원 한 장까지 받아 낼 겁니다, 한강우 씨."

"어? 아?"

"자, 그럼 우리 일을 계속 볼까요? 한강우 씨, 당신은 묵비권을 행사할 수 있고…….”

"아, 아니야! 나 아니라고–!"

성공의 단 꿈이 와르르 무너져 내리는 순간이었다.

종혁은 그런 그를 보며 입술을 비틀었다.

'지옥에 처박힌 걸 환영한다, 개새끼야.'

* * *

치이익!

유니폼을 입은 종업원이 숯불 위에서 한우를 구워 주는 고급 한우집.

　세 잔의 술잔이 테이블 위에서 부딪친다.

　"자, 건배!"

　"건배……."

　채재쟁!

　"크. 쓰네……."

　빛가람과 일망타진으로 두둑한 인사고과와 특진 포인트, 상여금이 예약됐음에도 최철호의 낯빛이 흐리다.

　김종두 과장은 그런 최철호의 등을 두드린다.

　"기운 내, 인마! 어디 이놈하고 일할 때 이런 일이 한두 번인 줄 알아?"

　발끈!

　"그게 말이요, 방구요?!"

　"그럼 네가 저 돈 지랄을 이겨 낼 만큼 능력이 좋든가. 아니, 돈지랄만큼 능력도 좋은 저놈을 무슨 수로 이겨 먹어?"

　"……에이씨."

　맞는 말이다. 종혁은 돈뿐만 아니라 능력까지 좋은 별세계의 인간이었다.

　"아무튼 고맙소. 덕분에 체면 좀 세웠소. 이건 그 대가로 사는 거니까 배 터지게 드쇼!"

　종혁은 씩 웃었다.

　"하하. 그러셨다니 다행입니다. 잘 먹겠습니다!"

　"……진짜 욕심나네."

"내 거다, 짜샤!"

"거 좋은 건 나눠 씁시다!"

종혁은 아옹다옹 다투는 그들을 보며 술잔을 기울였다. 그런 그의 입가에 은은한 미소가 맺혀 있었다.

'이제 남은 건 하나인건가?'

마무리. 이제 정말 마무리만 남았다.

"해 저문 소양강에-!"

무엇이 그리 기쁜지 서로 어깨동무를 한 채 옛날 노래를 불러 대는 김종두와 최철호.

"종혁아! 3차 가자, 3차! 3차는 어디가 좋겠냐!"

"에이, 형님! 3차는 우리 집으로 가야죠!"

"무야? 집에 갈 거면 왜 너희 집으로 가! 그냥 우리 집으로 가!"

"에이씨. 몰라! 어디든 갑시다! 최 팀장! 최 팀장도 가야지!"

마음을 내려놓고 술을 마셔서 그런지 말을 편하게 하는 최철호.

"하하."

'전 사모님께 미움받기 싫은데요…….'

하지만 가지 않는다면 삐져 버린 저 둘을 감당할 수가 없다.

이러지도 저러지도 못하는 순간이었다.

지이잉! 지이잉!

"아, 잠시만요?"

정혁은 구세주의 전화를 얼른 받았다.

"예. 최종혁…… 엇. 충성? 예. 예, 지금 시간 됩니다. 예, 알겠습니다. 그럼 거기서 뵙도록 하겠습니다. 충성."

전화를 끊은 종혁은 마치 배신자를 보는 듯한 둘의 시선에 활짝 웃었다.

"캬! 저도 사모님 손맛을 오랜만에 맛보고 싶은데, 홍보 담당관님이 부르시네요."

"호, 홍보담당관님이?"

"그럼 전 이만 가 보겠습니다. 그리고 잘 마셨습니다, 대장님! 다음에도 잘 부탁드리겠습니다!"

"어?! 자, 잠깐!"

혹여 잡힐세라 전력으로 달려 큰 도로가로 나온 종혁은 얼른 택시를 타고 약속 장소로 향했다.

* * *

뚱뚱.

일본 전통 악기인 샤미센의 선율이 울리는 고급 일식집.

종업원이 열어 주는 문 안으로 들어간 종혁은 홍보담당관을 향해 거수경례를 하다가 깜짝 놀랐다.

"헛?! 충성!"

홍보담당관 옆에 앉은 이택문 경찰청장과 그 맞은편에 앉은 정용진 과장. 세 사람이 함께 있는 그림이 썩 잘 그려지지 않았기에 종혁은 의아해했다.

"왔으면 앉지."

"아, 예."

빈자리에 앉은 종혁은 어떻게 된 일이냐는 듯 정용진을 쳐다봤지만, 그는 그저 미소만 지을 뿐이었다.

'에라이.'

"술을 마셨나 보군."

"서울청 최철호 대장이 감사 인사로 사 주셔서 한잔하던 참이었습니다. 그런데 무슨 일로 저를?"

"피차 늦은 시간이니 본론으로 들어가지. 곧 청소년 범죄자들과의 전쟁이 끝나는 걸 알 거야."

조폭과의 전쟁이 발발해서가 아니다. 뽑아낼 놈들을 모두 뽑아냈기에 이쯤에서 마무리 지으려는 거다.

이번 청소년 범죄와의 전쟁에서 잡혀간 재력가의 자식만 해도 186명. 부모 빽 믿고 설치던 놈들부터 쓸려 나갔다.

"그런데 교육부에서 말이 좀 많아."

경찰이 교육 환경을 정화했음에도 교육부는 자신들의 영역이 침범당했다고 여기고 있었다.

"VIP께서도 사후 처리를 바라시고."

"그게 저를 부르신 거와 무슨 상관이……."

스윽.

종혁은 이택문 경찰청장이 내민 한 장의 쪽지에 입을 다물었다.

[가제: 불량아 갱생 프로젝트]

"주변 환경 탓에 일탈하게 된 학생들을 올바른 길로 선도한다는 기획이야. 방송국, 교육부와 연계할 예정이고. 이거…… 자네가 맡아 봐."

"……예?"

이택문은 미간을 좁히며 바라보는 종혁을 향해 술 주전자를 들었다.

"어느덧 최 팀장을 알게 된 지 2년이 되어 가는군. 그동안 도움을 참 많이 받았어."

벌써 2년. 이제 후임에게 이 무거운 자리를 인계할 때다.

이택문의 눈앞으로 지난 2년의 순간순간들이 스쳐 지나간다.

그중 가장 기억에 남는 건 자신이 그토록 바라던 경찰 개혁을 이뤄 냈다는 거다.

솔직히 미흡한 점이 많지만 고작 2년 만에 이 정도까지 해낼 수 있었다는 것에 그는 만족하고, 종혁에게 감사했다. 그러니 이 권력이 사라지기 전 종혁에게 선물을 주고 싶었다.

"청장님……."

'하, 이 양반도 가긴 가는구나.'

그놈의 임기제한제.

아쉽지 않다면 거짓말일 것이다.

하지만…….

"할 수 없습니다."

솔직히 욕심이 난다.

그러나 이번 청소년들과의 전쟁에서 종혁 본인이 한 일은 별것이 없다. 그저 물꼬만 터 줬을 뿐, 가장 고생한 건 정용진이었다.

이택문은 그럴 줄 알았다는 듯 미소를 지었다.

"정 과장도 동의한 일이야. 아니, 정 과장이 먼저 제안을 했지."

종혁은 다급히 정용진을 쳐다봤다.

술잔을 들어 입에 가져가는 그.

"지난 1년간 이 부족한 사람을 믿고 따라 줘서 정말 감사했습니다. 그 선물이라고 생각하시면 됩니다."

"우리 홍보도 고마웠어, 최 팀장."

'이 사람들 참……'

가슴이 울렁거린 종혁은 풀썩 웃었다.

하지만 그것도 잠시다. 종혁의 표정이 단단해졌다.

"죄송하지만 받을 수 없겠습니다."

"최 팀장."

"잠시 헤어지는 길, 제 마지막 선물이라고 생각해 주십시오. 전 그저 이름만 올려 주십시오."

"아니…… 허어."

그들은 알고 있다. 종혁이 이런 표정을 지을 땐 절대 물러서지 않는다는 걸 말이다.

종혁은 입을 다무는 그들의 모습에 싱긋 웃으며 쪽지를 봤다.

'선도한다라…….'

종혁의 머릿속에 미정이 스쳐 지나갔다.

가정 환경 탓에 학교도 제대로 다니지 못했던, 타의에 의해 기회조차 주어지지 않았던 미정.

"여기에 이런 걸 추가해 보는 건 어떻겠습니까?"

"……어떤 걸?"

아이디어 뱅크인 종혁. 관심이 쏠리지 않을 수가 없었다.

종혁은 그런 그들을 보며 검지를 세웠다.

"스스로도 모르고 있던 재능을 알게 해 주는 겁니다. 가능성이라는 희망을."

"호오?"

이택문과 정용진, 홍보담당관은 종혁의 입을 뚫어져라 쳐다보기 시작했다.

* * *

"으하아아암!"

오늘도 어김없이 찾아온 토요일.

전날의 숙취로 인해, 이택문이 아니라 다른 이와의 술로 인해 출근을 하자마자 곯아떨어졌던 종혁이 배를 긁으며 일어난다.

"끄악! 아저씨! 옷! 옷!"

종혁은 CCTV 모니터 앞에 앉아 파닥거리는 미정을 보며 피식 웃었다.

"왜? 멋지냐? 더 보여 줘?"

"꺄아아악!"

"큭큭큭큭큭!"

웃음을 흘린 종혁은 미정의 앞에 양반다리를 하고 앉아 양손바닥으로 얼굴을 가리는 그녀를 빤히 응시했다.

이제 이 아이를 볼 날이 얼마나 있을까.

종혁의 표정이 진지해진다.

"미정아."

"안 봐요. 절대 안 볼⋯⋯."

"나 다음 주로 끝이다."

움찔!

몸을 굳힌 미정이 다급히 종혁을 본다.

"세정고로 오는 건 다음 주 토요일이 마지막일 거야."

쿠웅!

"어⋯⋯ 네?"

지금 이 아저씨가 무슨 말을 하는 걸까.

'끝? 다음 주?'

"자, 잠깐만요. 그, 그게 무슨 말이세요? 저 잘 이해를 못하겠어요."

"이제 이 아저씨도 범인들 잡으러 가야지. 그렇다고 아예 못 보는 것도 아니니까 너무 서운해하지는 마. 네가 원하면 언제든 볼 수 있으니까."

미정은 종혁이 머리를 쓰다듬고 있음에도 느끼지 못하는 듯 망연히 쳐다봤다.

'정말 끝이라고? 이렇게?'

안 된다. 절대 안 된다.

갚아야 할 빚이 이렇게 많이 남았는데 끝이라니…….

잘못 들은 말일 거다. 미정은 정말 그렇기를 간절히 바랐다.

"아, 아뇨. 아니에요. 아직은……."

―아아! 정미정 학생? 정미정 학생은 지금 당장 교무실로 와 주시길 바랍니다. 다시 전파합니다.

종혁은 본관 건물에서 들려오는 소리에 눈을 빛냈다.

'왔구나.'

앞으로 미정의 삶을 케어해 줄 행복의 쉼터 직원이 말이다.

"저, 전 일단 가 볼게요!"

종혁은 마치 도망치듯 조립식 건물을 뛰쳐나가는 미정을 따라나서며 담배를 물었다.

"후우. 뭐 곧 받아들이겠지."

방금 전 종혁 자신이 한 말처럼 영원히 못 보는 건 아니다. 서로 만나고 싶으면 언제든 만날 수 있다.

다만 서로의 삶이 치열해진다면 보기 힘들어질 뿐이었다.

"그래. 그저 그뿐이지…….

세상에 영원한 이별이란 죽음밖에 없기에 그저 그뿐이다.

하지만 그럼에도 담배 맛이 좀 썼다.

그 순간이었다.

웅성웅성.

갑자기 소란스러워지는 세정고.

"아, 저기도 왔네."

종혁이 이쪽을 향해 다가오는 카메라와 여러 사람들을 보며 피식 웃었다.

"최 팀장님!"

"아저씨!"

"왓썹, 브로-!"

야생 버라이어티 예능으로 지금 한참 주가를 올리고 있는 나연석 PD와 손연아, 준형이 형, 그리고 그 외 자신이 어떤 재능을 가지고 있을지 모를 세정고 학생들을 위한 각 분야의 멘토들.

세정고를 시작으로 전국 중고등학교를 순회할 선생님들이다.

경찰청과 교육부가 후원하는 프로그램.

미정은 이제 저들의 멘토링을 통해 삶을 즐기며 살아갈 재능을 찾게 될 터.

종혁은 미정이 사라진 건물을 보며 푸근히 웃었다.

"이제 행복하자, 미정아."

아무 걱정 없이.

종혁은 담배를 튕기며 그들을 향해 다가갔다.

어느덧 한 발자국 앞으로 다가온 여름의 햇빛이 종혁을 뜨겁게 비추었다.

2장. 공항으로

공항으로

"자자, 건배!"

"건배!"

우렁찬 외침이 울려 퍼지는 고급 일식집.

특별수사팀을 비롯한 간편신고관리과 대원들 전부가 서로를 보며 술잔을 부딪친다.

오늘은 종혁과 오택수, 최재수의 송별식.

"자, 우리 재수 형사님. 제 술 받으십시오!"

"아, 감사하⋯⋯!"

"잡아! 먹여!"

"이 껄떡이 자식! 너 때문에 우리 여자 대원들이 얼마나 힘들어했는지 아냐?! 여자는 밖에서 찾으라고!"

"우뤠케켁!"

"흑!"

"뭐야. 왜 울어?"

"아니, 최 팀장님 가시면 언제 이런 걸 또 먹을 수 있을까 해서…….'"

"아…….'"

한 식구가 멀리 떠나지만, 그들의 얼굴은 그리 어둡지 않다.

공무원이기 때문이다.

언제든 사람이 오고 떠나는 공무원.

거기에 정말 멀리 떠나는 것도 아니지 않은가. 어차피 같은 건물이었다.

종혁은 그런 그들의 밝은 모습에 작게 웃으며 술병을 들었다.

"그동안 저 때문에 수고 많으셨습니다. 2팀장님, 3팀장님."

2팀장 김판호와 3팀장 윤선빈.

"아따, 뭔 말을 그렇게 섭섭하게 한데."

"맞아. 식구끼리 그런 말 하는 거 아니야."

"그라제! 그라고 수고는 우리가 더 끼쳤제! 안 그러냐, 윤 팀장아?"

윤선빈은 고개를 끄덕였다.

종혁의 주머니에서 나왔던 수사 지원비들.

물론 매 사건마다 지원해 주지는 않았고, 그런 일을 바라지도 않았지만 그래도 몇 개 사건에선 정말 하고 싶었던 수사를 할 수 있었다.

어디 그뿐인가? 종혁이 알려 준 권&박 홀딩스 덕분에 비상금 주머니가 나날이 두둑해지고 있었다.

"거참……."

얼굴이 간지러워진 종혁은 볼을 긁적였고, 이내 곧 세 명은 서로를 보며 웃음을 터트렸다.

종혁은 술병을 들어 두 사람의 잔에 술을 따랐다.

"그럼 이제 2팀장님과 3팀장님은 어떻게 하실 겁니까?"

움찔!

질문 자체는 딱히 별게 아니다.

하지만 마치 다 알고 있다는 듯한 종혁의 표정에 둘은, 종혁을 포섭하라는 상사의 명령에 의해 특별수사팀으로 전출이 결정되었던 둘은 입맛을 다셨다.

"흐미. 고게 언제부터 들켰대?"

"처음부터요. 절 욕심내시는 분이 워낙 많아야죠."

"염병…… 에혀. 난 일단 보류여. 한 반년 정도는 더 특별수사팀에 있지 않을까 하는디?"

"나랑 우리 식구들은 복귀. 대신 난 과장으로 진급."

본청에서야 경정이 일개 팀장 취급이지, 지방청으로 가면 과장급이다.

"광수대를 맡게 될 거야."

"어이구. 정작 축하받으셔야 할 분은 따로 계셨네요."

"모두 최 팀장 덕분이지. 앞으로 도움이 필요한 일 있으면 언제든지 연락 줘."

말만으로도 고맙다는 듯 고개를 주억거린 종혁은 다시

김판호를 봤다.

"그럼 2팀장님이 1팀장이 되시겠네요?"

"음마? 그게 또 그렇게 되는 거랑가? 아따…….."

비죽 김판호의 입술에서 웃음이 튀어나온다.

수사부의 1팀장.

이건 그냥 팀장이 아니다. 가장 강력하고 알짜배기인 사건만 맡을 수 있는 자리. 수사부에서 가장 진급이 빠른 자리다.

"이거 2팀장님, 아니 김 팀장님이 저희 중에서 가장 먼저 진급하시는 거 아니에요?"

"아니, 그건 아니제."

이 중에서 제일 먼저 진급할 사람은 당연히 종혁이다.

종혁이 지난 1년간 해결한 초대형 사건이 몇 개던가. 거기다 종혁은 경찰 개혁의 선봉장이자 참모였다.

총경 TO가 난다면 가장 먼저 진급할 사람은 종혁이었다.

"아따, 고럼 최 팀장은 서른 전에 총경을 다는 건가?"

경찰 역사상 이렇게 빠른 진급이 있을까.

경정조차도 경악스럽지만, 총경은 또 다른 이야기다. 총경은 경찰의 고위 간부라고 말할 수 있는 직위이니까.

둘의 얼굴에 부러움이 스친다.

"그럼 총경 달고 갈 부임지는 생각해 놓은 거 있어?"

윤선빈의 말에 종혁은 고개를 저었다.

"아직이요."

일단은 외사국 일에 집중할 생각이다.

종혁에겐 회귀 전후 모두 따져 봐도 미지의 부서인 외사국. 인터폴 협력관이 있는 외사국.

그래서 좀 기대가 되었다.

'그곳에선 무슨 일이 생길까. 그리고…….'

해외 각국에 지부를 두고 있다는 그 조직의 놈들.

'손가락, 발가락부터 잘라 버려야지.'

사람이 손가락, 발가락이 없으면 어떻게 되는가. 혼자선 아무것도 못하는 병신이 되는 거다.

그런 흉흉한 생각을 숨긴 종혁은 다시 술잔을 들었다.

"자자, 아직 한참 먼 이야기는 관두고 술이나 마시죠!"

"자, 모두 주목—! 우리 최 팀장님이 송별사를 한다고 한다! 모두 경청해 줄 수 있도록!"

"아니……."

어이없다는 듯 윤선빈을 응시하던 종혁은 이쪽을 초롱초롱한 눈으로 바라보는 사람들의 모습에 눈을 흘기며 일어섰다.

그런 종혁은 간편신고관리과 대원들을 주욱 둘러봤다.

자신의 아이디어에서 시작된 간편신고관리과. 솔직히 저들 모두 자식 같은 이들이었다.

종혁은 갑자기 울컥 치미는 감정에 입술을 달싹였다.

"지난 1년간……."

"안 들린다!"

"더 크게요, 팀장님!"

"에라이! 그래요, 지난 1년간 고마웠고 여러분 덕분에 행복했습니다! 앞으로 만나면 서로 인사하며 지냅시다!
쌩깠다간 아주 죽을 줄 알아!"

"푸하하하하!"

종혁도 피식 웃었다.

"자, 그럼 제가 간편신고관리과의 무궁한 발전을 하고
선창하면 위하여라고 후창하는 겁니다! 간편신고관리과
의 무궁한 발전을!"

"위하여-!"

채재쟁!

"크아!"

"으아아!"

터프하게 술잔을 꺾는 그들.

그렇게 헤어짐의 자리는 깊어져 갔다.

* * *

"저 건물인가?"

"예."

두 명의 중년인이 경기도 수원의 한 건물을 응시한다.

"준비는?"

"바람잡이들 세팅 모두 완료됐습니다. 투자자 모집하
고, 한 달 후에 러시아와 접촉하면 됩니다. 러시아 쪽 사
원들도 준비를 마쳤다고 합니다."

"최종혁은?"

"예?"

"최종혁은 지금 뭐 하고 있냐고."

번번이 조직의 일을 방해한 종혁.

이번 프로젝트를 진행함에 있어 가장 거슬리는 건 종혁일 수밖에 없었다.

언제 어디서 튀어나올지 모르는 개새끼.

"아!"

얼른 서류를 뒤적인 사내는 다급히 입을 열었다.

"외사국으로 인사이동을 한다고 합니다."

"외사국? 인터폴?"

"인터폴은 아니고 인터폴과 협력하는 부서가 외사국에 있기는 합니다."

"흠. 그럼 우리와 만날 일은 없겠군."

외국으로 튀는 범죄자나 국내로 들어와 분탕을 치는 외국인 범죄자들을 잡아 족치는 게 외사국의 일이다.

"외사국에 우리 쪽 라인이 있던가?"

"이택문의 칼춤에 모두 쓸려 나갔습니다. 다른 부서에서 시도를 하고 있다는 말을 얼핏 들은 적이 있습니다."

"……쯧. 그럼 권회수는?"

"요새 행복의 쉼터 재단일로 바쁘다고 있다고 합니다."

얼마 전 한국을 떠들썩하게 만들었던 JC엔터테인먼트의 250억 기부.

그 사용처를 찾기 위해 직접 두 발로 뛰고 있다는 보고가 본사의 지원 부서를 통해 올라왔다.

불만족스럽지만 그래도 고개를 주억인 사십대 사내는 방금 말을 마친 사내를 차갑게 응시했다.

　"본사 기획실에서 직접 진행하는 프로젝트야."

　물경 1000억짜리 프로젝트.

　종혁에 의해 많은 손해를 본 조직은 프로젝트 초기에 설정한 당초의 목표액보다 훨씬 높은 목표액을 설정했다.

　조희구 지부장이 진행하는 프로젝트가 성공리에 끝나기만 한다면 목표액을 수월하게 채울 수 있을 것이다.

　"이런 상황이니 일말의 변수라도 있으면 안 될 거야."

　"예!"

　"그럼 가지."

　건물을 향해 발을 뗴는 그들의 옆구리에 끼워진 노란 대봉투에는 '바이칼호 보물선 인양 투자 사업 설명서'라는 글귀가 적혀 있었다.

* * *

　쏴아아아! 끼릭!

　"어이구⋯⋯."

　다 죽어 가는 얼굴로 몸을 대충 닦은 종혁이 화장실을 기어 나오듯 빠져나온다.

　"살아 있네?"

　"몰라요. 죽을 것 같아."

"그럼 죽어."

"또 뭔 말을……. 죄송합니다. 다신 안 그러겠습니다."

밖에서 팀장이면 뭐하나. 집안에선 어머니 고정숙 씨의 27살 아들일 뿐이다.

"어휴. 다른 집 자식들은……."

"스탑. 그 다른 집 자식들보다 아들이 훨씬 잘났으니까 잔소리는 하지 마세요. 머리 울려."

"흥. 그렇게 잘난 아들이 여자 친구 한번 안 데려오니?"

"……또 뭔 소리를 들은 건데요? 누가 또 엄마 속 뒤집……. 아니네? 아, 나 인사이동 때문에 그래요?"

흠칫!

"쯧."

고정숙은 혀를 찼다.

안 그래도 집에 들어오지 않는 날이 많은 아들인데, 이젠 외국 범죄를 담당하는 부서로 간단다.

한 달에 한 번 볼 수 있을까 하는 불안감이 그녀의 마음속에 자라나고 있었다.

"걱정 마요. 정말 여의치 않은 상황을 제외하면 어떻게든 집에 와서 잘 테니까. 아, 우리 여름도 왔으니 스위스에 놀러 갈까요?"

"스위스?"

반응이 왔다.

순간 눈이 번뜩인 종혁은 재빨리 입을 열었다.

"네! 알프스 만년설에서 스키도 타고, 아무도 없는 호숫가도 걷고, 엄마가 지금 차고 있는 시계의 공방도 구경하고!"

여름엔 추운 곳으로 여행을 가는 게 최고다.

"응? 9월 정기 휴가 써서 다녀오는 거예요. 그때쯤이면 개강이라 식당 손님도 좀 줄어들 거잖아. 아, 그런데 정말 프랜차이즈 안 할 거예요? 그거 진짜 손핸데……. 전국의 배고픈 청춘들을 위해 큰마음을 먹어 보시는 게 어떻습니까, 어머니?"

"……해장국 끓여 놨으니까 밥이나 먹어."

"잘 먹겠습니다!"

종혁은 수그러진 어머니의 분노에 냉큼 식탁에 앉았고, 고정숙은 피식 웃으며 몸을 돌렸다.

그녀라고 종혁이 힘든 걸 왜 모르겠는가.

가끔씩 어두운 낯빛으로, 허탈해하는 얼굴로 들어오는 아들.

딴에는 숨긴다고 숨기지만, 열 달 동안 배 아파 낳고 사랑과 온정으로 키운 자식이다. 보이지 않을 리가 없었다.

그럼에도 이렇게 다그치는 건 아들의 무사한 모습을 두 눈으로 확인하고 싶어서였다. 병실에 누운 모습이 아니라 제 발로 걸어 들어오는 아들의 모습을.

"아, 그리고 철이는 대회 때문에 어제 독일에 갔어."

"옙!"

현재 각국 유명 해킹 대회에 출전해 압도적인 성과를 내고 있는 순철.

'짜식, 잘하고 있네.'

쿵! 삐리릭!

문이 닫히자 종혁은 재빨리 숟가락을 들었다. 안 그래도 해장국 냄새 때문에 배 속이 요동치고 있었기 때문이다.

"후룩! 아흐으."

배 속을 뜨겁게 달구며 온몸을 노곤하게 푸는 북어해장국의 고소하고 달큰한 맛.

결국 종혁은 숟가락을 집어 던지며 그릇째로 국물을 들이켜기 시작했다.

"크으으! 어우, 이제 좀 살겠다."

어제 대체 몇 병이나 마신 걸까.

소주를 40병까지 센 이후로는 기억이 잘 안 난다.

송별식이라고 미쳤던 것 같다.

"어제 실수는 안 했겠지? 택시를 타고 집에 온 기억이 있는 걸 보면, 다른 기억들도 멀쩡한 것 같은데……."

"오빠……."

"아, 일어났어?"

"안녕히 주무셨어요……."

'어이쿠. 잔다, 자.'

종혁은 허리를 숙인 채 졸고 있는 순희를 보며 푸근히 웃었다.

처음 만났을 때의 모습은 떠올릴 수 없을 만큼 건강미가 넘치는 순희. 영양가 있는 식단과 운동을 해서 그런지 또래보다 키가 크다.

이대로만 커 준다면 남자 여럿 울릴 미녀가 될 것 같다.

"엇챠!"

종혁은 결국 앞으로 넘어지려는 순희를 낚아채 무릎 위에 올렸다.

"우리 희야, 이제 일어나서 밥 먹어야지?"

"네……."

대답은 했지만 영 잠이 깨지 않은 순희는 종혁의 목을 끌어안으며 눈을 감았고, 풀썩 웃은 종혁은 결국 그녀를 들고 자신의 방으로 향했다.

순희는 평소엔 참 야무지지만, 이렇게 주말만 되면 어리광쟁이가 되었다.

'밥은 이따가 먹어도 되겠지.'

어차피 오늘 내일 휴가다.

시간은 많았다.

곧 침대 위에 나란히 누운 두 사람의 숨소리가 낮아졌고, 여름이 왔음을 알리는 시원한 에어컨 바람이 그들의 살결을 어루만져 주었다.

* * *

갈 사람은 가고, 올 사람은 오는 7월 중순이 됐다.

그에 본청 간부들을 비롯한 전국 고위 간부들이 본청 대강당에 모였다.

－그럼 새로이 취임하신 경찰청장님의 취임사를 듣도

록 하겠습니다. 모두 자리에서 일어나 박수로 맞이해 주십시오.

스스슥.

옷자락 스치는 소리를 내며 몸을 일으키는 간부들.

그중에는 종혁도 있다.

종혁은 우레와 같은 박수를 받으며 단상 위로 올라오는 장년인을 발견하곤 혀를 내둘렀다.

'결국 저 양반이 됐구만?'

부산경찰청장 박종명. 아니, 이젠 경찰의 정점인 경찰청장 박종명이다.

이전 청장인 최기룡, 이택문과 대척점에 선 파벌의 수장인 박종명.

경찰 내부 파벌뿐만 아니라 정치적 파벌에서도 그 두 사람과 대척점에 서 있는 박종명은 몇 달 후 당선될 박명후 대통령, 보수 쪽을 지지하는 인물이었다.

-전체 차렷! 경례!

"충성!"

-충성.

-바로! 착석!

간부들이 다시 옷자락 스치는 소리를 내며 자리에 앉자 박종명이 서글서글한 미소를 짓는다.

-반갑습니다. 이택문 전 청장의 뒤를 이어 대한민국 경찰청장이라는 무겁고 책임감을 요구하는 자리를 넘겨받게 된 박종명입니다. 나에 대해 아는 사람도 있을 테고…….

순간 마주치는 종혁과 박종명의 시선.

박종명의 미소가 짙어진다.

-모르는 사람도 있을 테지만, 날 아는 사람들에게 경고하겠습니다. 이전까지의 박종명을 생각하지 마.

웅성웅성.

진지하고 단호한 어조에 간부들이 당황한 표정을 짓지만, 박종명 계파의 간부들은 마치 알고 있었다는 듯 표정에 흔들림이 없다.

'흐음?'

-다시 본론으로 돌아가서, 내가 여러분께 바라는 건 딱 한 가지입니다. 범죄자를 잡을 때 망설이지 마십시오.

박종명은 아리송해하는 간부들을 보며 입술을 비틀었다.

-현 시간부로 모든 출동 상황에서 가스건과 테이저건 발포 및 실탄 발포 허가합니다.

벌떡!

곳곳에서 간부들이 경악한 얼굴로 일어선다. 그건 종혁도 마찬가지다.

'미친!'

대강당이 경악의 도가니에 술렁거리기 시작했다.

박종명은 그런 그들을 향해 마지막 말을 뱉어 냈다.

-난 개 같은 범죄자 새끼들 보호하는 것보다 내 사람, 내 새끼들이 다치지 않는 게 백 곱절, 만 곱절 더 중요합니다. 그러다 혹여 범죄자 새끼가 죽어도 괜찮습니다. 내

가 다 책임지겠습니다. 그러니!

쾅앙!

단상을 강하게 내려치는 박종명의 눈빛이 용암처럼 타
오른다.

-이 나라의 치안을 어지럽히고 선량한 시민들을 괴롭
히는 개새끼들은 싹 다 때려잡으란 말이야! 알았나-!

찌리릿!

이 자리에 모인 모든 경찰들의 몸에 전율이 내달리기
시작한다.

"예-!"

-그럼 모두 내 뜻을 알아들었을 거라고 생각하며 취임
사를 마치겠습니다. 이상.

-저, 전원 기립해 주십시오! 차, 차렷! 경례!

"충성!"

-충성.

종혁은 쿨하게 퇴장하는 박종명을 보며 어이없어했다.

'저 양반이 저런 인간이었나?'

왜인지 앞으로의 경찰 생활이 꽤 다이나믹해질 것 같았다.

웅성웅성.

대강당을 빠져나오는 간부들의 표정이 복잡하다.

"와, 씨. 박종명 청장님 너무 파격적인데? 진짜 발포해
도 되는 거야?"

"에이, 말만 그렇겠지. 하지만 말이라도 이렇게 해 주니

존나 좋네. 전 청장님들의 뜻을 존중해 주는 것 같아서.”

솔직히 최기룡과 이택문이 경찰청장이 되면서 경찰일이 얼마나 편해졌던가.

지난 4년간 경찰 개혁과 공권력 강화가 이루어지며 이보다 좋을 수 없겠다 싶을 만큼 일이 즐거워졌다.

그런데 만약 박종명이 오늘 한 말을 지킨다면?

‘끝판왕인 거지.’

일선 파출소 경찰들의 애로사항이 뭐였던가.

바로 날뛰는 범죄자와 민원들을 강력하게 제압할 수 없는 거다.

비록 이택문과 최기룡이 공권력 강화의 기치 아래 강력한 진압을 허락했지만, 무조건적인 실탄 발포까지 허락한 건 아니었다.

아니, 실탄 발포는 허락했지만 상황을 따졌다.

그렇기에 우려가 든다. 이게 정말 지켜질지에 대한 우려가.

“하, 무조건적인 실탄 발포는 엿될 수도 있는데…….”

인명 사고.

범죄자를 쏘는 거야 종혁도 찬성이지만, 혹여 오발사고로 민간인이 다친다면?

그땐 감당할 수 없는 일이 벌어질 거다. 어쩌면 최기룡과 이택문이 공들여 쌓은 탑이 주춧돌 하나 남기지 않고 무너질 수도 있었다.

거기다 오늘 취임사에서 박종명이 보인 모습도 썩 이해

가 되지 않았다.

'저 양반, 저렇게 무대포 스타일은 아니었는데……'

오히려 음습한 뱀이 어울리는 스타일.

"음?"

종혁은 갑자기 자신의 앞을 가로막는 사십대 총경의 모습에 고개를 모로 기울였다.

"최종혁 팀장?"

"아, 예. 충성."

"지금 바쁘나?"

"아뇨. 괜찮습니다. 그런데 무슨 일이신지?"

"청장님께서 찾으신다. 가지."

'박종명 청장이?'

종혁은 대답은 듣지 않겠다는 듯 곧바로 돌아서는 총경을 보며 미간을 좁혔다.

'대체 뭔 말을 하려는 건지.'

종혁은 귀찮은 표정을 지으며 그의 뒤를 따랐다.

* * *

쿠당탕!

뭔가 뒤집어지는 소리가 울리는 경찰청장실.

"잠시만요. 지나갑니다."

안에서 책상을 가지고 나오는 경찰들에 비켜섰던 종혁은 한숨을 내쉬었다.

경찰청장실 안에 있던 물품이 모두 빠져나오고 있다.

그리고 그 중앙에 서서 지휘를 하는 박종명 경찰청장.

"소파는 빼고, 그 액자는 치워. 음? 아, 왔나? 모두 나가 있어."

"충성."

박종명에게 경례를 하고 나오며 종혁을 위아래로 훑는 경찰들.

김판호 팀장의 미안해하는 얼굴을 제외하면 죄다 곱지 않은 시선들이었기에 종혁은 씁쓸히 웃었다.

'죄다 모르는 얼굴들이네.'

아마 박종명이 부산청에서 데려온 이들일 거다.

"충성. 경정 최종혁."

"앉지."

박종명은 소파를 가리켰다.

"다 빼고 싶었는데 이것만큼은 못 빼겠더군. 이택문이가 돈 좀 썼나 봐."

그럴 수밖에 없다. 이 소파는 이택문이 아니라 최기룡이 경찰청장에 취임할 때 종혁이 선물한 소파였으니 말이다.

"좀 너저분하지? 마음에 안 드는 것들이 많아서 말이야. 아, 최 팀장에게는 좀 보기 안 좋은 모습이려나?"

"아닙니다."

아닌 게 아니다. 박종명이 원래 있던 물품을 하나씩 치울수록 왠지 추억이 한 조각씩 떨어져 나가는 기분이었으니 말이다.

그러나 마치 이쪽의 표정을 살피듯 가만히 응시하는 박종명의 시선 때문에 표현을 할 수가 없었다.

그런 종혁의 의도가 통한 건지 박종명은 피식 웃었다.

"그래? 그럼 다행이군. 그보다 내 취임사는 어떻던가? 좀 자극적인 단어들로 골라 봤는데 말이야."

'역시.'

이럴 줄 알았다. 역시 박종명은 뱀이었다.

하지만 종혁은 활짝 웃었다.

"훌륭하셨습니다. 다만 걱정이 되는 건……."

"민간인 피해? 걱정 마. 무분별한 발포를 허락할 정도로 막 나가자는 건 아니니까."

그건 곧 군사정권 시대로의 회귀.

박종명은 그럴 생각이 전혀 없었다.

"제가 생각이 짧았습니다. 아, 늦었지만 경찰청장에 취임하신 걸 축하드립니다."

"뭘…… 정말 늦은 건 나지."

마치 누구 때문에 많이 돌아왔다는 듯한 눈빛.

종혁은 속으로 한숨을 삼키며 무슨 말인지 모르겠다는 듯 고개를 모로 기울였다.

박종명은 실소를 지었다.

"그래. 최 팀장의 마음을 얻기엔 서로가 쌓은 시간이 부족하지. 차차 가까워져 보자고."

"하하. 영광입니다."

"흠. 그나저나 아쉽게 됐어."

"예?"

"최 팀장을 위해 새로운 부서를 기획하고 있었는데 말이야."

오직 종혁만을 위한 부서. 종혁이 본인의 능력을 100퍼센트 발휘할 수 있는 부서. 박종명은 그걸 기획하고 있었다.

"최기룡 선배나 이택문처럼 과장 대리나 일개 팀장이 아니라 진짜 과장. 김종두 과장이 본청에 왔을 때 경정이었다지?"

쿵!

눈동자가 살짝 흔들린 종혁은 이내 푸근히 웃었다.

"그렇습니까? 죄송합니다. 제 생각이 짧았습니다."

"아냐, 아냐. 미리 이야기를 하지 않은 내 잘못이지. 그보다 외사국으로 간다고?"

"예. 이제 슬슬 순회를 돌 때가 돼서 말입니다."

"하긴…… 확실히 그럴 때가 되긴 했지. 뭐, 아무튼 앞으로 잘 지내 보자고."

종혁의 손을 힘주어 잡으며 미소를 짓는 그.

"그럼 이만 가 보도록 해. 힘든 일 있으면 언제든 연락하고."

"예, 감사합니다. 충성."

"충성."

몸을 돌린 종혁은 경찰청장실을 빠져나갔고, 박종명은

그런 종혁을 보며 담배를 물었다.

"후우우."

전임자들의 흔적을 지워 버리듯 경찰청장실을 가득 채우는 담배 연기. 박종명의 입가에 차가운 미소가 그려진다.

"역시 쉽지 않군."

툭툭 찔러 봤음에도 표정 하나 변하지 않은 종혁.

과장이라는 단어에 반응을 보이긴 했지만, 박종명이 바라는 것만큼 극적이지 않았다.

역시 만만치 않았다.

"그리고 아쉬워."

후임자로 들어온 사람이 해야 할 일이 뭐겠는가.

바로 전임자의 흔적을 지우는 거다. 정책, 인사 등 전임자가 해 놓은 모든 걸.

그런데 정책 쪽에서 쳐낼 게 거의 없다.

그리고 그중 절반 이상은 종혁이 관여한 것.

그래서 너무도 아쉬웠다.

"김판호 이놈은 그동안 대체 뭘 한 건지…… 쯧. 뭐 시간이 해결해 주겠지."

종혁을 조커로 사용할 수 있을 때까진 그리 오래 걸리지 않을 거다. 어차피 외사국에 오래 있진 않을 테니 말이다.

담배를 구둣발로 비벼 끄며 일어난 박종명은 밖을 향해 입을 열었다.

"들어와."

우르르 다시 경찰들이 들어오며 경찰청장실을 뜯어 고치기 시작했다.

한편 아래층으로 향하는 엘리베이터 안.

문이 닫히자마자 종혁이 한숨을 내쉬었다.

"힘들다. 힘들어."

고작 5분도 안 되는 대화에서 대체 몇 번을 떠본 건지. 말 한 마디, 한 마디가 이쪽의 반응을 떠보기 위한 장치였다.

기가 쪽 빨리는 기분이었다.

"역시 나랑 안 맞아. 아니, 어쩌면 그냥 그 양반이 싫은 걸지도⋯⋯."

아무래도 이게 정답인 것 같다.

"하. 앞으로 빡빡하겠구만."

띵! 스르릉!

문이 열리자 내린 종혁은 박스를 든 채 바쁘게 움직이는 사람들 가운데 오택수와 최재수를 발견하곤 눈을 빛냈다.

각자 캐리어를 끌고 있는 그들은 냉큼 종혁에게 다가왔다.

"왜? 신임 청장님이 뭐래?"

"뭐, 그냥 잘 지내자 그런 말이었죠. 그보다 짐은 다 쌌어요?"

"뭐, 보다시피 다 싸긴 했는데⋯⋯."

오택수가 돌연 헛웃음을 터트린다.

그럴 수밖에 없었다. 박종명 경찰청장의 취임식인 오늘

부서 이동을 해야 했기 때문이다.

모두 이전 청장인 이택문이 오늘로 정해 놓은 것.

"이야아. 야, 넌 전 청장님이 이런 성격인 줄 알았냐?"

"뭐 대충?"

굉장히 과묵해 보이지만, 어디로 튈지 모르는 의외성이 있었던 이택문 전 경찰청장.

'아마 남아 있는 이들을 위해 부서 이동 날짜를 오늘로 잡은 거겠지.'

박종명이 충격적인 취임사로 임팩트를 줬다지만, 이렇게 바쁘고 정신이 없다 보면 아무래도 그 임팩트가 흐려질 수밖에 없다. 그럼 저마다 부서에 녹아들기 쉬울 터.

갈 땐 가더라도 곱게 가지 않겠다는 이택문의 의지가 절절 느껴지는 부분이었다.

"아, 그보다 각오는 했어요?"

외사국.

아쉽게도 그들과는 인연이 없던 곳이라 절로 긴장을 할 수밖에 없다. 외사국과 국내 수사팀의 자존심 싸움도 긴장을 짙게 하는 데 한몫을 한다.

여차하면 총탄이 날아다니는 해외를 누비는 외사국은 고작해야 칼이나 휘두르는 범죄자를 잡는 국내 수사팀을 월급 도둑이라고 무시하고, 국내 수사팀은 자세한 사정도 모른 채 지들 잘난 줄만 안다고 이를 드러낸다.

어떤 상황에선 서로가 서로에게 협조를 해야 하기에 조금이라도 더 주도권을 잡으려고 이런 대립각을 세우는 거다.

여기에 종혁의 나이도 문제다.

혹여 어린 팀장이라고 무시는 하지 않을지, 왕따를 당하지는 않을지 온갖 걱정이 생긴다.

하지만…….

"뭐 거기도 사람 사는 곳 아니겠냐?"

혹여 배척을 받는다고 해도 적당히 비비다 보면 서로 친해지게 될 것이다. 언제나처럼 말이다.

"그게 무슨 나약한 소리세요! 걱정 마세요, 팀장님! 팀장님을 욕하면 제가 그냥……!"

빠악!

"그냥 뭐? 쌈박질이라도 하게, 새끼야?"

"당연하죠! 오 경감님은 가만 계실 거예요?"

"……그럴 리가."

그땐 다 죽는 거다. 징계를 받는 한이 있더라도 다 죽여 버릴 거다.

종혁은 사납게 이를 드러내는 그들의 모습에 작은 감동을 느끼며 입술을 비틀었다.

'맞지. 그럼 다 죽는 거지.'

그땐 종혁 본인부터 가만있지 않을 거다.

"자, 그럼 우리도 움직이죠."

"오케이!"

그들은 마음 한구석에 날을 세우며 엘리베이터에 올라 탔다.

〈102〉 회귀 경찰의 리셋 라이프 18

띵! 스르릉!

열리는 문을 통해 보무도 당당히 발을 내딛는 순간이었다.

"……왔다!"

"왔구나–!"

'으응?'

종혁은 이쪽을 보며 만세를 외치는 경찰들의 모습에 그대로 굳어 버렸다.

"국장님! 왔어요, 왔어! 최 팀장이 왔다고요!"

"뭐?!"

쿠당탕!

"헉, 괜찮으십니까!"

"괜찮으니까 비켜!"

투두두두두!

안에서 달려 나오는 오십대 장년인.

마치 곰이 달려온다면 이런 압박을 줄 수 있을까.

종혁은 자신도 모르게 양손을 들었지만, 그걸 무시한 장년인은 달려오던 속도를 줄이지 않은 채 그대로 종혁을 껴안았다.

"윽!"

"왜 이제야 왔어–!"

"……예?"

"내가 얼마나 기다렸는지 알아? 아니다! 잘 왔다! 잘 왔어! 이제라도 온 게 어디야–!"

종혁은 마치 죽은 줄 알았다가 살아 돌아온 자식을 반기듯 어화둥둥 하는 외사국의 국장을 혼이 쏙 빠지는 걸느꼈다.

'이게…… 무슨 상황이지?'

* * *

"하하, 많이 놀랐지?"

직접 차를 내온 외사국의 함경필 국장.

"최 팀장이 알고 있을지는 모르겠지만, 우리 외사국이해외에서 좀 그래."

해외로 도망친 범죄자를 잡기 위해선 그 나라 경찰의협조가 적극 필요한데, 어느 누가 남의 집에 와서 감 내놔라 배 내놔라 하는 사람을 반길까. 그것도 안방을 휘젓는 사람을.

협조는커녕 배척이라도 하지 않으면 다행이다.

이건 어느 나라건 마찬가지다. 저 미국이라고 해도 말이다.

심지어 그쪽에서 먼저 체포해 교도소에 넣어 버리는 경우도 있다. 특히나 중국에서 마약은 사형. 한국에서 인도를 바라도 중국은 그냥 사형을 시켜 버린다.

이런 상황에서 여러 나라와 긴밀한 끈이 있는 종혁이온 거다. 반기지 않을 리가 없었다.

솔직히 함경필은 종혁이 외사국으로 인사이동 신청서

를 넣었다는 말을 듣자마자 예배 중이라는 것도 잊은 채
만세를 외쳤었다.

"아…….."

"큰 것까진 바라지도 않아. 딱 100번에 한 번이라도,
응? 그렇게 해 줄 수…… 있을까? 나 좀, 아니 우리 좀
살려 주라."

함경필은 그렇게 말하며 머리를 쓸어 올렸고, 종혁은
한 움큼 뽑혀 나온 머리카락들에 흠칫 놀랐다.

"물론 최 팀장의 인맥을 아무 대가 없이 이용한다면 도
둑놈이지. 내가 편의 다 봐줄게! 뭐든 말만 해!"

막말로 출근을 하지 않아도 되고, 사무실에 애인을 데
려와도 오케이다. 아니, 따로 팀 사무실을 원하면 얼마든
지 만들어 줄 수 있다.

"그러니 진짜 좀 살려 주라…… 응?"

"……사무실을 어떻게 뜯어고쳐도 오케이 해 주시는
겁니다."

국장실로 오는 길에 봤던 외사국 사무실의 전경.

없는 게 참 많은 전형적인 경찰 사무실이었다.

잠시 종혁의 말을 이해하지 못했던 함경필은 함박웃음
을 지었다.

"최 팀장!"

"뭐 오케이 못하시겠다면……."

종혁이 일어나려는 움직임을 보이자 함경필은 기겁하
며 종혁을 잡았다.

"태국! 태국으로 튄 놈을 잡아야 해!"

무려 200억대 사기를 치고 태국으로 도주한 놈.

그 말에 종혁의 표정이 오묘해진다.

"태국이요?"

"왜? 힘들어? 다른 거 말할까?"

"아니요. 그건 아닙니다."

하지만 우연도 이런 우연이 있을까.

태국은 미국과 일본, 러시아 다음으로 친분이 깊은 나라다.

종혁은 핸드폰을 들었다.

"어, 라차논. 나야."

몇 년 전만 해도 상남자 마초였지만, 지금은 여자가 되어 버린 유도 라이벌 라차논.

-허니!

와락 얼굴을 구긴 종혁은 이를 갈았다.

"죽는다."

-아하하! 좋으면서 튕기기는……. 그런데 갑자기 무슨 일이야?

"나 이번에 외사국으로 전출 왔거든?"

-아, 오케이. 내가 연락 쫙 돌려 놓을게! 그런데 그보다 태국엔 언제 또 오는 거야?! 이러다 얼굴 잊어 먹겠어!

"네가 한국에 놀러 오는 건 어때? 연락하면 내가 비행기 보내 줄게."

-아, 그러면 되겠구나! 알았어! 흐흐. 그땐 안 재울 테

니까 기대해, 자기?

빠득.

"······그래. 얼른 와라. 이번엔 정말 죽여 버리게."

ー아하하하. 끊을게!

종혁은 통화가 끊긴 핸드폰을 보며 이를 갈다 아차 하며 함경필을 봤다가 의아해했다.

그가 멍하니 이쪽을 바라보고 있었기 때문이다.

"최 팀장, 태국어를 할 줄······. 아차, 지금 그게 문제가 아니지! 어, 어떻게 됐어? 협조해 준대?"

"예. 곧 그쪽에서 연락이 올 겁니다."

와락!

"윽?!"

"고맙다! 미안하다! 그리고 사랑한다ー!"

종혁을 끌어안은 팔을 푼 함경필은 국장실을 뛰쳐나가 크게 외쳤다.

"야, 수사과 3팀! 태국, 200억! 스탠바이 해라ー!"

"우와아아아아아······!"

함성이 터지는 외사수사과 3팀과 그런 그들을 부럽다는 듯 쳐다보다 '우리는?' 하고 간절히 쳐다보는 다른 팀들의 모습에 슬그머니 문을 닫은 함경필은 다시 종혁을 와락 껴안았다.

"정말 고맙다, 고마워! 아······."

무슨 일인지 갑자기 안타까운 표정을 짓는 함경필 국장.

"왜 그러십니까?"

"어, 그게……. 최, 최 팀장. 진짜, 정말로 오해하지 말고 들어야 해? 내가 이렇게까지 해 줬는데도 바로 안면몰수를 하는 그런 개새끼는 정말 아니거든?"

혀가 길다.

종혁은 미간을 좁혔다.

"그, 그게 원래 우리 외사국에 전통적으로 내려오는 신고식이라는 게 있어요. 이건 국장이 누가 되든 바꿀 수 없는 거거든? 내가 최 팀장에게 억하심정이 있어서가 아니라 이 신고식이 우리 외사국 업무와 굉장히 밀접한 관계가 있어서 그래."

"흠. 예, 뭐. 그런 거라면 해야죠."

"진짜?!"

종혁은 고개를 끄덕였다.

일단 최소 1년은 외사국에서 비빌 생각을 하고 온 길이다. 박종명이 지랄을 할 것 같으면 2년.

이런 상황에서 그냥 악습도 아니고 업무와 밀접한 관계가 있는 신고식이라는데 거부할 리가 없었다.

아니, 오히려 좋았다. 이 신고식을 통해 하루라도 더 빨리 외사국에 녹아들 수 있을 테니 말이다.

"하. 진짜 우리 최 팀장은 왜 마음까지 넓은 거야……."

"아하하."

"좋아. 그러면 공항을 갈래, 항구를 갈래? 아무래도 공항이 낫겠지?"

"……예?"

"국제공항이랑 항구, 둘 중 한 곳의 상주 경찰로 파견 나가야 해. 상황관리센터 업무도 봐야 하고. 그…… 한 달 동안."

"저 수사과인데요?"

외사국 외사수사과.

종혁이 앞으로 최소 1년간 신세를 질 곳이다.

"이, 이게 원래 그쪽 지리를 외우고, 또 그쪽 애들과 친 분을…… 미안."

다급히 사과를 한 함경필은 종혁의 눈치를 봤다.

"히, 힘들면 그냥 신고식은 건너뛸까?"

"아뇨. 하겠습니다."

"진짜?!"

종혁은 고개를 끄덕였다.

일반 경찰로서도 진입하기 힘든 통제 및 보안 구역.

작게는 거기가 어떻게 생겼나 궁금하기도 한 것도 있지 만, 크게는 공항이나 항구에 귀를 심어 둘 수 있는 기회다.

지금까지 그 어떤 형사도 해내지 못한 일.

'항구나 공항에 내 정보원을 만들 수 있다라……'

테러나 범죄 등의 위협에 노출되어 있기에 계약직 청소 부조차도 수많은 검증을 거쳐야 하는 국제공항과 항구.

만약 정보원을 만들 수만 있다면, 그곳에서 흘러나오는 모든 정보가 종혁의 손아귀에 들어오는 거다.

앞으로의 형사 생활에 아주 큰 자산이 되어 줄 게 분명 했다.

종혁의 눈이 흥미로 빛나기 시작했다.

"아, 솔직히 전 안 가도 되는데 외사국의 화합을 위해 신고식을 받아들인 건 알고 계시죠?"

"어? 그, 그렇지?"

순간 뭔가를 눈치챈 함경필은 하얗게 질렸다.

대체 무슨 요구를 하려는 걸까.

종혁은 그런 그를 보며 걱정 말라는 듯 웃어 주었다.

정보원은 정보원이고, 이건 이거였다.

* * *

기이이잉!

비행기가 뜨고 내리는 인천국제공항.

수많은 사람들이 저마다의 사연을 가지고 바쁘게 걸음을 옮긴다.

누군가는 생애 첫 해외여행에 들뜬 마음을 주체하지 못해서.

또 누군가는 비행기 이륙 시간이 가까워져서.

얼른 면세점 쇼핑을 하고 싶어서.

그렇게 수많은 사람들이 출입국 게이트와 여러 편의시설을 이용하기 바쁜 와중에 다른 의미로 바쁜 사람들이 있다.

한가득 미소를 짓거나 제복을 입은 채 경직된 얼굴로 돌아다니는 인천국제공항의 직원들.

인천국제공항이 원활하게 돌아갈 수 있게 만드는 주역들이다.

"야, 야. 그 말 들었어? 이번에 경찰 본청에서 상주 경찰이 파견된대!"

"아, 벌써 그 시즌이야?"

본디 인천경찰청과 국정원이 치안 및 보안을 담당하는 인천국제공항.

그러나 매년 2번, 1월과 7월 인사이동 시즌에 경찰 본청의 외사국에서도 경찰이 파견된다.

명목상은 인천경찰청 및 국정원, 그리고 인천 국제공항공사 직원들과의 원활한 커뮤니케이션을 위함이라고 하지만, 이게 본청 외사국의 신고식이라는 걸 모르는 사람은 없다.

"이번엔 누가 올까?"

"배불뚝이 아저씨만 아니면 좋겠다."

"저번에 그 음흉한 경찰 말하는 거지? 막 우리 다리 훑어보던……. 근데 그 사람 인천청 경찰 아니었어?"

"몰라. 누가 됐든 경찰은 좀 그렇더라."

딱히 하는 일도 없어 보이는데 폼은 엄청나게 잡고 다니는 경찰들. 상황이 터져도 사건을 해결하는 건 공항보안팀이지 경찰이 아니다.

상황이 모두 종료된 후에야 슬그머니 나타나서 상황을 일으킨 주범을 잡아가는 경찰.

그러면서도 고생은 다 하는 보안팀을 아래로 보니, 같

은 처지의 계약직 직원들로서는 기분이 좋을 리가 없다.

"누가 근무 시간에 잡담하라고 했죠?"

"죄, 죄송합니다!"

여객서비스팀의 삼십대 여성은 부리나케 도망치는 동료 직원들을 보며 한숨을 내쉬었다.

인천 국제공항공사 소속이지만, 외주업체인 그들 여객서비스팀.

여차하면 목이 날아가는 파리 목숨이라 어떤 부당한 일을 당해도 참을 수밖에 없다.

"이번엔 멀쩡한 사람이 왔으면 좋겠네."

대우를 해 주는 건 바라지도 않는다. 그냥 없는 사람처럼 무시라도 해 줬으면 싶었다.

"아, 맞아. 올 1월에 온 그 경찰분은 꽤 어수룩해서 귀여웠는데……."

나이도 꽤 어렸던 걸로 기억한다.

"흠, 그런 거 보면 역시 본청은 뭐가 달라도 다른 건가?"

생각해 보면 본청 외사국에서 온 경찰들치고 완전히 나쁜 사람은 없었다. 엘리트라며 계약직을 무시하는 사람은 종종 있었지만 말이다.

그 순간이었다.

후다다다닥!

그녀의 앞을 스쳐 지나가는 공항보안팀 기동타격대 대원들.

-다시 한번 전파한다. H3에서 상황 발생. H3에서 상

황 발생! 인근 순찰조는 출동 바람!

이어폰이 빠진 듯 희미하게 스쳐 지나가듯 들리는 무전 소리에 여성의 표정이 굳는다.

H3라면 입국 심사대에서 입국 게이트로 오는 길에 있는 통제구역 중 한 곳이다.

"하, 또 누가 생각 없이 들어간…… 응?"

파바박!

마치 기동타격대 대원들의 뒤를 쫓듯 앞을 스쳐 지나가는 3명의 사람.

"뭐, 들어가기 전에 막히겠지."

상황이 급박해 보이지만, 외부인이 출입국 게이트 안으로 들어갈 수 있을 만큼 인천공항은 허술한 곳이 아니었다.

"저기요!"

"네, 고객님!"

그녀는 다가온 인천공항 이용객을 향해 언제나처럼 화사한 미소를 지어 주었다.

"不要靠近我! 我会杀了你!(가까이 오지 마! 죽여 버리겠어!)"

"으악!"

"꺅!"

제복을 입은 공항보안팀 여성의 목을 끌어안은 채 칼을 휘두르는 사십대의 중국인 남성.

그런 그녀를 둘러싼 기동타격대 대원들이 안절부절못한다.

"아니, 씨발. 어떻게 기내에 칼을 들고 탈 수 있는 건데!"

"지금 그게 문제야? 얼른 민간인 통제 안 해?!"

"아, 가까이 오시면 안 됩니다."

"이동하시겠습니다."

"아, 조금만요! 조금만 더!"

구경꾼들은 아쉬워하며 물러났고, 그사이 다시 악을 지르며 위협하는 중국인 남성의 모습에 기동타격대의 팀장은 얼굴을 와락 구겼다.

"시발. 국정원이나 경찰은 왜 이렇게 안 오는 거야?!"

마음 같아선 날아차기로 칼을 쥔 손부터 날려 버리고 싶지만, 그러다 가해자가 상처라도 입으면 정말 큰일이 발생한다.

일개 계약직에 불과하기에, 아니 정확히는 공무원이 아니기에 큰일이다.

중국에서 클레임을 걸면 옷을 벗어야 하는 계약직인 그들.

자신들에게 공무원처럼 범죄자를 강력하게 제압할 수 있는 권한이 있다면 얼마나 좋을까.

그러나 바랄 수조차 없는 일이었다.

"我会杀了你(죽여 버리겠다고)!"

"아악!"

"은정아!"

입술이 하얗게 변할 정도로 강하게 씹은 팀장이 발을 앞으로 내딛는 순간이었다.

"무슨 일입니까?"

"헉?! 오, 오셨습니까!"

정장을 입은 채 여유롭게 다가오는 날카로운 인상의 삼십대 사내. 국정원에서 파견된 요원이다.

"보다시피 중국인 여행객이 난동을 부리는 상황입니다."

"중국이요? 하필이면……."

"예?"

중국, 올 2월 경제 대폭락으로 나날이 상승하던 기세가 고꾸라졌다지만 한국과 오랜 교류 대상이다.

자칫 외교적인 문제가 발생할 수 있는 상황.

국정원 직원은 한발 뒤로 물러났다.

"큼. 이건 경찰에 맡기는 게 좋을 것 같군요."

"무, 무슨?"

"국정원이 외교적 문제에 개입을 하면……."

"자, 잠깐만요! 들어오시면 안 됩니다!"

"아, 괜찮아요. 괜찮아. 나 오늘 출근하기로 한 사람이에요."

"예?"

"봐요. 여기 경찰…… 오?"

"헉!"

뒤에서 일어나는 소란에 고개를 돌린 국정원 직원은 만류하는 기동타격대 대원들을 완력으로 밀며 입국 게이트 안으로 진입하는 종혁을 보곤 눈을 부릅떴다.

종혁 역시도 그런 그를 발견하곤 놀라는 표정을 지었다.

"이야, 오랜만입니다?"

"최, 최 교관?!"

"최 교관? 와, 우리 성득 씨 안 본 사이에 간땡이가 좀 부었네?"

"헉!"

국정원 직원이 주춤 물러나자 팀장은 의아해했다.

"아시는 분이십니까?"

"아, 그게……."

국정원 직원이 입을 열려고 했지만 그보다 종혁이 먼저 입을 열었다.

"기동타격대 되십니까?"

"예, 예."

"이렇게까지 상황을 통제해 주셔서 감사합니다. 그럼 지금부터 상황은 제가 통제하도록 하겠습니다."

"당신이 누구…… 헉!"

팀장은 종혁의 재킷 안주머니에서 나오는 리볼버 권총에 기겁하며 허리에 찬 테이저건으로 손을 가져갔다.

그러나 종혁은 그런 건 신경조차 쓰지 않은 채 허공을 향해 총구를 들어 냅다 방아쇠를 잡아당겼다.

콰아아앙!

"으악!"

"꺅!"

순간 비명을 지르며 굳어 버리는 사람들.

종혁은 멍하니 이쪽을 바라보는 중국인 범죄자를 향해

씩 웃으며 총구를 겨눴다.

"嘿(야)."

흠칫!

"뒤질래, 살래? 참고로 너 하나 죽인다고 내 밥그릇 안 치워진다."

타앙!

"으악!"

"공포탄 다 뺐다. 다음부터는 실탄이다."

종혁은 중국인 범죄자의 미간을 향해 총구를 겨눴고, 놈은 하얗게 질렸다.

갑자기 너무도 익숙한 향기가 난다.

사람 목숨을 돼지 목숨처럼 아는 공포의 상징, 중국 공안. 그 두렵고도 두려운 중국 공안의 향기가.

끼릭!

방아쇠에 끼워진 종혁의 손가락이 뒤로 당겨지려는 듯 보이자 중국인 남성은 기겁했다.

"하, 항복! 항복하겠습니다!"

중국인 남성은 다급히 양팔을 번쩍 위로 들었고, 다급히 중국인 남성의 품에서 도망쳐 나오는 여성 대원.

종혁은 한숨을 내쉬며 권총을 품 안에 집어넣었다.

"씨부럴 새끼가 진즉에 이럴 것이지…… 쯧. 최재수."

"예, 팀장님!"

"제압해."

"옙!"

파박!

땅을 박차며 날은 최재수의 날아차기가 중국인 남성의 가슴에 작렬했다.

쿠당탕!

"으악!"

그렇게 자빠지는 중국인 남성을 뒤로하며 돌아선 종혁은 인질이었다가 풀려난 여성 대원을 찾았다.

"어이쿠, 많이 놀라셨죠? 제가 진심은…… 응? 왜요?"

종혁은 이쪽을 멍하니 쳐다보는 사람들의 시선에 고개를 모로 기울였고, 사람들은 그런 종혁을 보며 동시에 같은 생각을 했다.

'세상엔 저런 또라이도 있구나.'

그 또라이와 앞으로 한 달간 함께해야 한다는 걸 그들은 아직 모르고 있었다.

* * *

—최 팀장…….

"아하하."

종혁은 울 듯한 함경필 국장의 목소리에 어색하게 웃었다.

—아니, 가자마자 사고를 치면 어떡해. 응?

그것도 공항에서 발포를 했다.

초대형 사고.

종혁이 총을 쐈다는 소리에 함경필 국장은 뒷목을 잡고 쓰러질 수밖에 없었다.

"방어권 하나 쓰겠습니다."

함경필과의 교섭에서 따낸 세 장의 방어권.

태국의 일을 해결하고, 신고식을 받아들이는 대신 외사국에 있는 동안 무슨 짓을 저질러도 커버를 쳐 주겠다는 방어권이다.

ㅡ아니, 지금 그게……! 하아. 아냐, 됐어. 그냥 이건 내가 서비스한다 치자. 최 팀장 환영 선물로.

"오? 감사합니다."

ㅡ그래. 일 잘하고. 끊을게…….

그 짧은 사이 10년은 늙어 버린 듯한 함경필의 목소리.

볼을 긁적인 종혁은 조마조마한 눈으로 이쪽을 응시하는 오택수와 최재수에게 엄지를 치켜세웠다.

"후아!"

"하아……."

가슴을 쓸어내린 오택수는 종혁을 째려봤다.

"진짜 뒤 안 보고 일 저지르는 데는 뭐 있다?"

"으하핫!"

"웃자고 한 소리 아니다, 짜샤."

"뭐, 어때요. 상황이 커지기 전에 수습된 게 중요하지. 자, 그럼 한 달 동안 함께할 동료들이나 보러 갑시다."

정확히는 공항 내에 위치한 조사실.

종혁은 조사실 앞에 모여 있는 사람들, 아니 딱 봐도

형사 같은 이들에게 경례를 했다.

"충성. 본청 외사국 외사수사과 4팀장 최종혁 경정입니다. 만나 뵙게 되어 반갑습니다. 앞으로 한 달간 잘 부탁합…….."

"이봐, 본청 양반!"

'음?'

"지금 당신이 무슨 짓을 했는지 알아?! 이거 어떻게 할 거야!"

종혁은 소리를 지르는 사십대 배불뚝이 경찰을 보며 눈을 가늘게 떴다. 다른 경찰들도 말은 안 하지만, 그에게 동조하는 듯 시선이 곱지 않다.

그래서 종혁은 의아했다.

"무슨 문제라도?"

"문제? 하!"

그 발포음 때문에 공항이 일대 마비가 됐다.

당연히 민원은 쏟아졌고, 공항에서 일어난 발포음 때문에 상사에게 엄청난 욕설을 들어야 했다.

이런 그의 설명에 종혁의 고개는 모로 기울어졌다.

"그래서 피해자를 구했잖습니까?"

"뭐야?!"

"실탄을 쏜 것도 아니고, 고작해야 공포탄을 쏘는 걸로 피해자를 구했으면 된 거 아닙니까? 거기다 박종명 경찰청장님의 취임사 못 들었습니까?"

모든 출동 상황에서 가스건과 테이저건 발포 및 실탄

발포를 허가한다.

종혁의 고개가 더 기울어졌다.

"대체 뭐가 문제라는 겁니까?"

"이익! 걔, 걔는 일반 시민이 아니라 인천 국제공항공사에서 계약한 공항보안팀 직원이라고!"

"그래서 뭐 보안팀 직원은 사람도 아닙니까? 아, 혹시 이번 일로 피해가 와서 선배님 모가지라도 날아갈까 봐 그럽니까?"

"뭐, 뭐야?! 이 새끼가 같은 식구라고 충고를 해 주려니까!"

정곡이었는지 손을 드는 형사.

눈을 서늘히 빛낸 종혁은 그 손을 꺾었다.

"아악! 악!"

"야, 본청!"

"닥쳐, 씨발것들아!"

순간 복도를 꿰뚫는 종혁의 짜증 가득한 외침.

종혁은 팔을 꺾은 형사의 이마를 형사수첩으로 툭툭 두드렸다.

"어이, 견찰. 넌 잊었는지 모르겠지만, 피해자가 눈앞에 있다면 내 모가지를 걸고서라도 구해야 되는 게 경찰이야. 그런 게 진짜 경찰이라고. 응? 씨발, 현장 출동이 늦었으면 쪽팔린 줄 알아야지."

같은 식구이기에 진짜 봐주고 있다는 걸 왜 모르는 걸까.

'넌 내 밑에 있었으면 뒤졌어, 새끼야.'

휙!

"큽!"

풀려나자마자 손목을 붙잡은 채 종혁을 노려보는 형사.

코웃음을 친 종혁은 방금 전의 발언에 굳어 있는 사람들을 향해 일갈했다.

"비키세요, 경찰 새끼들아."

"쯧!"

"이익!"

죽일 듯 노려보는 시선들을 무시한 종혁은 조사실의 문을 열고 들어갔다.

그가 나타나자마자 기겁하는 중국인 중년인.

종혁은 그의 맞은편에 앉으며 담배를 물었다.

"야, 너 스파이지?"

"……!"

어떻게 그렇게 긴 칼을 숨기고 비행기를 탈 수 있었을까, 그리고 어째서 통제구역으로 가려고 했을까.

그리고 공항보안팀을 무력으로 제압한 실력까지.

제아무리 여성이라지만 공항보안팀으로 채용될 정도라면 운동선수 출신일 게 분명한데, 일반인이 그렇게 간단히 제압한다는 건 말이 되질 않았다.

종혁은 눈이 동그래지는 중국인을 보며 나른하게 웃었다.

'미친!'

조사실의 벽면에 붙여진 커다란 유리 뒤쪽의 공간.

옹기종기 모여 있던 사람들이 종혁의 발언에 기겁을 한다.

"뭐야! 그냥 지르고 보는 거야?!"

"아니야. 가능성 있어."

통제구역이 왜 통제구역이겠는가.

인천공항에 있어 중요한 공간이기에 통제구역인 거다.

충분히 스파이의 타깃이 될 만한 곳.

"그럼 이게…… 단순한 난동이 아니라고?"

하루에도 몇 번씩 발생하는 난동 사건.

그래서 이번에도 그러려니 했던 사람들은 기이한 눈으로 조사실을 응시했다.

"不(아니야)!"

질겁하며 외친 중국인은 다급히 입을 열었다.

"그냥 무슨 장소인지 궁금해서 가 보려고 했던 것뿐이야!"

"예, 예. 당연히 그렇게 말하셔야죠."

비꼬듯 말한 종혁의 나른한 미소가 더 짙어진다.

"안 그러면 중국에 가서 뒈질 테니까."

정체가 들통난 스파이에게 내려질 처분이 뭐겠는가.

죽음뿐이다.

"뭐, 당신이 정말 스파이가 아니라도 중국의 얼굴에 먹칠을 했으니 곱게 끝나진 않겠지."

스파이라는 말이 나오지 않았으면 모르되 이미 말해 버렸다.

정체가 들통이 난 스파이는 외교적인 문제. 이제 눈앞

의 이놈에겐 지옥만이 남아 있을 뿐이었다.

그걸 알아챈 것인지 중국인은 파랗게 질렸다.

"미친! 정말 아니라고! 아니야! 절대 아니야–!"

"그래. 알았다니까?"

종혁은 어차피 평행선만 달릴 이야기를 계속하고 싶지 않았다.

"아무튼 지금부터 당신에겐 두 가지 선택권을 줄 거야. 하나, 이대로 공항의 모처에 구금을 당한 채 뒹굴거리다가 당신을 데리러 온 중국 공안을 따라 다시 중국으로 간다. 둘, 이대로 한국 법정에서 재판을 받고 복역을 한 후 중국 공안에 넘겨진다."

후자는 지금보다 더 중국의 얼굴에 더 먹칠을 하게 될 거다. 종혁 자신이 그렇게 만들 터였다.

"뭘 선택하든 너희 나라 공안에 쥐어 터지는 건 마찬가지일걸?"

움찔!

"……첫번째로 할게."

종혁은 아쉽다며 혀를 찼다.

"클레임 걸 거야?"

"그냥…… 내 나라로 보내 주기만 해 줘."

"오케이. 뒷말하면 뒤지는 거다. 여기 CCTV에 다 녹화됐어?"

"알았다니까!"

종혁은 피식 웃으며 몸을 일으켰다.

"여기 이 사람 구금시키고 중국 공안에 연락해요."

종혁은 그대로 조사실을 빠져나갔고, 거울 뒤편의 사람들은 그런 종혁을 멍하니 쳐다봤다.

"지, 지금 내가 뭘 본 거야?"

"그, 글쎄?"

스파이란 단어 하나로 모든 상황을 종결시켰다.

사람들의 입이 헤 벌어졌다. 그러다 그중 한 명이 다급히 문을 열고 공간을 빠져나왔다.

"저……."

"아, 팀장님. 기동타격대 팀장님 맞죠?"

"예, 예! 기동타격대 3팀…… 아, 아니 감사합니다! 제 부하를 구해 주셔서 정말 감사합니다!"

"뭘요. 경찰로서 당연히 해야 할 일을 했을 뿐인데요."

팀장은 다급히 고개를 저었다.

당연히 해야 할 일이 아니다. 누구라도 무서워할 상황이었다.

"형사님 같은 분도 계셨군요……."

종혁은 멍하니 중얼거리는 그의 모습에 씁쓸히 웃었다.

"끄응. 이거 일부 소수 때문에 경찰에 대해 선입견이 생기셨나 보군요. 제가 경찰을 대변할 수는 없지만, 그래도 한 명의 경찰로서 사과드리겠습니다. 믿음을 주지 못해 죄송합니다. 그리고 저런 경찰들만 있는 게 아니라는 것을 말해 드리고 싶습니다."

"죄송합니다."

"경찰이 죄송합니다!"

종혁을 따라 고개를 숙이는 오택수와 최재수.

소스라치게 놀라 허리를 숙인 팀장은 울 듯 오묘한 표정을 지었다.

'아닙니다. 이제라도 와 주셔서 감사합니다.'

"후. 다시 한번 제 팀원을 구해 주셔서 감사합니다."

"하하. 아, 그런데 아까 그 팀원분은 지금 어디 계십니까?"

"예? 그건 왜……."

"칭찬해야죠."

"……예?"

"왜요?"

종혁은 놀라는 그를 보며 의아해했다.

* * *

차가운 에어컨 바람으로 가득한 인천공항 안 여성직원용 화장실.

쏴아아!

물이 쏟아지는 세면대 앞에 선 기동타격대 3팀 팀원인 박은정이 거울을 멍하니 바라본다.

세수를 한 것인지 물로 흥건한 그녀의 얼굴.

씻다가 물이 들어간 건지 그녀의 눈이 붉다.

"하."

—씨발. 기동타격대라는 놈이 잘하는 짓이다! 뭐? 인
질?

—아씨. 이래서 남자만 받자니까!

—야, 너 운동했다며. 경호학과 출신이라며.

박은정은 아직도 귓가를 울리는 선배들의 질책에 고개
를 푹 숙였다.

"좆같네."

'난 왜 잘하는 게 없을까?'

본디 태권도 선수였던 그녀. 하지만 전국체전이나 대회
에서 매달을 딴 적이 단 한 번도 없다.

너무 어정쩡했던 재능.

그런데 그걸 깨닫는 게 너무 늦었다.

깨닫고 나니 고등학교 3학년. 배운 게 태권도뿐이라 어
쩔 수 없이 경호학과에 진학했고, 어정쩡한 성적만 거두
다가 결국 이곳에 입사했다.

"처음엔 나도 속으로 욕했는데……."

여자라고 무시했던 선배들.

그런 선배들이 고객이 난동을 부릴 때 단호하게 대처하
지 못한 채 엉거주춤하는 모습을 보며 날 욕했으면서도
고작 이 정도냐며 욕했다.

그래서 오늘 상황에서도 그녀가 나선 것이었다.

그리고 인질이 되어 버렸다.

한눈을 판 것은 아니다. 처음엔 제지하려고 뻗은 손이

잡혔고, 아차 했을 땐 인질이 된 후였다.

박은정은 그제야 선배들이 괜히 엉거주춤했던 게 아니었음을 깨닫게 되었다.

자신이 인질이 되자마자 달려왔던 수많은 사람들.

자신의 그릇된 오기와 혈기가 상황을 키워 버리고 만 거다.

그리고…….

섬뜩!

목에 닿았던 뾰족한 칼날의 감촉이 다시 떠오르자 순간 은정의 무릎이 풀린다.

'무, 무서웠어.'

이대로 죽는가 싶었다.

그래서 아무런 대처를 하지 못했다. 경호학과에서 호신술을 배웠음에도 그 순간 아무것도 떠오르지 않았다.

"그런데 그 경찰은 달랐지."

주저 없이 총을 꺼내 들면서 협박을 했던 종혁.

은정은 그런 종혁이 백마 탄 왕자처럼 느껴졌던 자신의 모습에 환멸을 느꼈다.

벽에 기댄 박은정은 미끄러지듯 주저앉으며 담배를 물었다.

찰칵! 치이익!

"푸후우. 관둘까?"

이젠 그냥 포기하고 싶었다.

"태릉 피트니스에서 트레이너를 모집하긴 하던데……."

또각또각.

"어머? 여기 금연인데요?"

은정은 화장실로 들어온 여성, 여객서비스팀의 팀장의 질책에 혀를 차며 몸을 일으켰다.

"죄송합니다. 그럼."

"어? 저, 저기 괜찮아요? 오늘……."

'씨발. 겁나 빨리도 퍼지네.'

아마 내일이면 공항 직원들 전체가 알지 않을까.

얼굴을 구기며 화장실을 나섰다가 남자화장실 쪽에 서 있는 종혁을 발견하곤 흠칫 몸을 굳혔다.

"아, 아! 감사합니다!"

"수고했어요."

쿵!

"……예?"

"민간인 대신 인질이 되어 줘서 고맙고, 범죄자가 도망을 쳐 혹여 2차 피해를 일으키지 않을 수 있게 계속 잡아 두느라 수고했다고요. 이야, 파이팅 있던데요? 자, 이건 그에 대한 선물."

"어? 예? 예, 예. 헉!"

은정은 얼떨떨 종혁이 내민 종이백 안을 보곤 경악했다.

발렌타인 30년산.

"이야기를 들어 보니까 술을 좋아하신다고 해서 준비해 봤습니다. 역시 공항 직원이 좋긴 좋아요. 이렇게 면세점 물건도 맘대로 살 수 있고. 오늘 저 때문에 많이 놀랐을 텐데, 그거 마시고 푹 자고 내일 봅시다."

"저, 저기!"

"응? 왜요?"

"저, 저는⋯⋯."

종혁은 입술을 달싹이는 박은정을 보며 푸근히 웃었다.

"아무것도 하지 못했다고 당신이 낸 용기의 가치가 떨어지는 건 아닙니다."

"⋯⋯!"

'뭐 만용이었던 것 같지만, 오늘 일로 충분히 배운 거 같으니 더 말할 필요는 없겠지.'

어디 처음부터 잘하는 사람이 있겠는가. 이렇게 부딪쳐 가며 배우는 거다.

몸뚱이가 부서져도, 마음이 부서져도 배워야 하는 것.

그게 타인을 지키는 사람들의 업이다.

"앞으로도 인원이 부족한 저희 경찰 대신 인천공항의 치안을 부탁드리겠습니다. 인천공항 기동타격대 박은정 대원님."

허리를 숙였다 편 종혁은 돌아섰고, 박은정은 그런 그를 멍하니 쳐다봤다.

'박은정 대원님⋯⋯.'

"팀장님, 빨리 오세요! 우리 사무실 보러 가야죠!"

"간다, 가! 아오 저 눈치도 없는 새끼. 오 경감님 한 대 쳐 버려요!"

빠아악!

"악! 씨발! 오 경감님이 뭔 팀장님 인형이에요?!"

"뭐, 씨발? 이 새끼가?!"

"뭐요, 뭐! 그래, 씨발 나도 참을 만큼 참았거든? 다 덤벼!"

"오냐, 죽어라!"

그렇게 아웅다웅하며 멀어지는 세 사람.

각자의 나이대가 모두 달라 보이는데 격의 없는 모습이 너무도 커 보인다.

"저런 게…… 진짜 경찰인 걸까?"

박은정은 방금 전 종혁의 말이 닿은, 자신을 한 명의 대원으로서 인정해 준 진심이 닿은 가슴에 손을 얹으며 멀어지는 종혁을 응시했다.

"나도 저렇게 될 수 있을까?"

그녀의 표정이 어떤 열의에 의해 불타오르기 시작했다.

* * *

"얘, 얘. 어제 그 이야기 들었어?"

어제의 일은 단 하루도 지나지 않아 모르는 사람이 없을 정도로 퍼졌다. 그중 특히나 종혁의 말이 계약직 직원들의 심장을 울렸다.

"그거 나도 들었어! 피해자가 눈앞에 있다면 내 목을 걸고서라도 구해야 되는 게 경찰이야라고 했다지?!"

"응, 응!"

"와아, 멋지다. 그런 게 진짜 경찰인가?"

"그뿐이야? 몸도 엄청 좋지……. 너희 그 형사님 시계 못 봤지? 그거 미쉐린 콘스탄틴이었어! 그것도 2000년 밀레니엄 리미티드 에디션!"

"뭐어?! 진짜?!"

"하아. 내가 근무 중에 잡담하지 말라고 했을 텐데요?"

"죄, 죄송합니다!"

직원들은 어제에 이어 도망치듯 사라졌고, 여객서비스 팀의 팀장은 그 모습을 바라보다 피식 웃었다.

"확실히 놀랍긴 하지."

전해 들은 말도 말이지만, 어제 박은정을 달래던 종혁의 모습 때문이다.

종혁은 알까. 그게 바로 인천 국제공항공사 계약직 직원들이 바라는 모습이라는 걸.

'내가 여태까지 보아 온 여러 부류의 사람들과는 다른 결을 가진 사람이야.'

옆에서 지켜본 것만으로도 심장이 콩닥 뛸 만큼 멋졌던 사람.

'그런데 좀 걱정이네. 너무 막무가내로 나가는 것도 좋진 않을 텐데…….'

같은 경찰에게 견찰이라고 욕을 했다고 한다. 조직 사회인 경찰이 말이다.

걱정이 될 수밖에 없었다.

'도울 수 있는 부분이 없을까?'

그렇게 고민을 하던 순간이었다.

"어머?"

호랑이도 제 말을 하면 온다는 격언처럼 어슬렁거리며 다가오는 종혁을 발견한 팀장은 재빨리 다가가 밝은 미소로 인사했다.

"안녕하세요, 형사님. 좋은 아침입니다."

"예? 아, 예. 좋은 아침입니다. 조…… 은별 씨."

"아, 인사가 늦었네요. 여객서비스 4팀 조은별 팀장입니다. 앞으로 잘 부탁드립니다."

"아, 여객서비스팀. 어이구, 오히려 제가 잘 부탁한다고 부탁드려야 할 곳이네요."

보안팀이 공항의 치안을 책임진다면, 여객서비스팀은 공항을 이용하는 고객들이 불편함을 느끼지 못하게 손과 발이 되어 주는 조직이다.

그렇기에 그만큼 사건사고와 밀접한 곳.

사건은 물건이 아니라 사람이 일으키는 것이었으니 말이다.

"곤란한 일 생기면 바로 이 번호로 연락 주십시오, 조 팀장님. 그럼 오늘도 파이팅 입니다!"

"네! 형사님도 파이팅이에요!"

"팀장님! 같이 가요!"

"공항에서 소리 지르지 마라, 짜샤!"

"팀장님도 지르는데요?!"

"저게 어제 덜 맞았나……."

'풉!'

조은별은 고개를 저으며 멀어지는 종혁을 빤히 응시하다 돌아섰다. 그런 그녀의 입가에 한가득 맺혀 있는 진심 어린 미소.

"오늘은 왠지 일이 잘 풀릴 것 같네."

* * *

검색대를 지나 인천공항 안쪽, 상주 경찰들을 위한 사무실로 들어온 종혁은 사무실 꼬라지에 한숨을 내쉬었다.

"이게 사무실인지, 아니면 닭장인지……."

겨우 10평 남짓한 공간.

다닥다닥 붙어 있는 책상들 때문에 더 비좁아 보여 숨이 턱 막혔다. 심지어 사람 한 명 없이 텅 비어 있음에도 이러니 한숨이 나오지 않을 수 없었다.

'어떻게 한 명도 없냐.'

다른 상주 경찰들은 어디에 짱박혀 있는 건지 사무실이 썰렁하다.

어제도 본 모습이지만, 정말 한숨밖에 안 나왔다.

"야, 재수야."

"식당으로 갈까요?"

"오, 이제 나를 좀 아는데? 아니, 식당 말고 라운지로 가자."

"라운지요?"

"어, 이 카드면 전 세계 어느 공항이건 라운지를 이용할 수 있거든?"

종혁은 지갑에서 검은색 카드를 꺼내어 흔들었고, 그에 따라 최재수의 눈동자도 흔들렸다.

"그, 그 라운지라는 게 퍼스트클래스 이용객들만 이용하는 곳 맞죠? 거긴 어때요? 막 엄청 고급스러……."

"하아아암. 왔어?"

"어우씨, 깜짝아. 뭐예요. 어제 집에 안 갔어요?"

"어제 지인들이랑 전출 축하 기념으로 한잔해서……."

"에라이. 그럼 차라리 그 근처 모텔에서 자지 그랬어요."

"여기서 자면 되는 걸 뭐하러 돈을 쓰냐?"

"이런 곳에서 잠이 옵니까?"

"여기가 뭐 어때서? 옛날 그 고물 똥차에서 잠복할 때 생각하면 이 정도는 궁궐이지. 참고로 나 강력반 형사였을 시절 이야기다."

"예, 예. 얼른 씻고나 오세요. 누가 보면 거지인 줄 알겠어요."

"네, 엄마."

손을 흔든 오택수는 화장실로 향했고, 종혁은 고개를 저었다.

"에휴. 저 인간 씻고 해장하려면 시간 좀 걸릴 테니 그동안 사건 기록이나 확인하자."

"아, 사건 기록을 통해 이 공항에서 일어나는 사건의 종류와 대처법을 연구하자는 거죠?"

"빙고. 이야, 이제 제법 형사 티 좀 난다?"

"흐흐흐. 커피 드실래요?"

"……씨발. 커피 머신부터 들여놔야겠네. 그냥 아무거나 타 와."

"옙!"

최재수는 커피를 찾아 움직이기 시작했고, 종혁은 책상 위에 놓인 노트북을 켰다.

종혁은 곧 기록들에 집중하기 시작했다.

그렇게 얼마나 지났을까.

사무실에 세 대의 마우스휠 돌아가는 소리와 클릭 소리만 울린다. 라운지로 자리를 옮기려고 했지만, 타이밍을 놓쳐 버린 상황.

종혁은 담배를 물며 헛웃음을 터트렸다.

'햐. 이 좁은 곳에 뭔 사건들이 이렇게 많냐?'

절도는 기본이고, 폭행은 애교다. 심지어 살인까지 있다.

'여기도 지랄 맞네.'

"……팀장. 최 팀장!"

"예?"

"전화 왔어!"

"아, 예! 응?"

모르는 번호다. 그래도 종혁은 일단 전화를 받았다.

"예, 최종혁…… 아, 조 팀장님."

오늘 아침 인사한 조은별 팀장. 그녀의 전화였다.

"아이고, 어떤 곤란한 일이 있으셔서 전화를…… 예?"

종혁은 잠시 핸드폰을 귀에서 떼고 귀를 후벼 보았다.

하지만 방금 들은 말은 환청이 아니었다.

"하아. 예, 알겠습니다. 곧 가겠습니다."

"뭐야, 무슨 일인데?"

종혁이 이렇게 심각한 표정을 지을 땐 꼭 대형사고.

종혁은 불안해하는 팀원들에게 손을 까딱이며 몸을 돌렸다.

"일단 가죠. 가 보면 자세히 알게 되겠죠."

사무실을 나서는 종혁의 눈빛이 차갑게 가라앉았다.

* * *

전라남도 해남, 땅끝 어느 작은 마을의 주택이 새벽녘부터 시끄럽다.

"와아아아!"

대체 무슨 좋은 일이 있는 건지 흥분을 주체하지 못한 채 이리저리 뛰어다니는 8살 소년.

"할므니, 얼른 씻어요! 빨리!"

"어이구. 알았다, 알았어."

도심보다 기상이 빠른 시골임에도 그보다 더 빨리 일어난 팔십대 노년의 여성은 손자의 재촉에 푸근히 웃으며 하나뿐인 아들을 본다.

손자는 할 일을 했다는 듯 '엄마'라고 외치며 화장실로 달려간다.

37살 늦은 나이에 겨우 결혼한 하나뿐인 늦둥이 아들. 먼저 낳은 자식들 다 비명에 보내고 이제 이놈 하나만 남았다.

참 모든 게 늦었던 올해 44살의 아들도 손자의 보챔 때문에 일찍 일어나 얼굴에 잠이 한가득이다.

"정말 이래도 되나 모르겠다."

노인의 말에 순간 표정이 굳은 중년인이 노인을 향해 고개를 돌렸다.

"또 왜 이러세요. 다 합의된 거잖아요."

"하지만……."

"어머니."

움찔!

"저희 이민 가면 다신 한국 못 와요. 그럼 어머니 혼자 한국에 계셔야 하는데 괜찮으시겠어요?"

"그래도……."

"승운이도 못 보는데?"

움찔!

할머니의 시선이 엄마가 언제 다 씻나 화장실 앞을 서성이는 승운에게로 향한다.

눈에 넣어도 아프지 않을 손자, 승운.

그녀의 눈이 흔들리자 남자의 미소가 푸근해진다.

"그럴 바에는 어머니도 함께 가셔서 우리 승운이랑 함께 사시는 게 낫잖아요. 그리고 어머니가 도움을 주시면 저흰 더 빨리 정착할 수 있을 거고요."

할머니는 자신의 손을 꼭 잡은 아들의 손에 한숨을 내쉬고 말았다.

"……어휴. 알았어야. 그냥 조금이라도 뭘 남기고 가야 혹여 일이 잘못됐을 때 돌아와 먹고살 수 있지 않을까 걱정이 돼서 말을 해 본 거여."

작년부터 시작된 아들의 이민 권유.

처음엔 곧 죽을 나이에 뭔 이민이냐고, 너희들끼리만 가라고 했지만 방금과 같은 이유로 계속 설득을 하니 결국 승낙을 할 수밖에 없었다.

그에 소와 고구마밭, 그리고 이 집까지 모두 팔아 이민 자금을 마련한 할머니.

그러나 떠날 날이 와서 그럴까. 그녀의 마음에 온갖 걱정이 휘몰아친다.

혹여 자리 잡는 데 실패하는 건 아닐지.

한국도 아닌 먼 타지에서 배척을 당하는 건 아닐지.

말은 통할지.

험한 꼴을 당하는 건 아닐지.

오만 걱정에 뜬 눈으로 날을 샌 그녀다.

"테레비 보믄 막 살인도 심심치 않게 일어나던디……."

"아이고, 저흰 그런 동네 가는 게 아니라니까요? 저희가 갈 곳은 LA의 한인타운이라고 한국인들만 모여 사는 곳이에요. 그리고 돌아오긴 뭘 돌아와요. 설사 이 돈 모두 날려 버린다고 해도, 아니 엄마가 어떻게 번 돈인데 이걸 날려요? 그럼 혀 빼물고 죽어야지!"

"······어휴. 알았다, 알았어. 거도 사람 사는 곳인디 빌어먹을 곳 없겠냐. 늙은 년이 노파심에 한 소리 한 것잉께 잊어버려야. 통장이랑 돈은 다 챙겼제?"

"예, 어머니. 저기 가방에 넣어 놨으니까 걱정 마세요."

신발장 앞에 덩그러니 놓인 가방 두 개.

가져갈 짐은 저게 전부다.

가서 사면 된다고, 가져가 봤자 짐만 된다고 해서 간단하게 꾸린 짐. 이 집에 있는 것들은, 지난 세월의 추억이 서려 있는 물건들이나 옷은 곧 마을 사람들이 가져갈 것이다.

"그래도 한번 점검혀 봐."

"넣어 놨다니까요?"

"지금 늙은 애미라고 괄시하는 겨?!"

"아이고. 예, 예. 우리 여사님이 하시라면 해야죠."

아들은 기내에 들고 탈 가방을 뒤지는 척했고, 할머니는 한숨을 내쉬었다.

'말만 통하믄 어쩌코롬 해 볼 수 있을 것인디······.'

불과 16살 어린 나이에 시집을 와서 시댁의 온갖 구박을 버티면 살아온 세월이 얼마던가.

자식들 잡아먹은 년, 지아비 잡아먹은 년.

아주 지랄 염병이었다.

그럼에도 악착같이 버티며 적지 않은 재산을 일군 그녀.

남편이 남긴 재산이 좀 있긴 했지만, 4만 평이 넘는 고구마밭을 일군 건 오로지 그녀의 수완이었다.

그런 그녀이기에 말만 통한다면 얼마든 잘살 자신이 있
었다.

"……머님! 어머님! 씻으셔야죠!"

할머니의 시선이 수건을 머리에 돌돌 만 채 화장실에서
나오는 젊은 여성에게로 향한다.

올해 서른세 살인 젊고 어린 며느리.

늦둥이 시골 노총각 아들을 구원해 준 고맙고도 예쁜
며느리다.

"어서 오세요! 제가 씻겨 드릴게요!"

"음마! 돼, 됐어야. 됐어. 남사시럽게 뭘 같이……."

"그래도 한국에서 마지막 날이잖아요. 제가 씻기게 해
주세요."

어쩜 이렇게 하는 말도, 행동도 고울까.

말년에 너무 큰 호사를 누리는 것 같다.

할머니는 다가와 손을 꼭 잡으며 제발 하게 해 달라는
눈빛을 보내는 며느리의 모습에 못 이기는 척 일어섰다.

"아따, 이 나이에 씻김 당하믄 벌써부터 벽에 똥칠하냐
고 욕하는디……."

"흥! 며느리가 시어머니 씻겨 드릴 수도 있는 거죠! 다
부러워서 하는 말이니까 무시하세요. 그리고 목욕탕 가
면 제가 다 밀어 드리잖아요. 자, 어서 일어나세요."

"그래요, 할므니! 얼른 일어나세요! 얼른요, 얼른!"

"어이구, 알았다. 알았어. 아따 이 써글놈. 니 할미 넘
어져야!"

할머니는 웃음을 숨기지 못하며 화장실로 향했다. 이제 한국에서 마지막으로 이용할 고향 집의 화장실을.

그렇게 깨끗하고 씻고, 꽃단장을 한 채 집을 나선 그녀는 대문 앞에서 동네 친구들을 발견할 수 있었다.

"가는 겨?"

"그려, 가."

살짝 떨리는 그녀의 목소리에 다 늙어 허리가 구부러진 노인들이 할머니의 아들 내외를 본다.

번듯하게 정장과 원피스를 입고, 깔끔한 새 옷을 입은 손자의 손을 잡은 아들 내외.

명절에나 볼 수 있는 귀티 나는 옷차림들이다.

"씨부럴. 진짜 가네."

"크흠. 얼마 전에 인사혔응께 더 말해 봤자 먼 길 가는 사람 발목만 잡겄제. 잘 가드라고. 가서 뒈지면 연락하고. 오는 덴 순서 있어도 가는 덴 순서 없는 거 알제?"

꼭 한마디씩 더해 욕을 버는 친구.

그러나 마지막까지 목청 높여 싸울 수 없으니 할머니는 입술을 비튼다.

"알았어. 니도 관 짜면 연락혀."

"씨부럴거. 내가 오빠랑께 그러네!"

"그려, 그려."

나이 많은 어르신들의 살벌한 농담에 어색하게 웃은 아들 내외는 할머니를 재촉했고, 그녀는 아들 내외가 렌트한 차에 오르며 정든 고향을 떠났다.

시집을 오며 고향이 되어 버린 고향을.

* * *

웅성웅성.

떠나는 사람들과 들어오는 사람들로 인산인해를 이루는 인천공항 안으로 할머니의 가족들이 들어선다.

"우와아아!"

너무도 많은 사람들과 높다랗고 거대한 공항에 입을 다물지 못하는 손자. 할머니는 그런 손자 승운의 손을 꼭 잡는다.

"어디 가냐, 이놈아. 그러다 길 잃으면 어쩌려고. 딱 이 할미 옆에 있어야."

"응!"

"응이 아니고, 네."

"네, 할므니!"

"그려, 예쁘다."

승운의 얼굴을 거친 손으로 쓸어내린 할머니는 아들 내외를 봤다.

"늦진 않은 겨?"

"예. 시간은 충분해요."

걱정 말라는 듯 푸근히 웃어 주는 아들 부부.

"아, 저흰 발권하러 다녀올 테니까 어머니는 승운이랑 여기 계세요. 발권하면 밥 먹으러 가요."

"그려, 그려. 얼른 다녀와."

아들 부부는 할머니의 짐이 든 가방을 내려놓고는 몸을 돌렸다.

그 순간 얼굴에서 미소가 사라지는 아들 부부.

하지만 그것도 잠시다. 다시 미소가 피어난다.

방금 전과는 다른 미소가…….

"자기, 어머님 재산 봤어? 나 아직도 안 믿겨."

"나도 놀랐어."

자산을 모두 정리하니 거의 20억에 가까웠던 재산.

'고작 소랑 논밭만 팔았을 뿐인데…….'

어머니가 알부자인 건 알았지만, 자산을 모두 처분했을 때 그들은 놀라 뒤집어지는 줄 알았다.

그중 압권은 은행에 든 펀드 상품과 따로 구매한 주식 이었다.

4억이 펀드 상품에 묶여 있었고, 8억이 삼전전자와 대 현자동차에 나뉘어 있었다.

삼전전자와 대현자동차를 처음 샀을 때를 찾아보니 1989년도.

당시 돈으로 2천만 원씩 넣어 놨던 게 8억이 되어 버린 거다.

펀드 상품도 93년도에 5천만 원 넣어 놨던 게 4억이 됐다.

한국에 IMF가 터지며 사방에서 대기업들이 도산하는 가운데에도 그녀가 산 종목들은 나날이 우상향.

"아니, 이런 돈이 있었다면 자기 사업 자금이나 줄 것이지! 쫄딱 망했을 때도 돈 없다, 돈 없다 하셔 놓고!"

그때 2억만 있었어도 사업이 망하진 않았을 거다.

"그럼 이런 짓도 하지 않았을 거 아냐!"

흠칫!

아들의 몸이 굳는다.

순간 가슴을 찌른 칼날에 잠시 굳었다가 이내 고개를 털은 아들.

"……됐어. 지나간 이야기는 그만해. 어머니도 그런 게 있는 줄 몰랐다잖아."

이번에 자산을 정리하다가 알게 됐다고 했다. 그래서 그녀도 이런 게 있었냐며 깜짝 놀랐었다.

"뭐야. 이 순간까지도 어머님 편을 드는 거야?!"

"이제 곧 영원히 헤어질 사람한테 신경 쓰지 말라는 거야."

흠칫!

"……호호. 그렇지?"

히죽 웃은 그녀는 아들의 팔짱을 끼며 가슴을 뭉갠다.

"자기야, 나 영국에 도착하면……."

"일단 집이랑 가게 잔금 치르는 것부터. 쇼핑은 그 이후야. 솔직히 이 돈도 아슬아슬해."

할머니의 재산이 20억이 넘는 걸 알게 된 후 더 큰 곳과 계약한 그들.

"사모님 소리 안 들을 거야?"

"칫. 알았어."

"그보다 넌 어떤데?"

그녀가 데려온 아들 승운.

승운은 둘의 온전한 자식이 아니었다.

"몰라, 그딴 짐 덩어리. 내가 걔 때문에 얼마나 힘들었……."

"됐어."

아들은 더 말하지 말라는 듯 부인의 어깨를 쓰다듬었고, 그녀는 그런 그의 어깨에 몸을 기댔다.

"아, 불 켜졌다."

그들은 불이 켜진 항공사 카운터로 다가가 여권들을 내밀었다.

"런던 두 장이요. 퍼스트로."

두 장의 예약권을 내미는 그들의 얼굴에선 양심의 가책을 찾아볼 수가 없었다.

* * *

"하우움. 할므니, 나 잠 와."

인천공항 2층에서 배 터지게 밥을 먹고 나니 결국 식곤증이 오고 만 손자의 모습에 할머니는 곧바로 의자에 눕히며 팔을 토닥였고, 아들 부부는 그런 둘은 미소로 지켜봤다.

할머니는 그런 아들 부부를 보며 입술을 내밀었다.

"아따, 뭔 시간이 이로코롬 오래 걸린대? 에레이인지

에라인지 벌써 도착하고도 남았겠다!"

"하하. 원래 비행기라는 게 탑승 시간 8시간 전에 와서 기다려야 하는 거예요, 어머니."

"그려? 거 비항기에 금테를 둘렀나 보네. 그럼 이렇게 7시간을 더 기다려야 하는 겨?"

"조금만 참으세요, 어머니. 비행기 타시면 편해지실 거예요. 아니면 사우나라도 좀 가실래요?"

"사우나? 목간? 이런 곳에 그런 것도 있는 거여? 아, 아니다. 됐다. 거기서 쓸 돈도 없는디 한 푼이라도 아껴야제. 갈라믄 니들이라도 갔다 와야. 승운이는 내가 보고 있을 텡께."

그 순간 아들 부부의 눈이 빛난다.

안 그래도 곧 비행기 탑승 시간이라 이 자리에서 빠져나갈 궁리만 하고 있었던 둘이었는데, 할머니가 명분을 줬다.

"그, 그래도 될까요?"

"운전하느라 힘들었을 텐디 갔다 와. 목간은 에레이에도 있겄제."

"크흠. 그럼 저흰 다녀올게요. ……어머니."

"또 뭐?"

이대로 돌아서면 정말 끝이기 때문일까. 독한 마음을 먹으며 이 잔혹한 계획을 세웠던 아들의 눈이 흔들린다.

그걸 본 부인은 다급히 옆구리를 찔렀다.

흠칫!

눈이 마주치자 다시 단단해지는 눈빛.

미소가 다시 피어난 아들은 의아해하는 할머니를 향해 따뜻한 음성을 뱉어 냈다.

"아니에요. 다녀오는 길에 뭐 좀 사 올까요?"

"난 됐응께 승운이 마실 거라도 사 와."

"예, 알겠습니다. 아, 혹시 핸드폰 가져오셨어요?"

"니가 치매냐? 에레이 가서 개통하믄 된다고 해제시켰자녀."

그리고 기기는 해지를 한 통신사 대리점에 팔아 버렸다.

"아, 그랬죠. 도중에 뭐 드시고 싶은 거 있으면 이걸로 사 드시고요."

할머니의 손에 5만 원을 쥐여 준 아들 부부는 몸을 일으켰다.

"그럼 계세요."

'영원히. 안녕히.'

"갈게요, 어머님."

"그려 싸게 갔다 와."

둘은 자신들의 짐이 담긴 가방을 들고 돌아섰고, 그대로 게이트로 향했다.

"여권 확인하겠습니다."

"……여기요."

"여기 있어요, 빨리!"

마지막 미련을 털어 버리며 여권을 내미는 그들.

그런 아들 부부를 향해 손을 저은 할머니는 그제야 주

위를 돌아다니는 사람들을 보며 입을 헤 벌렸다.

"아따, 뭔 부자들이 요로코롬 많디야. 위쪽 동네는 뭐가 달라도 달러."

복작복작한 모습을 보니 그냥 구경만 해도 재밌다.

"저…… 아들 내외와 여행 가시나 봅니다?"

갑작스러운 부름에 놀라 고개를 돌린 할머니는 볼이 살짝 상기되어 있는 칠십대의 노인을 발견하곤 웃었다.

아무래도 아들 부부가 올 때까지 시간을 빠르게 보낼 사람이 나타난 것 같다.

"아녀라. 난 이민 가지라. 그짝은 어디 가쇼잉?"

"허허. 이민이라…… 큰 결정을 하셨군요. 나는 큰아들 내외가 그러지 말라고 해도 여행을 가자 해서 동남아 갑니다. 혹시 베트남이라고 아십니까?"

"베트남! 고건 또 내가 알지라."

"오호, 그래요? 가 보셨나 봐요? 어떤가요? 말처럼 따뜻하나요?"

"고건 아니고, 우리 동네에서 노총각으로 늙어 뒈지려는지 지 부모 속을 썩이던 놈에게 베트남 처녀가 시집 와서 알게 됐지라. 걔가 또 얼마나 지아비에게 지극정성이고, 시부모에게 싹싹헌지……."

그렇게 시간은 흘러갔다.

한 시간, 두 시간. 그리고 열 시간…….

왜 이렇게 늦을까, 대체 언제 올까, 언제 오려나.

화장실을 가고 싶은데도 참으며, 무지막지한 친화력으

로 사람들과 대화를 하며 시간을 보내던 할머니는 어느
덧 깜깜해져 버린 하늘을 떨리는 눈으로 응시했다.

"할므니…… 엄마, 아빠 언제 와?"

아닐 거다. 사우나에 깜빡 잠이 든 거겠지, 하나뿐인
아들과 싹싹한 며느리가 그럴 리가 없을 거다. 곧 올 거
다 애써 마음을 다독이며 버티던 할머니는 손자의 칭얼
거림에 몸을 일으킬 수밖에 없었다.

"……인나 봐야. 저짝 좀 가 보게."

"으응."

손자는 할머니의 굳은 표정에 겁을 먹으며 몸을 일으켰
고, 할머니는 아들 부부가 사라진 곳으로 향했다.

"안으로 들어가시려고요, 어르신? 여권 확인하겠습니다."

"……여권? 고게 뭐시다요?"

"예? 아, 비행기 타시려는 거 아니세요? 그러면 여권이
라고 해외에서 쓰실 수 있는 주민등록증 같은 게 필요해
요. 이렇게 네모나게 생긴 녹색 수첩인데요."

철렁!

할머니의 심장이 내려앉는다.

소학교도 나오지 못했지만, 지혜가 없진 않은 할머니.

"그, 그게 없으면 에레이에 못 가는 거요?"

"네. 없으시면 LA가 아니라 이 안으로도 못 들어가세요."

"아들 부부는 이미 10시간 전에 들어갔는디?"

그 말에 여권 확인을 돕던 여객서비스팀 직원의 표정이
굳는다.

그걸 본 할머니는 마지막 희망을 꽉 붙들며 입을 열었다.

"아, 아가씨. 내 마지막으로 하나만 물읍시다. 저 안에…… 목간이 있소? 사우나. 사우나 말이요."

"……아니요. 죄송합니다."

털썩!

"할므니?!"

"어르신!"

"괘, 괜찮으세요, 어르신?!"

"이거 보이세요? 무슨 일이신가요, 어르신!"

할머니는 망연자실하여 직원을 바라보며 입술을 달싹였다.

"아가씨…… 나 아무래도 버려진 것 같소. 이, 이제 어쩌야 쓸까잉……. 이 불쌍한 것을 어쩌야 쓸까잉!"

손자를 와락 껴안으며 눈물을 쏟아 내는 할머니.

눈을 질끈 감은 팀원은 무전기를 들었다.

"상황 발생. 상황 발생……."

결코 있어선 안 될 일을 전파하는 팀원의 눈에서 눈물이 주룩 흘러내렸다.

* * *

뚜벅, 뚜벅, 뚜벅!

인천공항의 어느 복도를 빠르게 걷는 종혁의 얼굴이 귀신처럼 일그러져 있다.

사람이 사람에게 해선 안 될 짓.

자식이 부모에게 절대 해선 안 될 짓.

빠드득!

"티, 팀장님!"

휴게실 앞, 안절부절못하던 조은별이 종혁을 보자마자 참고 참았던 눈물을 흘린다.

"어떻게 된 일입니까, 조 팀장님? 아니, 그 아들 부부의 출국 사실은 확인됐습니까?"

"오전 8시 50분에 런던행 비행기에 탑승한 게 확인됐어요…….."

할머니가 말한 미국 LA조차도 아닌 영국 런던.

그것도 지금으로부터 12시간 전. 이미 도착하고도 남을 시간이다.

눈을 질끈 감은 조은별의 말에 종혁은 이를 악물었다.

"알겠습니다. 잠시 비켜 주시겠습니까?"

"팀장님, 제발…….."

고개를 끄덕인 종혁은 얼굴을 쓸어내리며 표정을 바꾼 후 휴게실 안으로 들어갔다.

그런 종혁을 힘없이 바라보는 할머니는 울다 지쳐 잠든 손자의 머리를 쓰다듬고 있다.

종혁은 그런 그녀를 향해 푸근히 웃어 줬다.

"안녕하세요, 어르신. 본청 외사국 외사수사과 최종혁 형사입니다."

"……김복순이어라."

'후우.'

삶에 대한 의지라곤 하나도 느껴지지 않은 목소리.

텅 비어 버린 눈에 종혁은 일그러지려는 얼굴을 억지로 펴야 했다.

"어이구. 외모처럼 이름도 고우시네요. 젊었을 적에 남자들이 많이 달려들었겠어요."

"형사 양반, 찾을 수는 있겠소?"

움찔!

종혁은 할머니를 응시했다.

텅 비어 버린 눈 깊은 곳에 불똥이 튄다. 입김만 불어도 꺼져 버릴 듯 희미한 불똥이.

그걸 확인한 종혁은 미소를 지우며 진지한 표정을 지었다.

"찾으시겠습니까?"

"찾아야지라."

그래서 묻고 싶다.

왜 이랬는지, 대체 나의 뭐가 마음에 안 들었는지, 그렇게 돈이 좋았는지 묻고 싶은 게 참 많다.

하지만……

"근디 어떤 아가씨가 그럽디다. 내 아들놈이 타고 간 비항기가 영국 거라 세울 수가 없다고."

혹여 세운다고 한들 이미 도착하고도 남을 시간이니 찾을 수 없을 거라고도 말했다.

빠드득!

"어르신."

체념에 물들어가는 눈이 종혁을 본다.

"찾고 싶으십니까?"

방금 전과 달라지지 않은 물음. 그러나 그 속에 든 뜨거운 불길에 할머니의 몸이 굳는다.

"……예. 찾고 싶소. 그 썩을 것들! 찾을 수만 있다면 찾고 싶소!"

마치 전염이 되듯 속마음을 뜨겁게 토해 내는 할머니.

"그렇게 되면 아드님 부부는 구속이 되어 교도소에 가게 될 겁니다."

"괜찮응께 찾아 주시요! 다 늙은 애미는 짐처럼 느껴질 수 있지라! 그란디 지 자식을 버린다는 게 말이 된다요-!"

"우웅. 할므니?"

"으허어엉! 그 짐승 같은 잡것들 좀 잡아 주시오, 형사님. 예-?!"

"……알겠습니다. 그렇게 될 겁니다. 오 경감님."

"예, 팀장님."

"할머님 호텔로 모시고, 고소장과 진술서 받으세요."

"예."

문을 닫고 나온 종혁은 바깥에서 기다리던 인천청 경찰을 응시했다.

"그 새끼들 송환시킬 수 있겠습니까?"

"크크큭. 쉽겠냐? 그건 너희 본청이라도 힘들지."

다른 곳도 아닌 영국이다. 저 미국보다 훨씬 더 콧대 높은 영국. 아직 범죄인 인도 조약도 맺지 않은 나라다.

그쪽에서 이 사정을 불쌍히 여겨 어찌어찌 협조를 수락할 때쯤 되면 아마 그 아들 부부는 종적을 감춘 후가 될 것이다.

"이봐, 본청 양반. 이런 일은 처음이라 예민하게 반응하나 본데, 여긴 좀 흔한 일이거든? 그냥 대충 돈 쥐여 드리고……."

"좆까, 씨발놈아."

"뭐야?! 이런 개새끼가!"

콧방귀를 뀐 종혁은 매서운 눈빛으로 인천청 경찰을 응시했고, 그 눈빛에 인천청 경찰은 슬그머니 고개를 돌렸다.

'그래, 바라지도 않았다.'

범죄인 인도 조약도 맺어져 있지 않은 영국으로 도망친 범죄자를 잡기란 쉽지 않은 게 사실이다.

설사 잡는다 하더라도 그때까지 몇 년이 걸릴 지 알 수 없는 상황.

이들이 적극적인 모습을 보일 거라곤 기대조차 하지 않았다.

주먹을 으스러지게 쥔 종혁은 몸을 돌리며 핸드폰을 들었다.

"예, 교수님. 오랜만입니다. 잘 계셨죠?"

오래도록 쌓아 두기만 했던 인맥을 써야 할 때가 온 것 같다.

종혁의 눈빛이 서늘하게 가라앉았다.

3장. 가지 마라

The Reset Life

가지 마라

영국 런던의 히드로 국제공항.

백인, 흑인, 황인, 수많은 인종들이 세련되면서도 묵직한 느낌의 공항으로 들어가고 또 빠져나오며 웅성웅성 소음을 일으킨다.

개중에는 어머니 김복순을 버린 아들 부부도 있다.

인천공항 면세점에서 산 버버리 코트를 입은 그들은 마치 무언가에 쫓기듯 초조한 얼굴로 주위를 경계하며 공항 밖으로 향한다. 그러곤 나서자마자 기둥에 숨는다.

1분, 2분.

한참을 두리번거리던 그들의 입가에 돌연 미소가 피어오른다.

"경찰은…… 안 오는 것 같죠?"

무슨 일인지 입국 심사가 1시간가량 딜레이되어 초조

했던 그들.

"거봐, 내가 뭐랬어. 어머니는 그런 거 할 줄 모른다니까."

그리고 의도치 않게 놓고 간 건지, 아니면 버린 건지도 확실치 않을 테니 경찰도 개입할 수 없을 터.

더욱이 한국과 범죄인 인도 조약을 맺지 않은 영국이다.

혹여 의도적으로 버렸다는 게 발각되어도 한국 경찰은 잡으러 올 수가 없었다.

이 계획을 세우며 참 많은 걸 조사한 그들 부부는 그제야 가슴과 어깨를 펴며 서로 팔짱을 꼈다.

"그럼 갈까요? 버스 승강장이…… 어머?"

아내는 줄줄이 늘어서 있는 클래식한 검정색의 택시를 발견하곤 눈을 동그랗게 떴다.

한국의 모범택시와 비슷하다고 볼 수 있는 영국의 고급 택시 블랙캡이다.

"와아, 역시 영국. 택시마저 감성이 다르구나. 여보, 우리 저거 타요!"

"흠…… 그럴까?"

한국에선 검은색 택시는 죄다 모범택시라 반사적으로 주위를 둘러봤던 남편은 이내 다른 택시를 찾지 못해 난처해하다가 이내 생각을 고쳐먹었다.

수중에 20억이 넘는 돈이 있는데 그런 푼돈이 문제겠는가.

그중 대부분이 주택 매매와 가게 매매 대금으로 쓰일

테지만, 이 정도 사치는 충분히 부릴 수 있었다.

이곳이 블랙캡만 정차할 수 있는 승강장임을 모르는 그들은 보무도 당당히, 마치 런던에 몇 번이나 놀러 온 사람처럼 느긋이 택시에 오르며 입을 열었다.

"메리어트호텔로 가 주세요."

"What?"

순간 얼굴이 빨개지는 남편.

"큼. 메리어트호텔."

"오, 메리어트. 그러죠. 그럼 운전을 시작하겠습니다."

그들을 태운 운전기사는 부드럽게 차를 출발시켰고, 잠시 후 삼십대의 백인 사내 두 명이 헐레벌떡 그들이 있던 자리로 뛰어왔다.

"빌어먹을!"

땅을 찬 한 사내는 얼른 핸드폰을 들었다.

"놓쳤습니다!"

―야! 지금 뭐하는 거야! 교수님이 특별히 부탁한 놈들이라고! 정신 안 차려?!

"그, 그래도 블랙캡을 탄 것 같습니다!"

―……블랙캡? 그 더럽게 비싼 택시를?

블랙캡과 일반 택시는 탑승할 수 있는 층이 나뉘어져 있을 만큼 가격도 천양지차였다.

"혹시 모르니까 탐문부터 해 보겠습니다."

―아니면 CCTV를 뒤져서라도 쫓아!

"예, 안 그래도 그럴 겁니다."

─뭐 이 자식아?!

통화를 종료한 사내는 대기 중인 블랙캡의 운전석을 두드리며 경찰공무원증을 보여 주었다.

"경찰입니다. 사건 때문에 그러는데 방금 전 한 동양인 부부가 여기서 블랙캡을 타지 않았습니까?"

"내 앞 블랙캡이 동양인 부부를 태우긴 했소만……."

"호, 혹시 쫓을 수 있겠습니까?!"

고급택시답게 손님들의 개인정보에 굉장히 민감해 웬만해선 협조를 구할 수 없는 블랙캡.

사내는, 아니 경찰은 재빨리 사정을 설명했다.

그에 불같이 화를 내는 블랙캡 기사.

"뭐요? 부모를 버려?! 이 장어 젤리보다 못한 새끼들 같으니!"

멍청하고 무식하며 교양이 없는 첼시 훌리건들조차도 상종을 안 할 악마들.

"타시오! 하, 어젯밤 꿈에 왜 돌아가신 아버지가 나타났나 했더니 오늘 제임스 본드가 되기 위해서였나 보군요!"

"감사합니다! 야, 뭐해! 얼른 타!"

"예!"

백인 경찰들을 태운 블랙캡이 빠르게 공항을 빠져나갔다.

* * *

─아니, 최 팀장. 갑자기 출장을 신청하면 어떡해. 인천

공항에 간 지 얼마나 됐다고!

막 나가는 부하 직원에 눈앞이 뒷목이 뻣뻣해지는 함경
필 국장.

그럼에도 다그치기가 힘드니 미치고 환장할 노릇이다.

"아, 그게 말입니다……."

종혁은 사정을 설명했고, 잠시 수화기 너머가 조용해진다.

ㅡ……최 팀장.

평소의 함경필을 생각할 수 없을 만큼 묵직하고 살벌한
어투.

ㅡ살려서만 데려와.

씨익.

"충성."

'할 땐 해 주시는 분이군.'

"4일 내로 복귀할 테니 너무 걱정 마십시오, 국장님.
과장님께는 제가 전화 드리겠습니다."

ㅡ그래그래. 내 최 팀장만 믿어? 아, 그런데 그…… 영
국에도 지인이 있었어?

조심스럽고도 살짝 욕심이 서려 있는 물음에 종혁은 슬
그머니 웃었다.

"예. 해리 가드너 교수라고 옥스퍼드 대학의……."

ㅡ프, 프로페서 가드너? 여, 영국 범죄학의 권위자이신?!

"어? 아세요?"

ㅡ모를 리가 있나!

해리 가드너. 콧대 높은 영국의 수사기관들, 아니 인터

폴조차도 난해한 사건이 있으면 자문을 구할 정도로 범죄학계의 권위자인 교수다.

그것도 미국의 안드레 교수와 함께 무려 세계 전체를 놓고도 열 손가락 안에 꼽히는 학계의 권위자.

─그분과는 어떻게?!

"예전에 범죄수사 기법에 관한 포럼에서 인연이 맺게된 분이십니다."

정확히는 그곳에서 어떤 사건을 해결하면서 능력을 입증한 이후 각국과 교류를 하다 인연을 맺게 됐다.

─아이고!

"왜 그러십니까?"

─……아냐, 아냐. 이제야 좀 최 팀장의 스타일을 알았다고 할까.

너무도 크고 소중한 인연을 범죄자 한 명을 잡기 위해 썼다. 냉정하게 보자면 너무도 손해인 일을 한 거다.

하지만 그래서 더 마음에 든다. 종혁이 제대로 된 경찰같아서.

수화기 너머 함경필 국장의 입가에 푸근한 미소가 맺혔다.

─그래. 잘 다녀오고. 비행기값이나 교통비, 체류비 등모든 경비와 나머지 조치는 내가 다 처리해 줄 테니 최 팀장은 영수증이랑 범인만 잘 데려와!

종혁이 외사국에 와서 처음으로 가는 출장이다. 외사국으로서의 가오를 보여 줘야 할 터.

함경필 국장은 종혁과 오택수, 최재수가 비즈니스 왕복

티켓을 끊었다고 해도 용인해 줄 수 있었다.

그런 그의 호언장담에 종혁은 볼을 긁적였다.

"어…….."

─아, 아니야. 그러지 마. 비, 비즈니스지? 퍼스트 아니지?

'아뇨. 전용기인데요.'

종혁은 자신의 전용기 안을 둘러봤다.

자가용 비행기로 유명한 걸프스트림의 모델이라 그리 크지 않은 공간.

"음. 예. 국장님 마음은 잘 알았으니까 전액 영수 처리를 하겠습니다."

─잠깐, 최 팀장? 최 팀장!

종혁은 냉큼 통화를 종료했고, 그러다 못해 핸드폰 배터리를 빼 버렸다.

"뭐래?"

"경비는 모두 처리해 줄 테니 범인만 잘 잡아 오래요."

"……네 경비를?"

"와, 외사국이 돈이 많나 보네요. 팀장님 이거 한번 띄우는 데 얼마나 들어요?"

"글쎄…… 한 5천?"

"미친! 진짜요?"

"아마?"

딱히 연료값을 생각하고 타는 게 아니라서 잘은 모른다.

그에 오택수와 최재수는 혀를 내둘렀다.

"이걸 경비로 처리해 준다고? 히야…… 왜 외사국, 외사국 하는지 이젠 좀 알 것 같네."

"저도요."

오택수와 마찬가지로 감탄을 하던 최재수는 갑자기 몸을 움츠리며 종혁을 봤다.

한 번 띄우는 데 5천만 원. 그 무지막지한 액수가 그를 절로 움츠리게 했다. 자칫 소파에 기스라도 났다가는 장기라도 팔아야 할 것 같은 기분.

"저…… 팀장님?"

"저기 미니바에 술이나 간식거리 있으니까 먹고 싶은 거 있으면 마음껏 먹어."

"저, 정말요?! 그래도 돼요?"

"여기에 있는 게 전부 내 건데 무슨 상관이야."

다 먹는다고 해도 다시 채워 넣으면 그만이다.

"따뜻한 음식 먹고 싶으면 저기 승무원에게 말하고."

"와 씨."

이런 게 부자의 위엄인 걸까.

갑자기 쳐다볼 수 없을 정도로 빛나기 시작한 종혁을 멍하니 쳐다보던 최재수는 벌떡 몸을 일으켰고, 오택수도 슬그머니 일어섰다.

오는 길에 봤던 미니바에 진열되어 있던 고급 양주와 와인 냉장고. 나름 애주가로서 더 이상 참을 수가 없었다.

종혁은 그런 그들을 보며 피식 웃고는 뒤로 돌아가 침대에 누웠다.

런던 히드로공항에 도착할 때까지 앞으로 11시간.

'일단 인천공항에서 고쳐야 할 점이……'

진정한 상사는 부하 직원들이 놀 때 곁에서 일하지 않는 법.

종혁은 인천공항에서 보고 듣고 느낀 점들을 머릿속으로 정리하기 시작했다.

* * *

갑자기 추적추적 내리기 시작한 안개비에 습기가 높아진 히드로공항.

슈트를 입은 종혁이 한 손에 우산을 든 채 나아가다 누군가를 발견하곤 활짝 웃는다.

중후하면서도 매끈한 라인의 슈트와 중절모, 한 손에 검은색 우산을 들고 있는 갈매기 수염의 노인.

"해리 교수님!"

해리 가드너. 별명은 모리아티 교수.

학생들을 얼마나 괴롭히는지 그런 불명예스런 별명이 붙었다.

"오, 나의 어린 천재여. 드디어 이렇게 만나게 됐군요."

"하하. 그러게요. 거의 영상통화로만 이야기했었죠?"

둘은 서로의 눈을 뜨겁게 응시하며 악수를 나눴다.

"그것도 벌써 몇 년 전입니다."

종혁이 경찰대를 졸업하고 나서는 전화나 메일로만 안부를 주고받았다.

갑자기 해리 교수의 눈에 서글픔이 서린다.

"이젠 연구를 하지 않는 겁니까?"

현재 전 세계 수사기관들이 열렬히 받아들이다 못해 그 걸 바탕으로 각 나라의 실정에 맞게 개조하는 수사 기법을 창시하고, 수사 기법의 새 지평을 열어젖힌 종혁.

해리 교수는 그 엄청난 재능이 범인을 쫓느라 묻히는 게 너무 안타까웠다.

"사건이 바쁘다 보니 그렇게 되더군요. 그래도 그런 데이터들을 바탕으로 논문을 하나 쓰고 있으니 기대해 주셔도 됩니다. 이를테면 앞으로 다가올 미래를 대비하기 위한 최첨단 수사 기법의 방향성이랄까요?"

올해 미국에서 나온 스마트폰다운 스마트폰을 이용한 수사 기법.

"오!"

"그래서 그런데 논문이 완성되면 검토를 부탁드려도 될까요?"

"그런 부탁이라면 백 번, 천 번도 받아들일 수 있습니다!"

"하하. 감사합니다. 아, 이쪽은 제 팀원들입니다. 이쪽이 오택수, 이쪽이 최재수."

"반갑습니다, 교수님."

"나, 나이스 미 투, 썰!"

"하하. 모두 베테랑의 느낌이 물씬 나는군요. 그리고 최의 팀원들답게 옷을 입는 센스도 훌륭해요."

과하지도 그렇다고 모자라지도 않은 클래식한 슈트와

옥스퍼드 구두, 단정한 헤어스타일은 영국 신사의 포인트를 제대로 짚어 내고 있었다.

물론 최고는 종혁이다.

완벽한 영국 스타일의 맞춤 핏. 자신을 위해 예의를 차렸다는 것이 물씬 전해져 왔기에 가드너 교수는 감동을 할 수밖에 없었다.

종혁은 그런 그의 얼굴을 살피다 미간을 살짝 좁혔다.

"그런데 무슨 일이 있으십니까?"

살짝 흐트러진 헤어스타일.

폼에 살고 폼에 죽는 영국 신사답지 않은 모습이다.

움찔!

"으음. 일단 그건 나중에 이야기하도록 하죠. 최에게는 그보다 더 중요한 일이 있을 테니까요."

그 말에 순간 종혁의 몸에서 냉기가 뿜어진다.

"곧바로 공항을 빠져나왔다고요?"

"CCTV 확인 결과, 입국 심사대를 지나치자마자 멈추지 않고 블랙캡 승강장으로 향하더군요. 그 걸음과 몸짓에선 망설임을 찾아볼 수 없었습니다."

가드너가 판단하기에 마치 1초라도 빨리 공항을 빠져나가고 싶은 마음만 가득했었다.

그리고 도착한 곳은 항공사나 대사관이 아니라 호텔. 문의해 본 결과, 어젯밤 저녁에 그곳에서 만찬을 즐겼다고 한다.

그리고 오늘 아침에 일어나서 대사관이 아니라 런던의

명물, 시계탑인 빅 벤을 구경했다.

"그렇습니까……."

혹시나 정말 백억분의 하나라도 어쩌다 깜빡하고 김복순 할머니와 승운이를 놓고 갔다는 가능성이 사라진 순간이었다.

"그 새끼들 지금 어디 있습니까?"

종혁의 목에서 사나운 짐승이 울었다.

* * *

영국의 이민국 앞.

김복순 할머니의 아들이 한인 변호사와 악수를 나눈다.

"영국에 체류할 자격을 얻게 된 것을 축하드립니다, 미스터 노."

불끈!

"큼. 정말 아무런 문제가 없는 거겠죠?"

아직 영주권을 얻은 게 아니라서 약간 걱정이 든다.

"예. 두 분의 이민 방식은 솔렘이기에 영국 정부에서도 긍정적으로 검토할 겁니다. 아니, 백 퍼센트라고 할까요?"

변호사면서 이민 브로커이기도 한 그.

솔렘 비자는 어떤 회사가 영국에 지사를 설립할 때 본사의 직원을 영국에 보내기 위해 발급받는 비자인데, 이 비자를 소지한 사람은 영국에서 사업을 할 수도 있고 본사의 영국 지사를 운영할 수도 있다.

다른 비지니스 비자와 달리 현지인을 고용해야 한다는 부담이 없어서 인기가 많은 영국 이민, 영국 영주권 신청 방법인데, 한인 변호사는 여러 가지 편법을 써서 이걸 가능케 하고 있었다.

해외에서 페이퍼 컴퍼니를 만들고 장부를 조작해 그럴듯한 회사로 꾸며 영국에 진출하는 방식. 한인 변호사는 이런 페이퍼 컴퍼니를 수없이 가지고 있었다.

"하하. 감사합니다."

아들 부부의 얼굴에 미소가 활짝 피자 한인 변호사는 옅게 웃었다.

"그럼 두 분께서 운영하실 곳과 거주하실 곳을 살피러 가보죠."

이 한인 변호사가 소유하고 있는 수많은 페이퍼 컴퍼니들 가운데 하나는 이제 곧 그의 이름이 달리게 될 거다.

'내 가게! 내 집!'

"어, 얼른 가죠!"

"너무 재촉하지 않으셔도 됩니다. 여유롭게. 앞으로 영국에 사시려면 배워야 할 단어입니다."

"아, 하하. 그런가요?"

아들 부부는 속으로 굉장히 잰 척을 한다며 구시렁거렸지만, 지금으로선 매달릴 수밖에 없기에 웃을 수밖에 없었다.

그런 그들의 기색을 알아차린 변호사는 가소롭다는 듯 콧대를 세우며 차를 주차한 곳을 가리켰다.

"후후, 그럼 가시죠."

그렇게 그들은 이민국을 벗어났고, 곧 몇 대의 차량이 그들의 뒤를 느긋이 쫓았다.

"오!"

런던의 한인타운 외곽.

외곽이란 것에 눈살을 찌푸리며 가게로 들어왔던 아들 부부는 제법 넓은 매장의 크기에 탄성을 터트릴 수밖에 없었다.

"먼저 계시던 분이 크게 성공을 하셔서 런던의 제일 큰 번화가로 진출을 하시며 나온 매물로, 단언컨대 미스터 노가 제시한 금액대에서 이만한 매물은 찾아볼 수 없을 겁니다. 특히나 거주지까지 함께 딸려 있는 매물은! 아, 치킨 사업을 하신다고 했던가요?"

아들 부부, 아니 노정봉은 고개를 연신 끄덕였다.

옛날 회사원 시절, 비즈니스 때문에 와 봤던 런던 출장.

그때 알게 됐다. 영국의 음식 맛은 지독히도 맛이 없다는 걸.

노정봉은 거기서 성공의 가능성을 읽었다.

'한국 치킨. 그거라면 무조건 통한다!'

고소하고 바삭하면서도 감칠맛이 휘돌아야 될 튀김조차도 눅눅하고 밍밍하고 느끼함 그 자체였던 영국 음식. 또 그걸 아무렇지도 않게 먹던 영국 사람들.

이런 끔찍한 동네에서 고소하고 바삭하며 짭짤하기까

지 한 한국 치킨이라면 센세이션을 일으킬 터.

이미 한국에서 치킨 프랜차이즈 사업을 하다가 크게 말
아먹은 적이 있는 노정봉은 성공의 단꿈에 젖을 수밖에
없었다.

"치킨. 영국인이 좋아하는 음식 중 하나죠. 그럼 거주
공간을 확인하러 가 보실까요?"

"그, 그러시죠!"

흥분을 감추지 못한 노정봉 부부는 재빨리 건물의 이
층으로 향했다.

"어머머머머!"

따뜻한 파스텔톤의 벽지를 더 따뜻하게 만드는 햇빛.

한국에선 찾아볼 수 없는 이국적인 인테리어에 노정봉
의 아내가 흥분을 한다. 거기다 방은 무려 세 개고, 화장
실이 2개나 있다.

바로크풍 화장대와 세련된 주방까지 확인한 노정봉의
아내는 다급히 노정봉을 봤다.

"여보!"

아내의 눈에 서린 뜨거운 감정에 고개를 끄덕인 노정봉
은 얼른 입을 열었다.

"여기로 계약하죠!"

"흠. 다른 매물도 있는데……."

이 매물과는 비교도 할 수 없이 허름하고 작지만 런던
의 제일 큰 번화가에 있는 매물도 있고, 이곳 한인타운의
중심에 있는 매물도 있다.

"아니요! 음식이 맛있으면 손님은 알아서 찾아오는 법이죠! 이걸로 합시다!"

"마음에 드셨다니 다행이군요. 그럼 이쪽으로."

이마저도 편법인 이중 계약서.

그러나 노정봉은 거리낄 게 없다는 듯 일필휘지로 사인을 했고, 변호사는 노정봉에게 악수를 청했다.

"영국에 오신 걸 환영합니다. 부디 성공하시길 바라겠습니다. 잔금은 일주일 안에 넣어 주시길. 그럼……."

"고맙습니다! 조심히 들어 가십쇼!"

한인 변호사를 배웅하고 돌아온 노정봉은 다시 집을 둘러보며 혀를 내둘렀다.

"여보……."

그런 그에게 눈물이 촉촉하게 젖은 눈으로 다가오는 아내.

노정봉은 그런 아내를 꼭 끌어안았다.

"그동안 고생했어."

다 늙은 노총각과 결혼했으면 공주처럼 떠받들어져 살아야 함에도 맨날 손에 물을 묻힐 수밖에 없었던 아내. 그러다 겨우 성공하나 싶더니 일이 어긋나 함께 나락으로 떨어졌던 아내.

그 외에도 어머니 김복순의 비위를 맞추고, 주위 시선 때문에 낳은 정도 생기지 않는 승운을 키우느라 참 고생했더랬다.

"쿵. 이제라도 알면 됐어요. 그보다 이제 이 집이 우리

거란 말이죠?!"

"그럼. 여기뿐만 아니라 1층 가게까지 모두 우리 거지."

이제 고생 끝, 행복 시작이었다.

"이제 한국에서의 그 찌질했던 인생은 모두 잊고 새로 시작하는 거야. 조금만 고생하면 곧 떵떵거리며 살 수 있을 테니 우리 조금만 노력하자. 그래 줄 수 있지?"

"치이. 내가 언제는 노력 안 했나?"

"하하! 아니지! 우리 자기는 언제나 노력했지! 낮에도, 밤에도……."

순간 음흉해진 노정봉의 눈과 손이 아내의 가슴을 훑는다.

"아이, 참. 아직 낮인데……."

아내는 노정봉을 살짝 밀쳐 냈지만, 그 힘은 그렇게 강하지 않았다. 미소가 더 음흉해진 노정봉은 그녀의 허리를 확 끌어안았고, 아내도 못 이기는 척 그의 품에 안겼다.

그렇게 둘의 입술이 서로를 탐하기 위해 가까워지는 순간이었다.

쿵쿵쿵!

'어떤 놈이!'

"하. 잠깐 있어 봐. 아무래도 변호사 같으니까."

"알았어. 얼른 다녀와."

혀를 찬 노정봉은 문으로 걸어가 손잡이를 잡으며 구겨진 얼굴을 폈다.

"어이구, 변호사님. 뭘 놓고…….."

노정봉은 눈앞에 드리워진 거대한 벽에 눈을 껌뻑이며 의아해했다.

"누구?"

거대한 벽, 아니 종혁은 어리둥절해하는 그를 보며 씩 웃었다.

"한국 경찰."

"……씨발!"

다급히 몸을 돌리는 노정봉.

종혁은 그런 그의 머리채를 꽉 낚아챘다.

"어디 가니, 씨발아."

종혁의 주먹이 노정봉의 옆구리에 틀어박혔다.

뻐어억!

"컥! 커허억!"

숨을 못 쉰다는 게 이런 걸까.

눈앞이 새 하얗게 물든 노정봉은 마치 오함마가 후려 친 것처럼 아픈 옆구리를 부여잡은 채 숨을 쉬기 위해 발 악을 했고, 종혁은 그런 그의 사정 따윈 봐주지 않겠다는 듯 그의 머리를 꺾었다.

"억?!"

"노정봉 씨, 당신을 김복순 씨와 노승은 씨에 대한 사 기 및 존속유기 혐의로 체포합니다. 당신은 묵비권을 행 사할 수 있고, 변호사를 선임할 수 있으며, 불리한 진술 을 거부할 수 있고, 체포구속적부심을 신청할 수 있습니다. 이해하셨죠?"

'아, 안……'

안 된다. 이제 성공할 일만 남았는데 체포라니.

"놔! 놔아! 놔, 이 씨발!"

그는 있는 힘을 다해 발버둥 쳤고, 종혁은 머리를 잡힌 채 퍼덕거리는 노정봉의 턱을 향해 손바닥을 휘둘렀다.

쩌억!

"킥!"

맞는 순간 축 늘어지는 노정봉.

침을 탁 뱉은 종혁은 얼굴을 구겼다.

"공무집행 방해도 추가다, 씹새끼야."

철컥!

수갑이 맞물리는 소리가 집 안과 복도에 울려 퍼졌다.

"어이구, 또 이렇게 팼네. 좀 적당히 패라니까."

"오 경감님이면 손대중이 되겠어요?"

"미쳤냐? 씨발 옛날이었으면 이 새끼 밥숟가락 놨어."

"그 변호사, 아니 브로커 새끼는요?"

"걔는 영국 애들한테 넘겼어. 재수가 같이 따라갔고."

"아, 그래요? 잘하셨어요. 그런 경험도 해 봐야 느는 거죠."

"그렇지? 나도 그렇게 생각해. 그보다 잠깐 비켜 봐. 저년 좀 잡게."

"아, 맞아. 예, 다녀오세요."

"어야."

노정봉을 타고 넘어 노정봉 부부의 새로운 보금자리가 됐을 공간으로 무자비하게 진입한 오택수는 하얗게 질려 있는 노정봉의 아내를 향해 씩 웃어 줬다.

　"아이고. 많이 놀라셨죠. 김순임 씨? 당신도 같은 혐의니까……."

　"나, 난 아니에요. 난 몰랐어요……. 다, 다 남편이……."

　"예예. 그건 한국에 가서 이야기하시고요."

　"씨발, 난 몰랐다고—!"

　방금 전 노정봉처럼 도망치려는 듯 몸을 돌리는 아내.

　훌쩍 발을 내디딘 오택수는 방금 전 종혁처럼 노정봉 아내의 머리채를 사정없이 낚아챘다.

　뿌득!

　"까아악!"

　"너도 좀 맞자, 쌍년아."

　오택수의 주먹이 노정봉 아내의 입술에 틀어박혔다.

　빠아악!

　그렇게 새로운 시작, 행복의 단꿈은 젖어 들기도 전에 깨어 버리고 말았다.

　"놔! 놔아—! 유기?! 말도 안 돼! 그냥 깜빡했던 것뿐이라고!"

　"맞아! 곧 데려오려고 했단 말야!"

　깨어나자마자 개소리를 태연하게 지껄이는 노정봉 부부.

　종혁은 어이없다는 듯 웃었다.

"그런 새끼들이 3일간 한국에 연락을 안 했다고? 니들 핸드폰에 한국으로 연락한 증거가 있는지 없는지 한 번 봐 볼까? 어-?!"

움찔!

"……나, 나 이거 한국 가서 정식으로 제소할 거야! 니들 다 과잉진압으로 옷 벗겨 버릴 거라고!"

얼굴을 구긴 종혁은 오택수를 봤다.

"오 경감님, 쟤들 그냥 템즈강에 던져 버리고 갈까요?"

흠칫!

"강보다는 산이 낫지 않겠냐? 그냥 확 파묻어 버리면 찾을 사람도 없을 것 같은데……."

"그렇죠?"

종혁은 어느새 입을 다문 노정봉 부부를 향해 싱긋 웃었다.

"어떻게 할래? 여기서 이민법 위반으로 바퀴벌레 나오는 교도소에서 한 십 년 썩다가 한국으로 송환될래, 아니면 한국 가서 재판 받을래?"

솔직한 심정으론 템즈강과 야산을 선택해 주길 바랐다.

"이, 이민법?"

"에이, 선수끼리 왜 이래. 너희가 하려던 이민 그거 사기잖아. 그래서 그 변호사도 경찰에 잡혀간 거고."

그동안 예의주시를 하고는 있었지만, 마땅한 증거가 없어서 검거할 수 없었던 브로커. 영국 경찰들이 고맙다고 목례까지 하며 데려갔다.

"이거 영국에서 걸고넘어지면 너희 좆된다?"

브로커도 한인이고, 돈을 준 사람도 한국인이다.

영국 정부에서 너희는 무슨 사기꾼만 있냐며 한국 정부에 항의를 하는 순간 이들은 무조건 법정 최고형에 괘씸죄 추가다.

오싹!

"……하, 한국으로 가겠습니다."

"가, 갈게요! 가면 되잖아요!"

"오케이. 뭐해, 얼른 차에 안 타고."

"네, 넵!"

그들은 다급히 차에 올라탔고, 종혁은 그제야 가드너를 응시했다.

"수고하셨습니다, 교수님. 이 은혜 꼭 갚겠습니다."

"허허, 아닙니다. 그럼 이제 볼일은 다 끝난 겁니까?"

"예. 이제 내일 비행기로 송환만 하면 됩니다."

공항에 외사국 직원이 나와 있을 예정이었다. 이런 쓰레기들을 전용기에 태울 수는 없었다.

그에 가드너가 눈을 빛냈다.

"그럼 여유가 좀 있겠군요."

꽤 의미심장한 말.

종혁은 옅은 미소를 지었다.

"티 브레이크를 가져야 할 정도인가요?"

순간 가드너의 낯빛이 흐려진다.

"후. 도난 사건입니다. 무려 6천만 파운드의……."

쿠웅!

종혁은 눈을 부릅떴지만, 아직 가드녀의 말은 끝나지 않았다.

"그런데 실행 시간은 6분."

딱딱하게 굳었던 종혁은 이내 입술을 비틀었다.

"이거 제가 도움이 될지 모르겠지만, 아무래도 내일 애 프터눈 티타임까지는 함께 있어야 하겠군요."

"하하하핫! 역시 최! 감사합니다. 가시죠. 내가 쿠키를 기가 막히게 굽는 가게를 알고 있습니다!"

* * *

방금 막 구운 것인지 딸기잼을 바른 따끈한 스콘이 입 안에서 부서지며 옥수수의 고소함과 버터의 달큰한 맛이 폭발하듯 피어오른다.

"와아."

"호오."

씹으면 씹을수록 더 진해지는 스콘의 향.

그러나 시작이 있으면 끝이 있듯 침에 범벅된 잔흔이 입안을 텁텁하게 할 때 베르가못향이 흠뻑 적셔진 씁쓸 한 얼그레이가 입안을 헹구며 방금 전 뭘 먹었냐는 듯 다 시 식욕을 돋운다.

절로 행복해지는 기분.

뺏기고 싶지 않은 시간이고 싶지만, 이 카페의 테이블

에 앉은 종혁들은 아쉬움을 접으며 노트북 속 화면을 응
시했다.

흑백의 CCTV 안에 드디어 복면을 쓴 강도들이 나타났
기 때문이다.

다이아몬드처럼 비싼 보석이 아니라 역사적으로 가치
가 있는 반지나 목걸이 등이 전시된 박물관.

규모는 그리 크지가 않다.

저녁 11시쯤 CCTV 안으로 3명의 강도가 정문에서 10
미터가량 떨어진 곳에 위치한 직원용 출입구를 부수며
훅 하고 들어온다.

이후 거침없이 복도를 걸은 그들은 일말의 망설임도 없
이 망치나 오함마로 보관대를 부수며 마구잡이로 보석들
을 쓸어 담았고, 단 3분 만에 한화 1000억 상당의 보석
을 훔쳐 CCTV 밖으로 사라진다.

이후 바깥에 세워 둔 차량에 올라타 사라지기까지 단 6
분. 고작해야 6분 만에 1000억 상당의 보석이 사라진 것
이다.

이후 3분 뒤 경찰차가 도착.

가드너 교수가 영상을 종료하자 종혁과 오택수의 입에
서 탄성이 터져 나온다.

"와, 이 새끼들 꾼인데?"

"네. 완전 제대로 배운 새끼들이네요."

한두 번 털어 봐서는 결코 나올 수 없는 솜씨라는 걸
한눈에 알아볼 수 있을 정도의 실력이었다.

이 정도면 거의 예술. 전과 10범쯤은 되어야 나올 수준이다.

"특히나 동선에 낭비가 없어요."

"어? 그래?"

종혁은 의아해하는 가드너의 모습에 영상을 다시 처음으로 돌려 영어로 말하기 시작했다.

"여기 보시면 놈들이 진입하는 순간부터……."

"마치 순서를 정해 놓은 듯 차례로 들어왔죠. 그리고 곧바로 흉기를 꺼내 들어 보관대의 유리를 부쉈습니다."

종혁은 정답이라는 듯 손가락을 튕겼다.

"하지만 그렇다고 동선에 낭비가 없다고 할 수 있겠습니까?"

"다시 한번 잘 보세요. 이들이 어떻게 움직이는지."

"……헛?!"

CCTV 영상을 다시 틀어 확인한 가드너는 눈을 동그랗게 떴다.

정신 없이 바쁘게 움직이는 와중에도 그들은 서로의 움직임을 조금도 방해하지 않았다. 그 모습은 마치 일말의 어긋남도 없는 화음을 보는 듯했다.

서로 합을 맞추어 도둑질을 한 지 꽤 오래된 게 분명해 보였다.

가드너는 동감이라는 듯 고개를 끄덕였다.

"확실히 그렇군요. 거기다 박물관을 빠져나간 후 차에 올라탈 때의 모습도……."

"거침이 없죠."

티끌만큼 작은 망설임도 없다. 혹여 누군가 뒤통수를 치는 게 아닌지 주변을 경계조차 하지 않는다.

"보통 이런 다인조 작업에서 가장 경계하는 게 그 부분임에도 이들은 냅다 차에 올랐습니다."

"그 말은 서로에게 믿음이 있단 소리겠죠."

"바깥에서 대기하고 있던 운전수까지 네 사람, 이들 모두 강도질을 하기 전부터 알고 지낸 사이일 가능성이 크겠죠."

"친구 사이라…… 확실히 가능성이 있습니다. 역시 현장을 겪은 사람의 눈은 날카롭군요."

범죄학의 권위자인 가드너마저도 무심코 놓쳤던 사소한 부분.

'아무래도 내가 무의식중에 편견을 가졌나 보군.'

가드너는 반성을 하며 옅게 웃었다.

"이거 런던 경찰들에게 해 줄 말이 생긴 것 같습니다."

어디 이렇게 실력까지 갖췄으면서도 친구 사이인 4인조 강도단이 흔할까.

아주 작지만 수사에 진전이 생긴 거다.

'역시 최.'

가드너는 따뜻한 눈으로 종혁을 봤지만, 종혁은 CCTV를 보느라 그 시선을 느끼지 못했다.

무슨 일인지 자못 심각한 종혁의 표정.

'문제는 거슬리는 부분이 있다는 건데…….'

강도단의 행동에 작은 모순이 있다. 정확히는 보관대를 부수는 행동에 말이다.

"왜 그러세요, 팀장님?"

"아니, 그게……."

종혁은 말할까 말까 고민했고, 가드너는 그런 종혁의 모습에 입술을 비틀었다.

"아무래도 최 역시 저와 같은 부분이 거슬리는가 보군요."

"예. 그건……."

"목 위쪽의 보관대를 건드리지 않은 점."

"어깨 위로 팔을 들지 않은 점."

마치 닭장처럼 생겨 천장까지 닿아 있던 보관대.

그리고 망치질을 하면서도 결코 어깨 위로 팔을 올리지 않았던 세 명.

동시에 말한 그들은 서로를 보며 씩 웃더니 마치 짜기라도 한 듯 동시에 몸을 일으켰다.

"아무래도 현장을 둘러봐야 할 것 같습니다."

"같은 생각입니다. 후, 영국인로서 이런 끔찍한 일을 저질러야 한다니……."

애프터눈 티는 영국인에게 있어 거의 신성 그 자체의 시간.

하지만 사건이 먼저였다.

몸을 일으킨 그들은 사건이 벌어진 보석 박물관으로 향했다.

* * *

　며칠 전 사건이 발생했음에도 아직까지 폴리스라인이 쳐져 있는 박물관.

　한참 범인을 쫓아야, 아니 찾아야 하는 시간에 불려 나왔음에도 이번 사건을 담당한 경찰들의 얼굴엔 기대감이 가득하다.

　해리 가드너 교수가 정식으로 이번 사건의 자문을 맡아 주기로 했기 때문이다.

　게다가 자문을 맡겠다는 연락과 함께 그가 보내온, 4인조 강도단이 오랜 친구 사이일 수도 있다는 정보.

　이 작지만 큰 단서에 런던경찰청이 뒤집어진 상태였다.

　"가드너 교수님이 현장을 보면 더 많은 단서를 얻을 수 있겠지?"

　"그렇겠지! 그 가드너 교수님인데!"

　호들갑을 떠는 경찰들의 모습에 일부 형사들이 혀를 찬다.

　"잘한다, 잘해. 경찰이라는 것들이 스스로 찾아볼 생각을 해야지, 남에게 기댈 생각만 하고."

　"맞는 말이야. 가드너 교수의 능력은 인정하지만, 그건 어디까지나 학자로서의 능력을 말하는 거지."

　"나 때는 저러지 않았는데…… 쯧."

　이론과 현장은 다른 법.

　일부 형사들은 고개를 저으며 회의적인 반응을 보였다.

아니, 이 4인조 강도단을 쫓기에도 부족한 시간을 뺏고 있기에 짜증마저 내보이며 담배를 뻑뻑 피웠다.

"오셨습니다!"

부르릉! 끽!

멈춰 선 블랙캡에서 내리는 가드너 교수와 종혁들.

경찰들은 인사를 하기 위해 가드너에게 다가갔다가 갑자기 어딘가로 움직이는 그의 모습에 잠시 걸음을 멈췄다.

'뭐, 뭐야?'

'그, 글쎄?'

그들은 의아해하는 표정으로 가드너의 뒤를 따랐다.

그런 가드너가 걸음을 멈춘 곳은 차량이 세워진 장소였다.

"여기인 것 같군요."

"예. 여기네요."

가드너 옆에 멈춰 선 종혁은 주위를 주욱 둘러봤다.

단층 혹은 2층의 붉은색 벽돌 건물들이 주욱 늘어선 보석상 거리.

"4차선 삼거리 교차로임에도 CCTV의 숫자가 두 개. 저 CCTV가 차량을 찍은 CCTV겠군요."

삼거리 교차로와 딱 붙어 있는 박물관 옆 전봇대에 설치된 CCTV. 이리저리 엉켜 있는 전선들에 가려져 자세히 살피지 않으면 발견할 수 없을 정도다.

"왜 하필 여기에 주차를 한 것 같습니까?"

놈들은 박물관 바로 옆, 그러니까 CCTV 사각에 세운
게 아니라 CCTV가 훤히 보이는 박물관 맞은편에 차를
세웠다.

박물관으로 들어오기 위해선 도로를 건너야 하는 귀찮
음을 감수해야 되는데도 말이다.

그 말에 종혁의 눈빛이 서늘하게 가라앉았다.

"교수님은요?"

"저 CCTV를 발견하지 못했거나……."

"CCTV에 찍혀야 할 이유가 있거나."

서로를 보며 싱긋 웃은 둘.

뒤를 따라온 경찰들의 눈이 부릅떠진다.

종혁은 차량이 도주한 방향이 아니라 다른 방향을 가리
켰다.

"저쪽과 저쪽으로 가면 어디로 나옵니까?"

"그게……."

가드너 교수는 귀를 쫑긋 세우는 런던경찰청의 경찰들
을 응시했고, 그 시선에 당황했던 경찰들은 얼른 입을 열
었다.

"바, 방금 말한 곳들은 모두 런던 외곽으로 빠지는 길
입니다."

놈들이 도주한 방향만이 도심으로 향하는 도로.

종혁은 혀를 찼다.

"디코이네. 개새끼들."

"역시 차량을 갈아탔을 확률이 높겠군요."

"가방 세 개만 옮기면 될 테니 번거롭지도 않겠죠."

종혁은 박물관을 향해 발을 떼며 입을 열었다.

"최재수, 여기서부터 보석 박물관에 도착할 때까지 시간 재."

"옛!"

종혁은 놈들처럼 거침없이 걸음을 옮겨 박물관 앞에 섰다.

"몇 초?"

"12초 43! 12초입니다!"

"차에 올라타 출발하기까지 걸린 시간 9초. 총합 21초. 놈들의 보폭을 감안한다고 해도 시간 30초. 기록해."

"옛!"

종혁은 부서진 채 방치된 직원용 출입구를 봤다가 헛웃음을 터트렸다.

수천억 상당의 보석을 전시하는 박물관임에도 강력하고 두꺼운 금속제 문이 아니라 일반 금속제 문이다.

전자 도어락에 외부 자물쇠까지 총 삼중의 잠금장치가 되어 있지만, 해제하는 데 걸린 시간은 고작해야 20초 정도였다.

물론 이 금속제 문과 전자 도어락이라는 것 자체가 좀도둑들 입장에서 봤을 때 심리적으로 다가가기 힘든 성질의 것이긴 하지만, 그건 어디까지나 멍청한 좀도둑 입장이다.

이번 사건의 범인들처럼 간 큰 도둑들이라면 지금처럼 빠루 하나로 다 뜯어 버린다.

"이 동네는 무슨 안전 불감증이라도 있는 겁니까?"

"큼. 이거 할 말이 없군요. 전통이 마냥 좋은 것이 아니란 건 알지만…… 여기엔 참 여러 문제가 복합적으로 얽혀 있습니다."

좋게 말하자면 과거 영국이 가장 찬란했던 때를 보존하고자 하는 거고, 나쁘게 말하자면 고리타분한 생각에 사로잡혀 옛것을 계속 고수하려는 거다. 아직 쓸 만하니까. 문제가 없으니까.

그렇다 보니 영국엔 지어진 지 백 년이 넘은 건물들이 즐비하고, 그걸 쉽게 고치지 않는다.

보석 박물관을 비롯해 이 거리에 있는 건물들도 마찬가지다. 그나마 보안의 중요성을 인식하고 있기에 금속제 문을 설치한 거다.

종혁은 헛웃음을 터트렸다.

'이건 뭐 나 잡아 잡수라고 광고하는 것도 아니고…….'

고개를 저은 종혁은 CCTV에서 본 것처럼 빠루를 쥐곤 출입구에 꽂아 뒤로 잡아당기는 시늉을 했다.

"콱! 쩍, 쩍쩍! 덜컹. 총 열네 번. 왜 열네 번이지?"

뜯겨 나간 문의 흔적을 보면 놈들은 단숨에 치명적인 부위에 빠루를 꽂아 넣었다. 이 부위를 공략하면 금고가 아닌 이상 대여섯 번 젖히면 문은 쉽게 박살 나 버린다.

'흠.'

일단 의문을 뒤로한 종혁은 놈들이 진입한 루트를 쫓아 다시 걸음을 옮겼다.

뿌드득, 뿌드득.

구두에 짓밟혀 뭉개지는 유리 파편들.

가드너와 런던 경찰들은 잰걸음으로 종혁의 뒤를 따랐다.

그렇게 보석이 보관된 장소에 도착한, 손잡이가 부서진 문 안으로 들어간 종혁은 잠시 걸어온 복도를 둘러봤다.

"최재수, 내부 거래 및 놈들이 이곳의 직원으로 일했을 확률이 있다. 체크."

"옛!"

오는 길에 문들이 총 6개가 있는데 편액이 붙은 문이 없다. 즉, 어느 곳이 보석을 보관하는 곳으로 연결되는지는 직원 말고 알 수가 없다는 거다.

'그런데도 놈들은 거침없이 다가와 이 문 앞에 서서 망치를 들었지. 그리고 이 손잡이를 박살 내고 진입할 때도 그냥 망치를 들고 들어갔어.'

문을 박살 낸 놈 외의 두 놈도 문이 열리자마자 망치부터 꺼내 들었다. 그건 이 안의 상황을 아주 잘 알고 있다는 증거였다.

시선을 돌린 종혁은 사건 당시의 모습이 그대로 보존된 현장을 둘러봤다. 털리지 않은 보석들은 다른 곳에 보관되어 있는지 보관대가 모두 깔끔하게 비워져 있었다.

"한 놈은 이리로, 두 놈은 이리로."

한 명은 마치 금은방에서나 볼 수 있는 기다란 사각형 보관대로 향했고, 나머지 둘은 닭장처럼 생긴 유리 보관대로 향했다.

"그리고 3분 동안 쾅, 쾅쾅. 우수수……."

종혁은 런던 경찰을 봤다.

"이 동네에서 신고가 접수되고 경찰이 출동할 때까지 몇 분 걸립니까?"

"대, 대략 5분 정도입니다. 하지만 그날은 10분 정도 걸렸다고 합니다."

"여기 보석상 거리 아니에요?"

"비교적 뒤늦게 형성된 거리라서……."

파출소를 이전하지 않았다는 거다.

거기다 사건이 발생하던 시각에 유난히 장난 신고가 많아서 순찰 병력이 모두 외부에 나가 있었다.

'지랄 났다. 누가 영국이 선진국이라고 했어?'

보통 이런 중요한 거리는 따로 관리 순찰하는 병력을 빼놓는 게 기본이었다. 물론 상황이 상황인 걸 알고 있지만, 그래도 총체적 난국이었다.

"최재수, 놈들이 거짓으로 신고했을 확률이 높다. 체크."

"옛!"

"현장 사진이랑 여기 담당자 좀 봅시다."

"아, 예예! 혀, 현장 사진은 여기 있습니다. 누가 박물관 관계자 좀 불러와!"

누군지는 모르지만, 가드너 교수와 동급의 대화를 나누는 사람이다. 동양인이거나 어린 나이는 아무런 문제가 안 됐다.

"저도 여기 있습니다!"

종혁은 앞으로 나서는 관계자를 보며 눈을 빛냈다.

내부자 거래 및 놈들이 이곳의 직원으로 일했을 확률이 높은 이 사건.

다급히 경찰들을 헤치며 앞으로 나서는 저 관계자도 용의선상에 올려야 했다.

'아무리 생각해도 내부자가 정보를 넘긴 것 같은데 말이야.'

그게 아니면 놈들의 동선을 설명할 수 없었다.

종혁의 눈빛이 가라앉았다.

* * *

이 박물관이 지어진 지 무려 100년.

그동안 총 열두 번의 침입 시도가 있었지만, 단 한 번도 뚫린 적이 없었던 박물관.

물론 마지막 침입 시도가 20년 전이긴 했지만, 그런 박물관이 털려 버린 거다.

이 박물관에서 무려 30년을 일한 애덤 스미스는 이 끔찍하고도 지옥 같은 상황에 정신을 차릴 수 없었다.

그런 와중에 경찰들이 다시 현장을 보고 싶다기에, 그것도 TV에 꽤 자주 나오는 가드너 교수가 보고 싶다기에 혹시나 하는 기대를 품고 왔던 스미스는 다급히 경찰들을 헤치며 종혁의 앞에 섰다.

처음엔 가드너 교수의 조수인 줄 알았던 종혁. 그런데 대화를 주도하는 걸 보니 범상치 않은 인물임이 분명 했다.

종혁은 어떤 기대감을 품고 있는 그를 보며 눈빛을 가라앉혔다.

"혹시 근래에 직원들 중 갑자기 장기 휴가를 떠났거나 그만둔 직원이 있습니까?"

"예? 아, 아뇨."

"그러면 채용한 지 얼마 되지 않은 직원은 몇 명이나 됩니까?"

"다들 10년 이상씩 근무했던 사람들뿐입니다."

성실함을 최우선으로 두고 있기에 근무 태도가 불성실한 이들은 진작에 해고됐다.

"흠, 그런가요……. 혹시 보안업체와 계약은 되어 있지 않으셨던 겁니까?"

상당한 고가의 보석을 전시하고 있는 박물관이다. 경찰의 출동은 장난 신고로 인해 늦어졌다 하더라도, 보안업체까지 대응이 없었다는 점이 이해가 가질 않았다.

"20년째 계약을 맺었던 곳이 있었습니다만, 작년에 계약을……."

해지했다는 말이었다.

이 박물관이 고가의 보석을 전시하는 곳이긴 하지만, 그 수익은 굉장히 적다. 입장료로 근근이 먹고사는 실정.

무려 20년간 침입 시도 자체가 없었으니 보안업체에

들어가는 돈이 아까울 만도 했다.

"보석 중 한 점이라도 팔아서 운영비를 마련해 볼 생각
은 안 해 보셨습니까?"

"그게 무슨 말입니까! 그 작품들은 옛 왕실과 황실, 귀
족들이 착용하던 것들이란 말입니다!"

그것도 이 영국이 아니라 유럽 각국 왕실과 황실, 귀족
등이 착용하던 것들이다.

"예, 예. 알겠습니다."

경찰에게 현장 사진을 봐도 그래 보였다.

누가 봐도 아주 옛날 방식의 디자인들. 현대에선 쪽팔
려서라도 절대 착용하고 다닐 수 없을 만큼, 아니 골동품
이라 부를 정도로 구린 디자인이었다.

"그래서 진실은요?"

종혁의 날카로운 눈에 우물쭈물하던 스미스는 한숨을
내쉬었다.

"……매입하시려는 분들은 꾸준히 있었지만, 모두 세
트로만 구매하시길 원하셔서 판매할 수 없었습니다."

목걸이, 반지, 귀걸이 이런 세트가 아니라 어느 귀족
가, 어느 왕실, 몇 대 왕이 착용했던 것들을 한꺼번에 구
입하려고 해서 팔지 못한 거다.

물론, 사정이 여의치 않다면 그 또한 고려를 해 보아야
겠지만…….

"이 박물관의 설립자께서 한 사람에게 전부 판매하는 것
이 아니라면 절대 팔지 말라며 유훈을 남기기도 하셨고요."

전부 아니면 전무.

한 사람에게 모두 팔 수 있는 게 아니면, 그 모든 수익은 영국에 귀속된다는 유언장을 남긴 거다.

개인이 아닌 박물관에 판매하는 것도 불가.

그런데 이 많은 작품을 구매할 개인이 있을까.

취향 차이를 생각하면 결코 불가능한 일이다.

또 이 유언을 받아들이지 않으면 그 즉시 이 박물관의 모든 것은 영국에 귀속시킨다는 유언도 남겼다.

즉, 작품을 팔려고 해도 팔 수 없는 상황이란 소리였다.

박물관의 현 소유주에게 있어 여긴 그냥 애물단지나 다름없었다.

"씨발. 이거였네."

보안에 공을 들이지 않은 이유가 말이다.

한숨을 푹 내쉰 종혁은 보관대를 가리켰다.

"그러면 저것도 설립자의 유훈 때문입니까?"

은행의 개인 금고 형태도 아닌 진열대처럼 생긴 보관대. 심지어 그마저도 강화플라스틱이 아니라 일반 유리라는 점에서 헛웃음이 튀어나왔다.

"예. 보물은 숨겨서 보관할 때도 빛을 발할 수 있게 보관해야 된다고……. 하, 하지만 외벽의 두께가 30센티라서…… 죄송합니다."

'돌겠네. 진짜.'

종혁은 이마를 잡았다.

"……아뇨. 죄송할 건 없죠."

애물단지에게 이 정도 공을 들였다면 나름 최선을 다한 거다.

상식적으로는 전혀 이해할 수 없지만 말이다.

종혁은 경찰들에게 넘겨받은 현장 사진을 그에게 보여 주었다.

"그럼 마지막으로 한 가지만 더 묻겠습니다. 놈들에게 털리지 않은 것들 중에 털린 것보다 더 비싼 게 있습니까?"

"아, 예! 있습니다!"

"그것들의 위치는요?"

"여깁니다!"

스미스는 어깨높이 위로 쭉 늘어서 있는 닭장처럼 생긴 보관대들을 한 팔로 쓱 훑으며 설명했다.

"이것들이 저희 박물관에서 최고가를 자랑하는 보석들입니다. 박물관이 폐관을 하면 제가 전시하고 있던 것들을 다시 이쪽에 옮겨 보관하고 있죠."

"……그 보관대에 등을 대고 서 보세요."

"예, 예."

스미스는 의아해하면서도 종혁의 지시를 따랐고, 그 순간 여태까지 종혁의 머리 한구석을 간질거렸던 모든 의문이 톱니바퀴처럼 맞물렸다.

찰칵!

"하! 맞네. 이 새끼들."

CCTV를 보면서 세웠던 가설 중 하나가 맞아 떨어졌다.

헛웃음을 터트리며 담배를 문 종혁은 가드너를 바라봤

다. 종혁과 같은 답에 도달했는지 표정이 딱딱하게 굳어 있는 그.

"최, 혹시 이거……."

"예. 이 새끼들 빠르게 털고 튀기 위해 팔을 머리 위로 안 든 게 아니라 그냥 못 든 겁니다."

CCTV가 흑백으로 비춰질 만큼 어두웠지만, 보관대에 딱 붙어 작업했던 놈들이라면 결코 지나칠 수 없을 높이에 이 박물관에서 최고로 비싼 보석들이 있다.

진입부터 퇴각까지 거침없을 만큼 이곳에 대해 잘 연구한 놈들이 그 값어치를 알아보지 않았을까.

그렇다면 답은 하나다.

"허어."

마침 종혁과 같은 결론을 내린 것인지 가드너는 허탈해 했고, 런던 경찰들은 같은 걸 보고 있음에도 자신들만 모르는 데서 오는 답답함에 가슴을 쳤다.

"그래서 뭐가 어떻다는 겁니까, 교수님! 대체 어떤 단서를 발견한 거냐고요!"

같이 알자며 외치는 그들의 모습에 종혁은 어이없다는 듯 바라봤다.

"아직도 모르시겠습니까? 이 새끼들 모두 오십견에 걸린 늙은 놈들이라고요!"

내부 거래는 아직 의심에 불과하지만, 이것만큼은 확실했다.

강도 셋이 공교롭게 한꺼번에 어깨를 다쳤을 가능성은

없다고 봐도 무방하니, 오십견이 백 퍼센트라고 봐야 했다.

그리고 그렇게 생각한다면, 종혁의 계산보다 보석을 털고 차량을 탑승하기까지 시간이 오래 걸린 점이나 출입문을 뜯어내는 데 과하게 빠루질을 한 점까지 설명이 됐다.

쿠웅!

런던 경찰들은 입을 떡 벌렸다.

* * *

딸랑!

"감사합니다, 또 오세요!"

오늘도 어김없이 비가 추적추적 내리기 시작하는 오후, 방금 막 구운 빵이 담긴 봉투를 들고 나서는 칠십대 노인을 향해 인사를 한 이십대 종업원이 카운터에 턱을 괴고 있는 주인을 향해 슬그머니 묻는다.

"저분이 옛날에 유명했다면서요?"

"콜린 씨? 유명했지."

대도로 유명했다.

부자나 귀족들의 집을 털어 가난한 자들에게 적선을 했던 대도 콜린.

하지만 그런 그도 결국 돈의 마력을 이기지 못한 것일까, 아니면 세월의 힘을 이기지 못한 것일까.

어느 순간부터 콜린은 마트나 일반 가정집을 터는 도둑이 되어 버렸다.

"그나마 다른 동네를 털었기에 이 동네에 발붙이고 사는 거야. 아니었다면 그냥……."

"또 거너이기도 하고요?"

축구 구단 아스날의 팬을 일컫는 말, 거너.

"정답."

토트넘 팬이었으면 이미 쫓겨났을 것이다.

"너도 명심해. 한탕 노리다가는 늙어서 저 모양 저 꼴이 되는 거야."

풍족해야 될 아침 식사와 저녁 식사를 고작해야 빵으로 때우는 인생. 국가에서 지급하는 연금으로 근근이 살아가는 인생.

그저 거지보다 조금 더 나을 뿐인 하찮은 인생이다.

"그러니 열심히 공부해서 좋은 직장에 취직하라고. 알았어?"

"아, 알았어요. 거 우리 엄마보다 더 잔소리가 심하시네."

"뭐야?!"

"그럼 전 청소하겠습니다!"

주인은 다급히 걸레를 드는 종업원의 모습에 혀를 차며 비가 그치기 시작한 창밖을 바라봤고, 그들의 대화 주제였던 콜린은 멈추기 시작한 비에 우산을 걷으며 무릎을 주물렀다.

"오늘은 더 이상 비가 안 오려나."

무릎이 욱신거리지 않는 걸 보니 그럴 것 같다.

"좋은 저녁입니다, 콜린 씨."

신문이나 담배 따위를 파는 작은 마트의 주인이 아는 체를 하자 콜린도 웃으며 인사를 건넨다.

"그래요, 좋은 저녁입니다."

"석간신문이 나왔는데 한 부 가져가시겠습니까? 꽤 흥미로운 뉴스가 실렸더군요."

"그래요?"

"며칠 전 헤프너 재단의 보석 박물관이 털린 건 기억하시죠?"

"아직 기저귀를 찰 나이는 아닙니다, 주인장."

"하하. 그런 말은 아니었는데……. 아무튼 오늘 그 박물관에 가드너 교수님이 왔다고 하더군요!"

움찔 몸을 굳힌 콜린의 표정이 살짝 굳는다.

"가드너? 그 해리 가드너 교수를 말하는 겁니까? TV에 자주 나오는 범죄학자?"

"예! 하, 그분께서 현장을 둘러보셨으니 곧 범인들도 잡히겠죠?"

"음. 아마도 그렇지 않겠습니까? 신문 한 부 주세요."

"하하. 예, 감사합니다! 좋은 저녁 되십시오, 콜린 씨!"

손을 저으며 발을 뗀 콜린은 방금 전까지 느긋하게 걷던 것과 달리 걸음을 재촉하며 자신의 집으로 향했다.

동네 외각에 위치한 허름하고 낡은 주택.

던지다시피 거실 테이블에 빵 봉지를 던진 콜린은 얼른 신문을 펼쳐 기사를 살폈다.

[가드너 교수, 무거운 엉덩이를 움직이다!]

웬 동양인 남성들과 함께 찍힌 해리 가드너.

학자 주제에 가끔씩 경찰 일에 개입해 미궁에 빠질 뻔한 사건들을 해결하며 이 시대의 셜록 홈즈라고 불리는 존재.

하지만 별명은 셜록의 앙숙인 모리아티 교수다.

"아, 이게 문제가 아니지."

콜린은 빠르게 기사를 읽어 갔다.

[한국에서 온 경찰들과 함께 현장을 재검토한 가드너 교수는 범인들이 30대에서 40대의 남성일 확률이 높다고…….]

"푸핫!"

자신도 모르게 웃음을 터트렸던 콜린은 다시 기사를 마저 읽었다.

[그에 맞춰 경찰들은 장물 시장 및 예술 경매품 시장을 예의주시하기로 하였으며, 고미술품을 소유하고 있는 개인 및 법인에게도 협조를 구해…….]

"빌어먹을!"

신문을 구긴 콜린은 얼른 소파 앞 테이블에 놓인 전화기를 들어 누군가에게 전화를 걸었다.

"알렉스, 나야! 오늘 석간신문 봤어? 뭐? 아직 안 봤다고? 톰과 더글라스는? 내가 그걸 왜 묻는지는 석간신문부터 보고 말해! 지금 거기로 갈 테니까 끊어!"

쾅!

거칠게 전화기를 내려놓은 콜린은 던져 놨던 빵 봉지를 보며 갈등하다가 이내 집어 들며 다시 집을 나섰다.

* * *

기자들과의 인터뷰를 마친 가드너 교수는 기자들에게 거짓된 정보를 전달하게 만든 종혁을 보며 재밌다는 듯 웃었다.

"이게 현장의 방법입니까?"

"꽤 먹히는 방법이죠."

이제 범인들은 자신들이 용의선상에 오르지 않았다는 것에 마음을 놓으면서도 판매처를 찾지 못해 전전긍긍하게 될 것이다.

훔친 물건들을 팔아야 하는데 팔 수 없으니 짜증에 미쳐 버릴 거다.

그럴수록 빈틈이 생길 터.

현재 런던 경찰들이 오십견 진료를 받은 적이 있는 강도 전과가 있는 범죄자들을 추려내고 있으니 곧 용의자가 좁혀질 거다.

짝짝짝.

"훌륭합니다. 정말 멋지군요. 고작 그 말 몇 마디에 그런 의도가 숨어 있다니……."

"하하. 현장에서 일하다 보니 잔머리만 늘더라고요."

"그런 걸 잔머리라고 할 수 있나요. 지혜라고 해야죠."

"아하하."

"흠. 그럼 저 애덤 스미스는 용의선상에서 제외된 겁니까?"

박물관 관계자 애덤 스미스.

"용의선상에서 제외시킨 건 아닙니다."

"아, 감시를 하려는 거군요."

종혁은 고개를 끄덕였다.

무려 한화로 1000억 원대 도난 사건이다.

당연히 영국 경찰들은 사건을 해결하기 위해 총력을 기울일 수밖에 없었다. 일말의 가능성이라도 있다면 수단과 방법을 가릴 때가 아니었다.

현 시간부터 애덤 스미스는 전화부터 이메일까지 모두 감시를 당하게 될 거다.

"그럼 이제 기다리기만 하면 되는 건가요?"

종혁은 한숨을 내쉬는 그를 보며 피식 웃었다.

한숨은 쉬었어도 눈은 이쪽의 반응을 살피는 듯 의미심장하다.

"꽤 장난기가 많으시네요."

"하하. 나이가 드니 장난기도 많아지더군요."

"예, 예. 교수님 생각처럼 아직 한 가지의 가능성이 더 남아 있습니다. 바로……."

"자작극일 가능성."

쿵!

종혁의 곁에 있던 최재수는 눈을 부릅떴지만, 종혁과 오택수는 고개를 끄덕였다.

"예. 어쩌면 이 사건…… 저 박물관을 소유하고 있는 사람이 자작극을 벌인 걸지도 모릅니다."

전부 아니면 전무.

도난되지 않은 작품들까지 합하면 물경 한화로 3천억 대. 사람이라면 욕심을 낼 수밖에 없는 액수다.

박물관을 응시하는 종혁의 눈이 차갑게 가라앉았다.

　　　　　* 　 * 　 *

런던의 한 펍.

하루의 일을 끝마치고 몰려든 사람들이 한 잔의 맥주와 함께 시름을 잊는다.

꿀꺽, 꿀꺽!

"크아!"

"하!"

시원하게 목구멍으로 넘어가 위장을 후끈하게 데우는 고소한 맥주. 입안을 가득 채우는 풍미에 그들의 입가에 미소가 어린다.

하지만 묘하게도 힘이 없어 보이는 그들의 모습.

"하, 요즘 왜 이렇게 우울하지?"

"축구를 안 봐서?"

"그게 정답이었군? 이봐, 주인장. 맨유 재방송이라도 틀어 봐!"

"눈깔이 청어 눈깔인가? TV 안 보여?"

"오, 내가 오늘 너무 피곤했나 보군!"

낄낄낄 웃으며 TV를 보는 사람들.

벌써 몇 번이나 본 경기임에도 웃고 떠들며 술을 즐긴다.

그 사람들 사이에는 콜린도 있었다.

그러나 다른 사람들과 달리 썩 표정이 좋지 못한 콜린.

텅!

"크으."

맥주가 반쯤 남은 컵을 내려놓은 그는 신경질적으로 빵을 뜯어 입에 가져가며 펍의 출입문을 응시했다.

딸랑!

때마침 열리는 펍의 출입문.

안으로 들어오는 노인을 발견한 콜린의 얼굴이 와락 구겨졌다.

"늦어, 알렉스!"

"오, 맙소사. 친구, 자네 정말 괜찮아? 대체 배가 얼마나 고팠던 거야?"

그 본연의 맛으로도 훌륭한 맥주에 빵을 곁들여 먹다니.

말도 안 되는 괴식이다. 지나가던 꼬마아이가 경멸을 해도 하소연도 못 할 수준.

후덕한 덩치의 알렉스는 친구 콜린에게 치매가 찾아온

건 아닌지 심각하게 걱정을 했다.

"지금 이딴 게 문제야?"

뭐라도 씹지 않으면 미쳐 버릴 것 같은 기분.

만약 눈앞에 엿 같은 장어 젤리가 있어도 콜린은 얼마든지 씹어 줄 용의가 있었다.

그런 콜린의 눈빛에 알렉스는 낯빛을 굳혔다.

"그건 맞지."

지금 닥친 상황과 비교하면 맥주에 빵을 곁들여 먹는 건 별거 아닌 일이다.

경찰이 장물 시장과 예술 경매품 시장을 단속하고, 고미술품을 소유하고 있는 개인 및 법인에게도 협조를 구해 소유하고 있는 미술품을 확인한다고 한다.

이에 문화재 관련 정부기관들까지 나선다고 하니, 그들로서는 미치고 팔딱 뛸 노릇이었다.

이 난리가 일어나는데 과연 판매처를 찾을 수 있을까.

"톰과 더글라스는?"

"오는 길일 거야."

"빌어먹을. 오다가 죽지나 않으면 다행이겠군."

지팡이를 짚을 정도로 쇠약한 건 아니지만 다들 나이가 나이다.

이십대 한창 혈기 넘칠 때 교도소에서 만나 친구가 된 그들. 때론 2명에서, 또 어쩔 땐 4명에서 대영제국이 좁다며 부자들의 담벼락을 넘곤 했다.

딸랑!

"아, 저기 있군. 친구들 이게 어떻게…… 오, 맙소사. 콜린, 괜찮나?"

콜린과 알렉스는 지팡이를 짚고 오는 작고 마른 체구의 톰을 보며 깜짝 놀랐다.

지팡이를 짚은 톰과 그런 그를 부축하는 더글라스.

"뭐야, 어떻게 된 일이야?"

"아, 이거?"

톰은 씩 웃으며 지팡이를 던졌고, 더글라스는 으하하 웃음을 터트렸다.

"깜짝 놀랐지?!"

"여보세요? 거기 심장은 거기 계신가요?"

"……이 빌어먹을 자식들!"

씩씩거린 콜린은 남은 맥주를 들이켰고, 그걸 보며 끌끌 웃은 톰과 더글라스도 빈자리에 앉았다.

의자에 엉덩이를 붙이자마자 서늘하게 변하는 그들의 표정.

찰칵! 치이익!

담배를 문 톰이 이를 간다.

"빌어먹을 모리아티 같으니."

해리 가드너 교수가 이번 사건에 개입하지 않았다면 어떻게 됐을까. 홀리건의 행패조차 제대로 막지 못하는 런던의 바보 경찰들은 장물 시장과 예술 경매품 시장을 단속하는 걸로 끝냈을 것이다.

그런데 가드너가 개입을 하면서 돈 많고, 소유욕도 많

은 부자들과도 접선을 하지 못하게 되었다.

희귀한 건 꼭 가져야 직성이 풀리는 부자들.

장물이라 한들 전부 매입해 주었을 그들과도 거래를 하지 못하게 되자, 판매 루트가 완전히 꽉 막히게 되었다.

"그 돼지들 목록을 쫙 뽑아 놨는데, 이게 대체 무슨 일인지!"

거기다 이번 범행이 그들에게 무슨 의미였던가.

은퇴식이었다. 한탕 크게 하고 편안히 노후를 즐기기 위한 은퇴식.

그런데 가드너가 그걸 망쳐 버린 거다.

쾅!

테이블을 후려친 톰은 펍의 주인을 향해 크게 외쳤다.

"여기 라거 세 잔!"

"예!"

톰은 금세 나온 라거를 쭉 들이켜며 콜린을 보았다.

"그래서 대책은?"

"있겠어?"

아마 못해도 2년은 죽은 듯 지내야 할 것이다.

제대로 된 피쉬 앤 칩스가 눈앞에 있는데도 먹지 못하는 상황. 욕이 나올 수밖에 없었다.

"뭐, 어쩔 수 없지."

셋의 시선이 콜린에게로 모인다.

빈 잔의 주둥이를 손가락으로 훑는 콜린.

그를 바라보는 셋의 눈에 기대감이 서린다. 콜린이 꼭 저런 행동을 할 때마다 기가 막힌 계책이 나왔기 때문이다.

콜린은 담배를 물며 나른히 웃었다.

"녹이자고."

들썩!

"잠깐, 내가 제대로 들은 게 맞나?"

"나도 정말 나이가 들었나 보군. 환청이 들리는 걸 보니."

콜린은 부정을 하는 친구들을 보며 코웃음을 쳤다.

"귀는 멀쩡하니 걱정하지 마."

"아니, 왜……!"

소리를 버럭 질렀던 알렉스가 주위를 살피며 목소리를
낮춘다.

"그걸 녹이면 얼마가 되는지 알고 그런 말을 하는 거
지, 지금?"

제 형태를 유지해야만 6천만 파운드가 되는 이번 범행
의 결과물들. 녹이는 순간 6백만 파운드라도 받으면 다
행히 되어 버릴 거다.

그런 아까운 짓을 해야 한다니.

콜린을 제외한 셋은 부디 콜린이 다시 생각해 주길 바
랐지만 콜린은 코웃음만 칠 뿐이었다.

"다른 방법 있어?"

"……빌어먹을. 체크메이트군."

"후, 어쩔 수 없나?"

6천만 파운드짜리라고 해도 계속 애물단지로 놔두느니
차라리 푼돈이라도 건지는 게 나았다.

"그리고 다들 정말 은퇴할 생각도 없었잖아?"

움찔!

몸을 굳혔던 세 사람은 이내 비릿한 미소를 지었다.

막대한 돈으로 풍족하고 편안한 노후를 즐긴다고 해도 얼마나 갈까. 어차피 도둑질은 결코 제어할 수 없는 본능이었다.

"그 돈이 모두 떨어지면 또 다른 곳을 털면 되는 거야. 안 그래? 아직 쓸 만하다는 걸 다들 알게 됐잖아?"

몸이 삐걱거리기는 하지만, 그래도 4명이 다시 뭉치니 열리지 않는 문이 없었다. 이번 범행이 녹슬어 가던 그들의 몸에 활력이 되어 주었다.

"우리들이 마음만 먹으면 세상 모든 돈이 우리들 것인데 뭐가 문제겠어?"

"……콜린이 오랜만에 맞는 소리를 하는군."

런던 경찰이 들었으면 경악하고 절망했을 결정을 내린 그들의 눈빛이 달라졌다.

"후후. 이거 런던 경찰들에게 제대로 된 물을 먹일 수 있겠군."

장물 시장을 단속하다 보면 언젠가 꼭 걸려들 거라는 행복한 꿈에 젖어 든 런던 경찰과 해리 가드너의 뒤통수를 제대로 때릴 결단이라고 할 수 있다.

그게 몹시 기꺼운 그들은 웃음을 흘렸다.

하지만 더글라스는 그들과 달리 작은 우려를 나타냈다.

"흠. 우리의 마지막 친구와 상의를 하지 않고 그런 결정을 내려도 되는 걸까?"

움찔!

몸이 굳는 콜린과 알렉스, 톰.

그랬다. 이번 범행엔 그들 외에도 또 다른 친구, 그들을 도운 조력자가 있었다.

"흥. 이런 상황에서 그놈이라고 별다른 수가……."

지이잉! 지이잉!

"타이밍 죽이는군."

핸드폰을 들어 흔든 콜린은 얼른 전화를 받았다.

"그래요, 콜린입니다."

―신문을 봤습니다. 어떻게 할 생각입니까?

"우리의 거래 조건은 n분의 1이었습니다. 그건 무조건 지킬 테니 걱정하지 마시오."

―판매처가 있단 말입니까?

순간 눈이 흔들린 콜린은 코웃음을 쳤다.

"그건 우리가 알아서 할 테니……."

―잠깐, 잠깐. 이 문제에 대해선 이따가 다시 통화하죠. 손님이 왔거든요. 혹시나 해서 경고하는데 그 작품들을 망가트릴 생각은 하지 않는 게 좋을 겁니다.

"이봐요, 의뢰인. 분명 그것까지 우리에게 맡긴……."

―그랬다간 장례식을 감옥에서 치르게 될 거야. 늙은이들.

섬뜩!

"……."

-그럼 알아들은 걸로 알고 이만 전화를 끊도록 하죠. 내일 안으로 다시 연락하겠습니다. 그럼. 오, 교수님!

전화는 뚝 하고 끊겨 버렸고, 콜린은 그런 핸드폰을 보며 얼굴을 구겼다.

"이 개자식이?"

* * *

박물관의 소유주를 찾아 나선 종혁과 가드너 교수.

종혁은 런던 외곽 제법 큰 저택을 보며 휘파람을 불었다.

"한 3천 평 정도 되려나."

건평은 1, 2, 3층 모두 합해 천오백 평 정도 되어 보인다. 러시아와 미국에 있는 종혁 본인의 별장들에 비할 바는 아니지만, 그래도 제법 잘사는 것 같다.

"헤프너 남작가. 꽤 오랜 기간 귀족이었던 가문으로 현재 보석 세공사와 미술가들을 지원하는 헤프너 재단을 운영하고 있습니다."

"헤프너 재단이요?"

"대대로 물려받은 토지와 부동산을 바탕으로 실력이 좋지만 가난한 세공사나 미술가들을 지원하고, 그 수익의 일부를 돌려받는다고 생각하시면 됩니다."

"흠. 복지 재단이 아니라 일종의 투자회사네요."

"하지만 그로 인해 빛을 본 사람들이 많으니 영국 국민들에게 존경을 받고 있죠."

"그 외에는 부동산 임대업을 하고 있나요?"

"토지에서 산출되는 곡물을 판매하는 회사도 운영하는 걸로 알고 있습니다. 아마 재단까지 합해 연간 순이익이 2백만 파운드 이상일 겁니다."

"응? 잘 아시네요?"

"헤프너 가문은 진짜 귀족이니까요."

작위 서임이 흔해졌던 19세기 후반 이전에 서임이 된 세습 귀족가. 근대에 돈으로 작위를 산 신 귀족이 아니라 역사와 전통이 있는 진짜 귀족가다.

그리고 영국인들은 그런 진짜 귀족들을 좋아한다.

자신과 다른 것을 향한 선망.

그런 가문의 가주를 만나러 왔기에 옷매무새를 가다듬은 가드너는 입에 구강청결제까지 뿌린 후에 벨을 눌렀다.

찌리링!

-누구십니까?

"2시간 전 전화로 접견을 신청한 해리 가드너 교수입니다."

-오, 교수님! 어서 오십시오.

타앙.

제법 큰 소리를 내며 문이 열리자 종혁과 가드너는 저택을 향해 걸음을 옮겼다.

그런 그들을 저택 입구에서 맞이하는 슈트를 입은 칠십대의 노인.

'와, 집사다!'

"명망 높은 교수님을 만나 뵙게 되어 영광입니다."

"해리 가드너입니다. 그리고 이쪽은 이번 사건에 큰 도움을 주고 있는 한국에서 온 경찰, 종혁 최입니다."

"대한민국 경찰청 외사국 외사수사과의 최종혁 팀장입니다."

"오! 저희 가문에 도움을 주시는 분이셨군요. 반갑습니다. 그럼 두 분 모두 부디 이쪽으로."

집사는 그들을 저택 안으로 안내했고, 종혁은 로비에 들어서자마자 눈에 확 들어오는 커다란 샹들리에에 눈을 동그랗게 떴다.

'어? 저거 꽤 비싼 건데?'

이번 바이 차이나 프로젝트에서 막대한 수익을 얻은 CIA가 준 별장에도 있는 것으로, 백만 달러 정도 한다고 린치가 생색을 낸 게 기억난다. 참고로 바이 차이나 프로젝트는 현재도 진행 중에 있다.

'응? 저 작가 그림도 있네?'

역시 귀족은 달라도 다른 걸까. 복도에 걸린 수많은 전시품들에 눈이 제법 호강을 한다.

"근래에 제법 돈을 벌었나 본데?"

90년대 이후 이름을 알린, 현재 살아 있는 작가들의 미술품들이 많다.

"미술에 관심이 많으신가 보군요."

"아, 들으셨습니까? 하하. 직업이 직업인지라 미술 작품을 많이 보게 되어서요."

"아."

"죄송하지만 모두 잠시만 걸음을 멈춰 주시길 바랍니다."

웬 초상화들 앞에 선 집사가 헤프너 가문의 초대 가주부터 설명을 시작했다.

해리 가드너 교수가 잠자코 듣는 것을 보니, 아무래도 초대받은 손님의 통과 의례인 듯했다.

꽤 시간을 들여 설명을 한 집사는 다시 걸음을 옮겼고, 곧 두 사람을 어느 접객실로 안내한 후 사라졌다.

그리고 잠시 후 삼십대의 사내가 다가온다.

벌컥!

"오, 교수님."

방금까지 통화를 했는지 핸드폰을 갈무리하는 사내.

가드너와 악수를 나눈 헤프너 남작은 종혁을 보며 살짝 미간을 찌푸렸다.

"그런데 이쪽은?"

"아, 이쪽은……."

"대한민국 경찰청 외사국 외사수사과의 최종혁 팀장입니다. 만나 뵙게 되어 반갑습니다."

"호오……. 우리나라 말을 제법 잘하는군요. 그것도 우리 귀족들의 언어를……. 훌륭합니다."

"남작님!"

마치 아이를 칭찬하는 듯한 말투에 가드너는 기겁했고, 종혁은 눈썹을 꿈틀거렸다.

'이 양반 보소?'

첫인사부터 인종 차별과 계급 차별의 주먹질을 날리고 있다.

"예. 뭐, 여기 가드너 교수께서 잘 알려 주시더라고요."

"좋은 일을 하신 겁니다, 가드너 교수."

"아니, 하아……."

"하하하. 그럼 앉으시죠."

종혁과 가드너는 헤프너 남작이 권한 소파에 앉았고, 맞은편에 앉은 헤프너는 시거를 들었다.

"제 가문의 저택은 어땠는지 묻고 싶군요."

"……오랜만에 개안을 한 기분이었습니다."

"오, 그래요? 그건 좀 안타깝군요. 오시는 길에 있던 작품들과는 비교할 수 없을 만큼 훌륭한 것들이 저택 곳곳에 있는데요."

가드너가 흥미만 보인다면 지금 당장이라도 구경을 시켜 줄 것처럼 흥분하는 헤프너 남작.

가드너는 그런 그를 향해 푸근히 웃어 주었다.

"다음에 초대해 주신다면 기꺼이 응하도록 하겠습니다."

"아, 그렇습니까?"

아쉬워한 헤프너는 시거에 불을 붙이며 입을 열었다.

"교수의 위명은 신문을 통해 잘 보고 있습니다. 미들클래스 출신이 그렇게 똑똑하기가 쉽지 않을 텐데……. 교수를 보자니 셜록 역시 실존한 인물일 수도 있겠다는 생각이 드는군요.”

‘이야. 이 새끼, 이거 개새끼네?’

지독한 선민사상에 사로잡혀 간단히 타인을 자신의 아래로 두며 인간으로도 취급하지 않는 부류.

자신이 남들과는 다르다는 걸 보여 주고 싶은 것인지 꽤 허세가 있다. 자세부터 몸에 걸친 것, 그리고 이 방 안에 있는 것들 전부 허세가 넘친다.

‘절반 이상이 길어도 50년이 안 된 것들인데?’

미술계에서 50년은 현대 작품으로 치부한다.

헤프너의 아버지가 구매한 건지, 아니면 헤프너가 구매한 건지 모르지만 꽤 돈을 썼다.

‘시계는 파텍.’

종혁이 알기로 현재 헤프너가 착용한 시계는 한화로 2억이 넘는 물건이다. 넥타이 역시 천만 원은 호가하는 물건.

종혁의 고개가 모로 기울어진다.

‘연간 2백만 파운드 정도로 이 정도 사치를 할 수 있나?’

물론 못한다는 건 아니지만, 자신의 부를 드러내기 위해 꽤 무리를 하고 있다는 게 느껴진다.

“그래서 제게 묻고 싶은 게 뭡니까?”

대화를 시작한 지 30분이 지나서야 겨우 나온 본론.

“일단 심심한 위로의 말을 전합니다.”

“……후. 감사합니다.”

박물관 문제 때문에 골치가 아픈 건지 관자놀이를 누르

는 헤프너 남작.

"듣기로 보안업체와의 계약을 손수 해지하셨다고 하던데, 그게 사실입니까?"

"후우. 솔직히 말해 그 박물관이 저희 헤프너 남작가의 오랜 골칫덩이죠."

직원들이야 입장료로 자신들의 월급을 충당한다고 생각하지만 그게 아니다. 헤프너 남작가에서 박물관을 위해 연간 20만 파운드를 지출하고 있었고, 그건 박물관의 유지 보수 및 보안업체 비용으로 쓰이고 있었다.

말이 20만 파운드지, 그게 10년만 쌓이면 200만 파운드. 헤프너 남작가의 1년 순이익이다.

그런 와중에 20년 동안 도둑 한 번 들지 않았으니 굳이 보안업체를 유지할 필요가 없었다.

물론 이번에 도둑이 들면서 그게 큰 오판이었다는 게 드러났지만 말이다.

"이럴 줄 알았으면 계약을 해지하지 않았을 텐데……. 죽어서 선조님의 얼굴을 어떻게 봬야 할지 모르겠군요. 30대에서 40대 4인조 강도단이라고요?"

"예, 그렇습니다. 그런데 혹시 보험은 드셨습니까?"

순간 눈을 매섭게 빛내며 묻는 가드너 교수.

"……예의가 없군."

감히 자신을 의심하는 거냐며 헤프너가 얼굴을 구긴다.

가드너가 그런 그를 살살 달랜다.

"단순한 절차니 너무 노여워하지 말아 주시길 부탁드

리겠습니다."

"쯧. 선조께서 박물관을 세울 당시 100만 파운드 상당의 보험을 들어 놓으신 게 있소."

무려 100년간 갱신을 거듭하며 현재는 무려 보상액이 1억 파운드에 달했다.

"보상 조건은 무엇입니까?"

"……박물관에 전시된 물건 중 20퍼센트 이상이 분실될 시 보험료를 지급받소. 됐소?"

"예, 감사합니다. 마지막으로 한 가지 더. 이런 상황이라면 박물관에 있는 작품들의 처우는……."

"됐다면 썩 나가 주시오. 그리고 이럴 시간에 도난당한 물건들을 찾을 궁리나 하시오!"

강력한 축객령에 가드너는 입맛을 다시면서도 일어설 수밖에 없었다.

"협조 감사합니다. 궁금한 점이 있다면 언제든 런던경찰청으로 연락 주시길."

"흥."

자리를 박차고 일어난 헤프너는 방을 빠져나갔고, 종혁과 가드너는 어깨를 으쓱이며 몸을 일으켰다.

그런 그들의 표정이 저택을 나서자마자 삽시간에 날카로워진다.

런던답지 않게 상쾌한 바람이 불어와도 표정이 펴지지 않는 그들.

"공교롭군요."

"예. 조사할 필요가 있을 것 같습니다."

구린 냄새가 풍긴다.

종혁은 코를 긁적이며 걸음을 옮겼고, 3층 복도에 서서 멀어지는 둘을 응시하던 헤프너는 핸드폰을 들었다.

"만나서 이야기합시다."

반응이 심상치 않았던 종혁과 가드너 교수.

어쩌면 생각을 달리해야 할지도 몰랐다.

* * *

사건이 발생한 지 벌써 일주일. 영국의 보물들은 지금 어디에?

런던 경찰, 보물을 찾을 생각이 있긴 한 건가.

가드너 교수, 이번엔 실패하나?

여왕 폐하! 런던경찰청을 독촉하다!

"예, 예. 지금 한창 찾고 있으니!"

다급히 수화기에서 귀를 떼는 런던경찰청장.

"예. 어떻게든 찾도록 하겠습니다. 예……."

쾅!

"빌어먹을!"

보는 것만으로도 속이 뒤집어지는 신문 옆에 놓인 전화기를 향해 집어던지듯 수화기를 던진 경찰청장은 씩씩거리며 수사본부로 향했다.

문을 걷어차며 들어오는 그를 발견하고 다급히 일어서 경례를 하는 린던 경찰들.

"지금 어떻게 되어 가고 있어! 그놈들 찾았어?!"

"그, 그게…… 계속 CCTV를 돌리고는 있지만……."

"했지만 뭐! 나흘 전처럼 CCTV 사각으로 사라져서 발견할 수 없다, 증발해 버렸다 그딴 말을 한다면 죽을 줄 알아!"

가드너 교수가 나서기 이틀 전, 놈들이 박물관 근처에서 타고 사라진 차량을 발견하기는 했다.

그러나 전소되어 버려서 DNA를 찾을 수 없는 상황.

그런 와중에 가드너 교수가 놈들이 차를 바꿔 탔을 수 있다는 새로운 의견을 제시했고, 현재 재탐문 중이었다.

"겨, 경찰들을 파견해 그 주변을 이 잡듯 뒤지며 탐문 조사를 하고 있으니……."

"그것도 나흘 전에 한 말이잖아! 늙은 도둑놈들은 어떻게 됐어?"

"혀, 현재 감시를 붙인 상태니 곧 뭐가 나와도 나올 겁니다!"

오십견 진료를 받은 강도의 숫자는 총 46명. 전원 감시를 붙인 상태다.

"그것도 어제 한 말이잖아! CCTV 없을 땐 어떻게 잡았냐, 이 무능한 것들아! 범인을 못 잡겠으면 보물들부터 찾아오라고—!"

혹여 범인을 못 잡는다고 해도 무조건 회수해야 되는

보물들.

보물이 잘못되는 순간 자신의 목도 날아간다. 자신뿐만 아니라 최고위 간부들의 목이 줄줄이 날아갈 거다.

국민들이 보물을 찾길 바라고 있으니 백 퍼센트다.

호랑이 같은 그의 포효에 수사본부 안에 있던 경찰들이 고개를 돌리거나 슬그머니 수사본부를 빠져나간다.

씩씩거리던 경찰청장은 수사본부 한구석, 소파에 앉아 우아하게 홍차를 마시며 어떤 서류를 살피는 가드너에게 다가갔다.

"교수님, 어떻게 방법이 없겠습니까?"

"경찰들을 계속 믿어 보시죠. 훌륭한 런던 경찰답게 곧 범인들을 찾아낼 겁니다."

"아니…… 하, 알겠습니다. 그럼 계속 부탁드리겠습니다."

가슴을 두드린 경찰청장은 종혁을 힐끔 보고는 수사본부를 빠져나갔고, 종혁은 씹고 있던 피쉬 앤 칩스를 내려 놨다.

"심각하네요."

"확실히 한국과 비교하면 영국의 CCTV 보급률은……."

"아뇨. 그게 아니라 너무 맛이 없어서요. 진짜 죄송하지만, 이거 정말로 영국의 대표 음식이 맞긴 합니까?"

종혁의 얼굴이 끔찍한 쓰레기를 먹은 듯 구겨진다.

"으하핫! 확실히 타국 사람에게 영국의 맛이 심심하고 느끼하긴 하죠."

'그냥 그 정도가 아닌데…….'

속살뿐만 아니라 튀김옷조차도 간이 안 되어 있고, 그 것도 모자라 튀김옷이 머금은 기름을 하나도 빼지 않았다. 영국 사람들은 이걸 어떻게 먹나 싶을 정도였다.

'블랙퍼스트 세트는 꽤 괜찮았는데……'

아니, 그동안 가드너 교수에게 추천을 받아 간 음식점들 모두 괜찮았다. 맥주까지도. 안주를 곁들여 먹는 문화가 없어서 제법 당혹스러웠지만, 맥주 본연의 맛을 즐길 수 있어서 나쁘지는 않았다.

그런데 이런 지뢰가 숨어 있을 줄은 몰랐다. 심지어 여긴 경찰들에게 맛집으로 호평을 받는 곳이기에 더 놀라웠다.

'영국은 영광을 얻는 대신 미각을 잃었다더니 그게 맞는 것 같네.'

정말 다신 먹고 싶지 않은 음식이었다. 돈 낭비만 제대로 했다.

"흠."

물로 입을 헹구며 일어선 종혁은 런던 시내가 지도가 붙은 화이트보드로 다가갔다.

그런 그의 옆에 가드너가 섰다.

"아는 지인들에게 물어보니 원래 헤프너 남작은 사치가 심했다더군요. 그러다 요 몇 년 사이 그게 더 심해졌다고 합니다."

그 시기가 공교롭게도 전 헤프너 남작이 타계한 이후다.

"고삐가 풀린 거군요."

'제어할 사람이 없으니 사치는 더 심해졌겠지. 그런데 수익은 그대로…….'

뭔가 앞뒤가 맞아 가는 것 같은 기분.

하지만 확신을 할 수는 없다.

"하, 심증은 딱 이놈인데."

공권력을 동원할 수 있으면 얼마나 좋을까.

그런 종혁의 말에 가드너는 씁쓸히 웃었다.

"당장 손쓸 방법은 없죠."

헤프너 남작은 피해자다. 여기서 그의 재정 상태 등을 알아봐야겠다고 말을 하는 순간, 어떤 식으로든 헤프너의 귀에 말이 들어가게 될 거다.

아니, 그 전에 방금 전 본부를 뒤집고 간 경찰청장부터 거부를 할 거다.

"쯧. 일단 이놈들부터 잡으면 뭐든 답이 나오겠죠. 교수님은 이놈들이 어디로 튀었을 거라고 생각합니까?"

"아마…… 여기 CCTV 공백지대에서 차를 갈아타고 여기, 여기, 여기 중 하나로 갔을 확률이 높습니다."

놈들이 차량을 소각시킨 곳은 반경 30미터 내에 CCTV가 하나도 없는 공백지대. 이 안에는 카메라가 설치 된 ATM조차도 없다.

그리고 가드너가 가리킨 곳은 그런 공백지대 근방의 다른 공백지대들이다.

'지랄 맞다. 지금이 뭔 90년대냐?'

"아마 놈들은 이렇게 이동한 공백지대에서 다시 차를

갈아탔을 겁니다. 세 번, 어쩌면 네 번."

가드너는 이들이 베테랑이란 것에 주목을 했다.

그동안 수없이 범죄를 저질렀을 이들. 경찰 수사에 혼선을 주는 방법쯤은 통달하고 있다고 봐야 했다. 인간은 학습 하는 동물이니까.

더욱이 도난당한 액수도 액수다.

수천만 파운드. 이 정도의 투자는 얼마든지 할 수 있었다.

그래서 런던 경찰들도 그걸 바탕으로 최소 열흘 전부터 이 구역에 들어간 차와 사건 발생 시각 나온 차들을 대조 및 검토하고 있는 중이고, 이 공백지대들에 파견 된 경찰들은 그 기간 동안 주차되었던 차들이 있는지를 탐문 중이다.

종혁도 같은 생각이라는 듯 고개를 끄덕였다.

걷는 것조차 느린 늙은이들이다. 차량 이동은 필수였다.

"그런데도 지금까지 발견되지 않은 건 결국 놈들이 서로 찢어져서 이동을 했다는 건데……."

노인 4명이 차를 타고 이동했다.

흔히 볼 수 있는 모습이 아니니 분명 목격자가 있을 텐데도 목격자가 나오지 않는다는 건 어쩌면 이들이 다수의 차량에 나눠 탔을 가능성도 있단 소리다.

"하. 이럴 때 무게 변화에 의한 차체 높낮이를 검사할 수 있는 시스템이 있으면 좋을 텐데……."

가방 하나당 못해도 70kg 이상. 차체는 자연스럽게 낮아질 수밖에 없다.

하지만 설사 그 시스템이 지금 있다고 해도 CCTV 화질들이 죄다 구리니 잘 써먹을 수 있을지도 의문이었다.

'골치 아프네. 나도 언제까지 여기서 엉덩이를 뭉갤 수 없는데……'

함경필 국장이야 런던경찰청에 협조를 하고 있다니 사건만 해결하고 돌아오라 했지만, 그게 과연 얼마나 갈까.

인천공항에도 사건사고는 많기에 이대로 별다른 성과 없이 5일만 지나도 언제 돌아올 거냐고 압박을 해 올 거다. 이쪽의 사정이 나빠지면 곧바로 철수를 외칠지도 몰랐다.

괜히 안 되는 놈 옆에 있다가 횡액을 맞을 수도 있으니까.

그리고 이런저런 이유가 아니라도 종혁 역시 얼른 돌아가야 할 필요가 있었다.

'이대로 신고식 기간이 끝나면 인천공항은 빠이빠이지.'

절도범들을 잡는 것도 중요하지만, 인천공항에 내 사람을 심어 두는 것도 중요했다.

가슴이 답답해지는 순간이었다.

지이잉!

"어, 재수야. 왜?"

런던 경찰들을 따라 CCTV 공백지대로 향한 최재수.

―어, 난데.

"음? 오 경감님?"

─야, 이 새끼들 정말 자동차로만 이동했을까?

"네?"

종혁은 눈을 크게 떴다.

* * *

부우웅, 빵빵.

차들과 사람들이 가득 돌아다니는 거리.

"퉤!"

씹고 있던 대구튀김을 뱉으며 콜라로 입을 헹군 오택수가 놀란 얼굴로 피쉬 앤 칩스를 응시한다.

런던 경찰들이 말하길 영국의 대표 음식이자 평소에도 식사 대용으로 잘 먹는다고 해서 한번 사 봤던 피쉬 앤 칩스.

"야, 너도 못 먹겠으면 버려."

"오 경감님, 소금은 원래 밑간할 때 쓰는 거 아니에요? 왜 뿌려 먹는 거죠?"

"이리 줘."

"어떻게 그래요. 이게 얼마짜린데……."

10파운드, 한화로 거의 2만 원에 육박하는 가격이다.

2만 원이면 최재수에게 일주일 교통비.

울상이 된 최재수는 꾸역꾸역 대구튀김을 입안으로 욱여넣었고, 그 모습에 오택수도 이를 악물며 감자튀김을 입에 넣었다.

"그래도 감자튀김은 좀 낫네, 나아. 아, 나왔네."

오택수는 골목에서 웬 중년인과 함께 걸어 나오는 런던 경찰들에게 다가갔다.

"이번엔 뭐 좀 나왔습니까?"

런던 경찰들은 고개를 저었다.

자기 나라 사건이 아님에도 이렇게 열성적으로 움직여 주는 타국 경찰들이 고마운 그들.

"사건 발생 일주일 전에 모르는 차가 골목에 주차된 적이 있어 예의주시했는데, 차를 바꿔 타고 간 사람이 노인 한 명이었답니다."

"한 명이요?"

"예. 용의선상에 오른 차량 색상과 차종은 맞지만…… 후."

놈들이 박물관을 턴 이후 이용한 승용차가 전소된 공백 지대에서 나온 수많은 차량 들 중 하나.

그런데 영국 도로에서 흔히 볼 수 있는 차종에다 색상도 흰색.

공백지대에서 나온 차량들 가운데 사건 발생 시각 1시간 후로 이 차종과 똑같은 차만 열 대였다.

바꿔 타고 간 차량도 흔히 볼 수 있는 차종.

여기서 더 큰 문제는 이 노인은 바꿔 타기 전 차의 문을 열어 놓았고, 결국 10분도 안 되어 동네 양아치들이 그 차를 몰고 사라져 버렸다.

"아마 차량을 개조해 파는 놈들에게 팔아 버렸겠죠. 그리고 솔직히 이놈이 박물관을 턴 놈들이 맞나 싶기도 하고."

여긴 CCTV가 비추지 않는 지역이다. 범죄자들이 좋아할 만한 장소였다.

심심치 않게 강도 살인 사건이나 강간 사건이 벌어지기도 하는 장소. 목격자가 가방을 옮기는 것만 목격했어도 생각을 달리했을 테지만, 아쉽게도 그건 목격하지 못했다.

"그래도 일단 이 동네 놈들부터 뒤져 볼 생각인데……."

"흠."

오택수는 따라갈까 하다가 관뒀다.

'한 명, 한 명이라…….'

"저흰 놈들이 처음으로 이용한 차량이 전소된 곳으로 가 보겠습니다. 이 한 명이란 게 좀 걸려서요."

아무래도 촉이 좋지 않다.

"그럼 부탁드리겠습니다."

런던 경찰과 악수를 하며 헤어진 오택수와 최재수는 택시를 잡아타고 차량이 전소된 장소로 향했다.

"수고하십시오."

오택수는 도로가 근처에 숨겨진 허름한 주차장을 응시했다.

저 주차장을 중심으로 반경 30미터가 CCTV의 공백지대다.

"야, 택시를 타고 여기까지 걸린 시각은?"

"대략 2분이 정도요. 저 주차장으로 진입할 수 있는 도로는 총 네 개. 하지만 박물관에서 여기까지 온다고 생각하면 루트는 셀 수 없음."

"오케이. 그럼 포기. 우린 일단 단순하고, 최단 거리로
만 가 보자고."

"그 한 명이란 말이 그렇게 걸리세요?"

"어."

이런 CCTV 공백지대도 많고, 가로등 불빛조차 비추지
않는 뒷골목이 많아 범죄율이 높은 런던이라고 하지만,
사건이 발생한 시각 박물관 도난 사건의 범인들과 비슷
한 연령대의 노인이 종혁과 가드너가 예상한 도주 경로
에서 차를 바꿔 타고 갔다?

아무래도 마음에 걸릴 수밖에 없다.

"일단 거기까지 걸어서 가 보자."

"예."

담배를 문 오택수는 몸을 돌려 도로로 빠져나왔고, 그
대로 길을 따라 걷기 시작했다.

그렇게 얼마나 걸었을까.

"실례합니다."

"아, 예."

반사적으로 비켜선 오택수는 자신들을 스쳐 지나가 버
스정류장 앞에 서는 노인을 발견하곤 혀를 내둘렀다.

허리가 잔뜩 굽어 있음에도 아직 의자에 앉을 때가 아
니라는 듯 가만히 서서 버스를 기다리는 노인.

"아이고, 정정하시네. 그래도 저 연세에 버스 타시면
안 좋을…… 흠?"

순간 머릿속을 스치는 알 수 없는 뭔가에 고개를 모로 기울이던 오택수는 이내 눈을 부릅뜨며 뒤를 돌아봤다.

그러곤 곧바로 왔던 길을 되돌아갔다. 아니, 달려갔다.

"뭐예요?! 갑자기 무슨 일인 건데요! 오 경감님! 야!"

최재수의 개소리를 무시하며 주차장을 넘어 CCTV 공백지대에 가장 끝자리에 도착한 오택수는 눈앞에 보이는 지하로 향하는 계단, 지하철을 발견하곤 미간을 좁혔다.

'이 새끼들 혹시?'

"야, 너 핸드폰 줘 봐!"

"오 경감님 거는요?"

"로밍 안 했어!"

최재수의 핸드폰을 뺏다시피 가져온 오택수는 재빨리 종혁에게 전화를 걸었다.

"어, 난데. 야, 이 새끼들 정말 자동차로만 이동했을까?"

* * *

딸랑!

"감사합니다! 또 오세요!"

오늘도 어김없이 가랑비가 내리는 오후.

한 손에 빵 봉지를 든 채 콜린이 펼쳐진 우산 너머의 비를 응시한다.

"오늘따라 비가 좀 내리는군."

"좋은 저녁입니다, 콜린 씨."

"그래요, 좋은 저녁입니다."

작은 마트의 주인이 오늘도 아는 체를 하자 콜린도 언제나처럼 웃으며 인사를 건넨다.

하지만 그 눈동자는 힐끔 방금까지 걸어온 길을 바라본다.

어제, 가드너 교수가 수사본부에 합류한 지 하루 뒤인 어제부터 이상한 놈들이 따라붙었다.

'설마 경찰인가?'

딱 그런 냄새가 풍기긴 했다.

하지만…….

'아니야. 그 바보 같은 런던 경찰이 우리를 찾았을 리가 없지.'

도주 수법을 예술로 짰다. 셜록이 살아 돌아온다고 해도 아마 자신들의 도주 경로를 알아내진 못했을 거다.

'혹여 의심을 했다고 해도 바보처럼 알리바이를 물어봤을 테고. 그러면 헤프너 그 자식이 보낸 감시자인가?'

6천만 파운드 상당의 보물이 자신들의 손에 있으니 헤프너 남작도 불안할 터. 도둑의 손에 보물을 있는데 안심할 사람이 누가 있겠는가.

"석간 신문이 나왔는데, 한 부 가져가시겠습니까?"

"오늘은 어떤 일이 있습니까?"

"휴 그랜트가 어제 연인과 결별을 했다는군요."

"호. 연인이 어퍼 클래스의 여성 아니었던가요? 하지만 썩 흥미가 가는 내용은 아니군요."

"끙. 딱 한 부만 남았는데…….."

"하하, 미안합니다."

"휴우. 즐거운 저녁 되십시오."

"제프리도요."

가볍게 인사를 하며 돌아선 콜린은 집으로 향했고, 거실에 빵 봉지를 내려놓고 차를 준비했다. 그러며 알렉스에게 전화를 했다.

"오, 알. 지금 시간 되나?

―……지금은 좀 만나러 가기 힘들 것 같은데? 톰과 더글라스에게 물어보지 그래?

"흠. 많이 바쁜가 보군. 그렇게 하지."

통화를 종료한 콜린은 눈빛을 차갑게 가라앉혔다.

'알렉스에게도 감시자가 붙었군.'

이름이 아니라 애칭으로 부르는 건 주위가 안전하냐는 그들만의 은어. 톰과 더글라스에게도 전화를 한 콜린은 두 친구들에게도 감시자가 붙었음을 깨달을 수 있었다.

이후 혹시 모를 도청을 대비해 다른 지인들에게 연락을 한 콜린은 아무렇지 않다는 듯 평소처럼 티타임을 즐기고 저녁을 먹은 후 아스날의 재경기 영상을 바라보다 눈을 감았다.

그러다 괘종이 댕 하고 한 번 울자 다시 눈을 뜬 그.

'일단 누군가 집 안에 들어온 흔적은 없어.'

콜린은 슬그머니 창가로 걸어가 망볼 때 쓰는 거울을 들어 도로를 비췄다.

'아까 그 차가 세워져 있군.'

작게 혀를 찬 콜린은 검은색 우비를 챙겨 든 채 소리 없이 현관문을 열어 옥상으로 향했다.

그러자 보이는 옆 건물과 이어진 판자 다리.

혹시 모를 상황을 대비해 그가 만들어 놓은 도주로였다.

성큼성큼 다리를 건너고, 한 번 더 건넌 콜린은 계단을 내려가 뒷문으로 빠져나갔다.

그러곤 걸었다. 목적지가 나올 때까지.

그렇게 안개가 가득한 런던의 거리를 걸어 이런 상황이 발생했을 시 모이기로 한 장소에 도착한 콜린은 먼저 도착해 있는 알렉스를 발견하곤 낯빛을 굳혔다.

"언제부터였어?"

"어제부터. 넌?"

"나도. 톰과 더글라스는?"

끼익!

"우리도 마찬가지야."

우비를 벗으며 들어온 톰과 더글라스는 담배를 빼물었다.

"빌어먹을. 헤프너 이 자식……."

감시하는 사람들이 설마 경찰일 거라고는 생각지 않는 그들.

CCTV로 자신들이 네 명임을 드러내고, 첫 번째 포인트에서 운전수 알렉스를 제외한 3명이 CCTV 공백지대에 있는 지하철역을 이용했다. 가방 두 개에 담긴 보물들을 따로 챙긴 가방에 나눠 담아서.

그리고 각자 다른 역에서 내려 아지트에 보물을 숨겼다.

그리고 알렉스는 첫번째 포인트 이후 네 곳의 포인트에서 차를 갈아탔다. 이후 버스로 이동.

이미 4명이라는 숫자에 편견이 생긴 경찰들은 절대 자신들을 찾을 수가 없었다. 정말 운이 좋아 자신들을 찾는다고 해도 몇 달 뒤.

그때쯤이면 자신들은 영국에 없을 것이기에 아무런 문제가 없었다. 이렇게 절대 들키지 않을 도주 경로를 짰으니 감시자가 경찰일 거라고 생각할 수가 없었다.

"어떻게 할 거야, 콜린?"

"어떡하긴. 룰을 어겼으면 거래는 끝인 거지."

그렇지 않아도 내일 만나기로 한 그들.

"약속 장소에 헤프너 그 자식의 몫만 가져다 놓고 잠시 잠수를 타자고."

본래의 계획대로였다면 벌써 현금으로 바꿔 충분히 타국으로 갈 수 있었을 텐데, 가드너가 쓸데없는 말을 지껄이는 바람에 영국 어느 한적한 시골에서 숨어야 할 것 같다.

이 보물들을 모두 녹여 현금화시킬 때까지 말이다.

"모두 동의해?"

"……쯧. 그러지. 이거 너무 손해 본 것 같아."

"동의해."

"나도."

"그럼 움직이지."

몸을 일으킨 그들은 아지트의 구석을 뒤져 보물이 담긴 가방들을 꺼내 들었다.

* * *

한편 그 시각 불이 꺼지지 않는 런던경찰청 수사본부.

"차, 찾았습니다!"

"뭐야?!"

잠시 꾸벅 졸고 있던 종혁과 오택수 최재수, 가드너까지 눈을 번쩍 뜨며 소리를 지른 경찰에게 달려간다.

"이놈, 아니 이놈들 우리가 감시하던 놈들 맞죠?!"

오십견 진료를 받은 기록이 있는 늙은 도둑들.

그런 도둑 세 명이 CCTV 공백지대에 있는 지하철역 플랫폼에 서 있다.

비록 서로 거리를 둔 채 떨어져 있다고 하지만, 이걸 과연 우연이라고 할 수 있을까?

"어? 이 새끼들 콜린 패거리 아니야?"

"콜린? 대도 콜린? 그놈 좀도둑 되지 않았어?"

종혁은 입술을 비틀었다.

"빙고다, 씹새끼들아."

경찰들의 눈에서도 불이 타오르기 시작했다.

* * *

쾅쾅쾅!

"경찰이다! 문 열어!"

한때 대도로 불렸을 만큼 몸이 날쌘 콜린.

집 안의 기색을 살피던 수십 명의 경찰은 마치 숨을 죽인 듯 아무런 기척이 없음에 이를 악물었다.

"빌어먹을, 부숴!"

"비키십쇼!"

런던경찰청 SWAT팀은 거대한 기둥 같은 걸 가지고 곧바로 문을 부쉈고, 경찰들은 우르르 집 안으로 진입했다.

"클리어!"

"이상 없습니다!"

"어…… 여기도 클리어."

철렁!

"뭐?"

이번 수사본부의 본부장과 경찰들의 낯빛이 하얗게 질린다.

본부장은 다급히 콜린을 감시하던 경찰들의 멱살을 쥐었다.

"어떻게 된 일이야!"

"저, 저희도 잘……."

"분명 집 안으로 들어가는 걸 똑똑히 봤습니다!"

감청을 통해 놈이 아스날 재경기를 보다가 잠든 것도 확인했다.

"이 빌어먹을 월급 도둑들아-!"

큰 걸 바란 것도 아니고, 그저 감시만 제대로 하라고 했을 뿐이다. 그런데 그마저도 못한 채 놓쳐 버리고 말았다.

'이게 무슨 망신이야!'

사건 발생 후 지금까지 자신들 런던 경찰이 한 일이 있던가. 범인을 유추하고 특정하기까지 모두 한국에서 온 경찰들과 가드너 교수가 해낸 것들이다.

망신살이 뻗혀 고개를 들 수가 없다.

하지만 지금 그게 중요한 게 아니다. 이렇게 밥상을 차리다 못해 떠먹여 주기까지 했는데, 걷어차기라도 한다면 목이 날아갈 터.

은유적인 말이 아니라 분노한 영국 국민들에게 사로잡혀 화형을 당할지도 몰랐다.

오싹!

"콜린 패거리 수배 때리고 터미널, 항구, 공항을 비롯한 외곽으로 빠지는 모든 길을 봉쇄해!"

"예썰!"

본부장은 다시 우르르 콜린의 집을 빠져나가는 경찰들의 모습에 집 안을 훑어보며 담배를 물었다.

"빌어먹을. 꼭 잡는다, 콜린."

까드득!

본부장은 새벽안개가 묻은 옷을 신경질적으로 털어 내며 콜린의 집을 나섰다.

* * *

웅성웅성.

아직 해조차 뜨지 않은 새벽임에도 사람들이 제법 돌아다니는 기차역.

묵직한 등산용 가방을 멘 콜린이 콧노래를 부르며 금방이라도 떠날 듯 칙칙거리는 기차로 향하며 핸드폰 기판을 힘들게 누른다.

틱!

"후, 됐군."

이젠 몸의 일부가 됐음에도 문자를 보내는 게 영 익숙해지지 않는 핸드폰. 화면에 찍히는 작은 글자가 눈이 침침해 잘 보이지 않으니 이젠 정말 늙은 것 같다.

세월의 무상함에 울적해지지만 그의 입가엔 곧 미소가 그려진다. 방금 보낸 문자 때문이다.

"흐흐. 이 문자를 보고 놀라 집에 들이닥쳤을 땐 나를 찾을 수 없겠지."

1분 후면 기차 출발이다.

자신은 기차를 타고 빠져나가기로 했고, 알렉스는 차량, 톰은 버스, 더글라스는 항구를 이용하기로 했다.

입술을 비튼 콜린은 팔을 뒤로 돌려 가방을 살짝 들어봤다.

팔이 힘을 받지 못하는 자세라 한 2센티미터 정도 들리다 더 들리지 않는 육중한 무게.

'이걸 정리하면 얼마나 나올까.'

모두와 함께 균등히 나눈 보물들. 아마 헐값에 판다고 해도 백만 파운드는 족히 나올 것이다.

"이 정도면 한 5년은 풍족하게 지낼 수 있겠지."

시골이라면 그보다 더 긴 시간 동안 지낼 수 있을 거다. 상황을 지켜보다 동남아처럼 따뜻한 나라로 가도 된다.

물론 시시때때로 고개를 쳐드는 도둑의 본능은 그 긴 시간을 견디지 못할 테지만 말이다.

뭐든 연금으로만 근근이 연명하던 삶은 이젠 끝이란 소리였다.

콜린은 잠시 시선을 돌려 주변을 둘러봤다.

다신 볼 수 있을까 싶은 런던의 정경, 옛 허름한 기차역이지만 그 마지막 정경을 아련히 둘러본 콜린은 핸드폰을 쓰레기통에 던지며 발을 내디뎠다.

이번 도주의 마지막 관문인 늙은 역무원에게로 말이다.

"어디 멀리 가시나 봅니다."

"예. 먼 곳으로 갑니다."

먼 곳으로 갈 거다.

아주 먼 곳으로. 경찰조차 없는 한적한 시골 마을로.

"어이쿠, 그 나이에 여행이라니 부럽군요. 그럼 부디 좋은 여행이 되길 바라겠습니다."

늙은 역무원은 일등석 출입구에서 비켜섰고, 모든 관문을 통과한 콜린은 안도의 한숨을 내쉬며 출입구의 계단을 밟았다.

"그럼 잘 있어라, 런던이여. 내 오랜 고향이여."

그 순간이었다.

"아니다. 넌 계속 여기 있을 거다, 이 개자식아."

"응?"

고개를 든 콜린은 분노로 일그러진 웬 경찰 제복을 입은 경찰의 얼굴과 어느새 자신의 눈앞에 있는 신발 밑창에 의아해했다.

그리고 그게 오늘 그가 기억하는 마지막 풍경이었다.

뻐어억!

* * *

"알렉스 검거! 보물도…… 확보했답니다!"

"우와아아아아아!"

"야! 기자 불러, 기자!"

축제가 열린 수사본부.

지난 시간 동안 제대로 씻지 못한 채 고생만 했던 그들은 서로를 끌어안으며 눈물을 흘렸고, 본부장도 런던경찰청장의 다독임을 받으며 눈물을 찔끔 보였다.

이제 드디어 끝이다.

목이 날아가는 악몽을 꾸는 것도.

'아차!'

동시에 뭔가를 떠올린 경찰청장과 본부장은 저 멀리서 서로 악수를 하고 있는 종혁과 가드너 교수에게 다가갔다.

그리고 감정을 주체하지 못한 채 그들의 손을 꽉 잡았다.

"정말 고맙습니다! 정말로……."

더 이상 목이 달아날 걱정을 안 해도 되어서인가. 물기가 가득한 음성으로 진심을 전하던 경찰청장이 종혁과 오택수, 최재수의 손을 더 힘주어 잡는다.

"고맙습니다, 최. 그리고 한국 경찰분들."

이들이 아니었다면 이렇게 빨리 콜린 패거리를 잡을 수 있었을까. 아니다. 어쩌면 평생이 걸려도 찾지 못했을지도 모른다.

"한국도 웬만하진 않나 보군요."

그러니 당신들 같은 유능한 경찰들이 있는 거 아니냐는 농담에 종혁과 오택수, 최재수는 피식 웃고 말았다.

"저희의 미욱한 참견이 부디 도움이 됐길 바랍니다."

"오. 겸손하기까지!"

이젠 눈물마저 그렁거린 경찰청장은 그 순간 무슨 생각을 한 건지 표정을 굳힌다.

"한국 외사국 소속이시라고요?"

"예. 대한민국 경찰청 외사국 외사수사과의 최종혁 경정입니다."

"언제 돌아가실 겁니까?"

"사건이 끝났으니 아마 내일 비행기로 떠나지 않을까 싶습니다."

이렇게 빚을 지게 했으니 앞으로 협조적으로 나올 터. 이 정도 성과를 올렸으면 하루 정도는 늦게 돌아가도 괜찮았다.

"그럼 하루만 더 일정을 늦춰 주세요."

"예?"

"꼭 그래 주세요."

그러면 마치 좋은 일이 있을 거라는 듯 종혁의 손을 두드린 경찰청장은 몸을 돌렸고, 종혁은 그 모습을 바라보다 한숨을 폭 내쉬었다.

"씨발. 나가리 되지 않고 끝나서 다행이네."

"큭큭큭. 왜? 쫄았어?"

"오 경감님은 안 쫄았어요?"

"아니, 나도 존나 쫄았어. 어우, 씨발. 이제야 좀 오줌발 서겠네."

이렇게 참견이란 참견은 다 했는데 범인을 놓쳤다?

혹여 런던 경찰의 잘못이라도 양국 수사기관들 사이에 냉랭한 기운이 돌았을 게 분명했다.

"하아. 아, 교수님. 다시 한번 수고하셨습니다."

"흠. 이래선 학자가 되라고 억지를 부릴 수 없겠군요."

"아하하."

"영국 시민들을 대표할 순 없지만, 그래도 감사의 말을 전합니다, 최. 그리고 미스터 오, 미스터 최."

오택수와 최재수가 아니었다면 콜린 패거리가 이 사건의 범인임을 알아낼 수 있었을까. 이번 사건의 최대 공로자는 어쩌면 오택수와 최재수 이 둘일지도 모른다.

"참 많은 걸 배워 갑니다, 교수님."

"그동안 고마웠습니다, 교수님."

"후후. 저 역시…… 하지만 마치 지금 이 순간 이후로 다시 보진 않겠다는 듯한 그런 말은 좀 슬프군요."

"아, 그게……."

"나가시죠. 런던 토박이인 제가 런던의 모든 걸 알려 드릴 테니!"

"오!"

종혁과 오택수, 최재수는 눈을 빛냈다.

런던 토박이라면 일반 여행객들은 모르는 중요한 포인트들도 알고 있을 터. 그들의 마음에 기대가 훅 차오르는 순간이었다.

"뭐야. 보물이 부족한 것 같다고?!"

뜨거워진 수사본부에 얼음물을 끼얹는 외침.

"왜! 뭣 때문에!"

종혁과 오택수, 최재수, 가드너는 뒷목을 잡으며 외치는 런던경찰청장을 멍하니 응시했다.

사건이 아직 끝나지 않은 것 같았다.

* * *

해가 막 어스름하게 떠오르는 새벽, 런던 교외의 한 공동묘지.

공동묘지보다 마치 공원처럼 나무들이 가득 심어진 그곳에 스르륵 한 대의 차가 멈춰 서며 헤프너 남작이 내린다.

썩 표정이 좋지 않은 그.

그럴 수밖에 없다. 오늘 새벽 '이제 거래는 끝났다, 당신 몫은 약속 장소에 가져다 놓았다'라는 문자가 발송되어 왔기 때문이다.

새벽에 일어나자 핸드폰을 확인하자마자 얼마나 놀랐던가.

"하층민들 따위가 감히……."

빠드득!

'살려 둬선 안 되겠군.'

어차피 살려 둘 마음도 없었지만, 이젠 더 죽여야 할 것 같다.

눈빛을 서늘히 가라앉힌 헤프너는 공동묘지 안, 마치 집처럼 지어진 커다란 묘지 앞에 섰다.

그리고 서슴없이 그 문을 열고 들어갔고, 이내 곧 묵직한 가방을 들고 나오며 입술을 비틀었다.

"이제 놈들을 찾아 나머지 보물을 회수하면 되겠군."

그러면 보험금 1억 파운드 외에도 무려 6천만 파운드의 비자금이 생기는 거다. 유언장의 내용을 어기지 않고도 그런 막대한 돈을 얻는 거다.

그는 목에서 꿀렁거리는 웃음을 참지 못하고 터트려 버렸다.

"하아. 좋군, 좋아."

그는 핸드폰을 들며 저택으로 전화를 걸었다.

"어. 나야, 집사. 갑자기 별장에 가고 싶어졌으니 오늘 스케줄 모두 취소하고…….”

　─나, 남작님! 놀라지 말고 들어 주십시오!

　“이 새벽부터 뭐가 그렇게 호들갑이야? 방계 중 누군가 죽기라도 했대?”

　─그게 아닙니다! 바, 방금 막 런던경찰청에서 연락이 왔는데 도둑들을 모두 잡았다고 합니다!

　“뭐?!”

　눈을 부릅뜬 헤프너 남작.

　“미친! 그게 무슨 말이야!”

　그는 다급히 걸음을 옮겼고, 새벽녘의 서늘하고 불길한 바람이 그가 있던 자리를 머물다 사라졌다.

＊　＊　＊

　쾅!

　런던경찰청의 취조실.

　책상을 친 수사본부의 부본부장이 이를 드러낸다.

　“이봐, 콜린. 지금 이게 의미가 있다고 생각해?!”

　의미가 있다.

　이놈들이 훔쳐 간 보물 중 80퍼센트를 회수했지만, 아직 20퍼센트를 회수하지 못했다. 약 1200만 파운드.

　콜린 패거리 4명이서 나눈다고 해도 각자 300만 파운드. 충분히 입을 다물 만한 액수다.

　“그래, 무슨 의도인지는 알겠어! 하지만 너희가 교도소에서 늙어 죽는 게 빠를까, 우리가 찾는 게 빠를까! 이걸 우리가 찾을 수 없을 것 같아?!"

쾅! 쾅!

부본부장은 책상을 치며 콜린을 위협했지만, 콜린은 눈을 감은 채 입을 꾹 다물 뿐이었다.

콜린도 말하고 싶다.

하지만 말했다가는 늙어 죽는 게 아니라 교도소에 갇힌 순간 죽을 거다. 헤프너 남작은 그런 힘을 가진 사람이었다.

"이 개자식이!"

쿠당탕!

성질을 이기지 못한 부본부장이 멱살을 잡자 옆에 있던 본부장이 그 팔에 손을 올린다.

"자자, 진정해."

"……어우, 돌아 버리겠네!"

책상을 걷어찬 부본부장은 취조실을 박차고 나갔고, 본부장은 콜린의 구겨진 옷을 펴 주었다.

그에 놀라 눈을 뜬 콜린.

"많이 놀라셨겠지만 이해해 주시길 바랍니다, 콜린 씨. 당신들이 저지른 일이 워낙 크잖습니까. 자자, 이걸로 놀란 가슴부터 가라앉히시죠."

콜린은 본부장이 내민 홍차를 응시하다 한숨을 내쉬었다.

이제 교도소에 갇히면 하루에 한 모금이나 마실까 싶은

담배와 홍차.

본부장은 찻잔을 입에 가져가는 콜린을 보며 속으로 미소를 지었고, 취조실 거울유리 뒤에 서 있는 종혁은 피식 웃었다.

"이야, 이 동네나 저 동네나 형사는 다 똑같네."

굿 캅, 베드 캅.

거의 80퍼센트 확률로 통하는 취조법이다.

'그런데 안 통할 것 같은데……'

콜린의 눈에 체념이란 감정이 없다. 그건 방금까지 지켜보다 온 알렉스, 더글라스, 톰도 마찬가지였다.

'그런데 또 묘하게 돈 때문은 아닌 것 같고……'

언뜻언뜻 저들의 눈가를 스치던 공포.

콜린 패거리는 지금 누군가를 두려워하고 있었다.

'그건 아마 헤프너 남작일 확률이 높겠지.'

심증이 말하는 이 사건의 마지막 범인, 헤프너 남작.

"흠. 이놈을 어떻게 끌어낸다?"

지이잉! 지이잉!

"아, 죄송합니다. 잠시."

종혁은 한국에서 온 전화에 얼른 방을 빠져나갔고, 그 순간 저 멀리서 짜증 가득한 걸음걸이로 다가오는 헤프너를 발견하곤 눈을 빛냈다.

'그래. 너 맞잖아, 새꺄.'

종혁은 자신을 스쳐 지나가는 헤프너를 응시하며 전화를 받았다.

"예, 최종혁입니다."

─왜 이렇게 전화를 안 받는 거야, 최 팀장! 그놈들 잡았다며?! 최 팀장이 잡은 거지? 그렇지?!

그렇다고 말만 하면 만세를 외칠 것처럼 흥분한 함경필 국장.

주위에 누군가 있는지 함경필이 아닌 다른 사람들의 숨소리도 들린다.

─아, 좀 나와 봐!

"흠. 잡긴 잡았는데, 보물 중 20퍼센트를 회수 못했습니다."

─그래! 잡았…… 어? 20퍼센트나? 그, 그럼 200억?! 야, 누가 지금 환율 좀 알아봐!

"이 새끼들, 입을 꾹 다문 게 죽어도 말하지 않을 것 같아요."

─……씨발. 그 돈이면 나라도 말 안 하지.

입을 꾹 다물고 형기만 무사히 치르면 200억이란 돈이 생긴다.

처분하는 게 문제긴 하겠지만, 모험을 걸다 못해 목숨까지 걸 액수다.

문제는 그렇게 되는 순간 종혁이 세운 공이 흐려진다는 것이다. 어쩌면 영국 경찰에서 한국을 욕할 수도 있었다.

─돌아와. 그 정도면 해 줄 만큼 했다.

단호한 함경필의 말에 종혁은 혀를 찼다.

─무조건 이틀 내로 돌아오는 거야. 이거 권고가 아니

라 명령이야.

'빌어먹을.'

"……끙. 알겠습니다."

새로운 부서장의 첫 번째 명령이다. 알겠다는 말밖에
할 수 없는 종혁은 전화를 끊었다.

"이틀이라…… 씨발. 가능할지 모르겠네."

쾅!

"아, 아니 남작님!"

"보물의 주인이 도둑놈들도 만나지 못한다는 겁니까!
놓으십시오! 지금부터 내 몸에 손끝이라도 댔다가는 재
미없을 겁니다."

"아, 미치겠네."

'흐응?'

종혁은 취조실의 문을 박차고 들어가는 헤프너의 모습
에 눈을 가늘게 떴다.

"이것 봐라?"

취조실 문을 박차고 들어간 헤프너는 곧바로 콜린의 멱
살을 잡아 올렸다.

"이봐. 늙은 도둑. 나머지 보물은 어디 있지?"

"……."

콜린은 지금 뭔 개소리를 하냐는 듯 헤프너를 응시했
고, 헤프너는 그런 그를 향해 얼굴을 들이밀며 이를 드러
냈다.

"그래, 그렇게 계속 침묵하고 있어 봐. 내가 너희 도둑놈들에게 지옥을 보여 줄 수 없을 것 같다고 여기면 계속 다물어 보라고."

흠칫!

'이 개새끼……!'

경고다. 입을 다물지 않으면 끔직한 죽음을 맞이하게 해 주겠다는 경고.

헤프너는 그런 경고를 하기 위해 여기까지 온 것이었다.

콜린은 죽일 듯 헤프너를 노려봤지만, 그 입을 열지는 않았다.

그에 입술 끝이 살짝 흔들린 헤프너는 집어 던지듯 멱살을 풀며, 마치 더러운 것을 만졌다는 듯 손수건을 꺼내 손을 닦았다.

"흥. 시궁창 같은 밑바닥 자식들."

콧방귀를 뀐 헤프너는 취조실을 빠져나갔고, 런던경찰청장이나 본부장은 다급히 그를 따라나섰다.

그리고 남겨진 콜린은 이를 뿌득뿌득 갈며 헤프너가 떠난 자리를 죽을 듯 노려봤다.

그 순간이었다.

"이야, 얼굴 좋네."

움찔!

콜린은 고개를 모로 기울였다.

"한국 경찰?"

"오, 신문 봤어? 어땠어? 너희를 삼사십대 4인조로 거짓말 치라고 말한 게 나였는데. 참고로 너희를 찾은 것도 나다?"

"……뭐? 이 개자식이!"

그제야 모든 걸 깨달은 콜린은 눈을 뒤집으며 달려들었고, 종혁은 그대로 가슴을 걷어찼다.

"으악!"

쿠당탕.

"하. 진짜 너희 범죄자들은 왜 사람을 나쁜놈으로 만드는 거냐?"

뚜벅뚜벅 걸어가 콜린의 멱살을 잡아 올린 종혁은 그의 귀에 입술을 가져갔다.

"야, 내가 지금 긴가민가해서 묻는 거거든? 설마 나머지 20퍼센트, 헤프너 남작한테 있는 거냐?"

"헉?!"

"땡큐."

입술을 핥은 종혁은 파랗게 질린 콜린을 집어 던지며 취조실을 빠져나왔고, 그런 그의 모습에 거울유리 뒤에 있던 최재수와 오택수가 다급히 뛰쳐나왔다.

"야, 뭐야. 뭔 말을 한 거야?"

어디 이런 걸 한두 번 보던가.

그들은 종혁이 한 말이 궁금해 미칠 것 같았고, 그건 그들의 뒤를 쫓아온 가드너도 마찬가지였다.

"우리의 생각이 맞습니다, 교수님."

"그, 그러면……?!"

종혁은 고개를 끄덕였고, 가드너는 이마를 잡았다.

상황이 최악으로 흘러가고 있다.

피해자인 헤프너 남작을 강제적으로 수색을 할 수 없거니와 혹여 강제적으로 수색을 한다고 해도 보물을 찾지 못한다면 어마어마한 역풍이 불 거다.

"후. 그 20퍼센트는 이제 영영 찾을 수 없겠군요."

아마 세상에 나올 수 없게 꽁꽁 숨겨질 것이다. 아니면 어디 먼 타국에 팔려 버리든가.

종혁도 동감이다.

이제 그 20퍼센트의 보물은 절대 찾을 수 없을 거다.

그러니…….

"알아서 가져다 바치게 해야죠, 뭐."

"예?"

가드너의 반문을 무시하며 돌아서는 종혁의 입가에 서늘한 미소가 맺혔다.

* * *

런던에서 약 2시간가량 떨어진 곳에 위치한 바닷가 마을.

그 마을이 내려다보이는 언덕 위의 저택에 은색의 벤틀리 한 대가 진입한다.

그에 저택 안에서 다급히 뛰어나온 장년인, 헤프너 남작가의 별장 관리인이 차에서 내리는 헤프너 남작에게 머리를 조아린다.

"오, 오셨습니까, 남작님!"

갑자기 말도 없이 무슨 일일까. 별장 관리인의 눈알이 데구루루 구른다.

"아! 가문의 보물들은 모두 찾으셨다는 소식은 들었습니다! 정말 다행입니다, 남작님! 거기다 기자들 앞에서 말씀하시던 모습이 어찌나 늠름하신지……."

"좀 쉬고 싶으니까 3시간 뒤에나 와."

"예, 옛! 짐이 있으시다면 제게……."

"가."

"옙!"

별장 관리인은 다급히 별장을 나섰고, 그걸 빤히 바라보던 헤프너는 별장 관리인이 더 이상 보이지 않게 되자 그제야 차 트렁크를 열어 가방을 꺼냈다.

절그럭!

금속이 부딪치는 소리를 내는 가방.

"푸흐……."

헤프너 남작의 입에서 웃음이 튀어나온다.

그럴 수밖에 없다.

헤프너에서 들어 놓은 도난 및 분실에 관한 보험은 박물관의 보물이 20퍼센트 이상 분실된 순간 그 효력이 발생한다.

즉, 제아무리 보물을 회수했다지만, 보험사는 앞으로 한 달 내에 1억 파운드를 헤프너가에 지급해야 된다는 소리다.

이게 헤프너가 세운 1차적인 목표였다.

2차 목표는 콜린 패거리를 제거 후, 그들이 훔친 보물들을 모두 회수해 따로 은밀하게 파는 것.

헤프너는 미간을 구겼다.

"쯧."

런던 경찰이 평소처럼 무능했다면 6천만 파운드를 더 벌 수 있었을 테지만, 아쉽게도 1200만 파운드로 만족해야 할 것 같다.

다시 혀를 찬 헤프너는 가방을 열어 다시 보물을 확인한 뒤 별장의 지하, 와인 창고에 위치한 비밀 금고로 향했다.

별장 관리인조차 그 존재를 모르는 헤프너가의 비밀 금고.

쿠웅!

금고 문을 닫은 헤프너는 와인 창고에서 하나의 와인을 꺼냈다.

호주의 펜폴즈 그랑지 1985년.

오늘 같은 날을 기념하기에 썩 아깝지 않은 와인이다.

가볍게 디캔팅을 마친 그는 창밖으로 펼쳐진 바다를 보며 입술을 비틀었다.

찬사를 받는 와인답게 혀에 감기는 느낌이 황홀하다.

"식민지 노예들 따위가 이런 와인을 만든 걸 보면 세상일은 알 수 없단 말이지."

이번 일도 그렇다.

비록 4800만 파운드를 손해 봤지만 그래도 이번 일로 인해 얻은 총 수익은 1억 1200만 파운드, 헤프너가 한 해 순이익의 몇 십 배였다.

아주 잠깐 악한 마음을 먹었을 뿐인데 이런 막대한 수익을 얻었다. 그동안 정직함을 모토로 살아온 선조들은 모두 바보 똥멍청이었다.

"아니, 아니지. 선조들이 팔지 않았으니 내가 이런 영광을 누리는 거지. 바보 같은 선조들이여! 바보 같은 내 아버지시여! 그런 당신들을 위해 건배!"

챙!

유리창에 건배를 하는 헤프너의 입에서 계속 웃음이 터져 나왔다.

다음 날 아침.

어젯밤 와인 창고의 와인을 모두 비워 버리겠다는 듯 부어라 마셔라 한 헤프너 남작은 그 행동의 결과를 톡톡히 느끼고 있었다.

"끄응."

터질 듯 욱신거리는 머리.

하지만 그 입은 곧 웃음이 삐져나온다.

헤프너는 옆에 놓인 수첩을 들고 일어나 창문을 활짝 열었다.

휘이이잉!

아침의 서늘한 바람이 불어와 숙취를 조금 날리자, 그는 다시 펜을 들어 어젯밤 다 작성하지 못한 것들을 써 내려가기 시작했다.

"전용기는…… 썼고. 흠, 한 대 더 살까?"

그동안 헤프너 남작가에 없었던 전용기.

저 버킹엄의 왕실과 더불어 영국을 지배하는 귀족 가문에 전용기 한 대 없다는 게 말이 되는가.

줄을 쫙쫙 긋고 전용기 세 대라고 적은 그는 고개를 끄덕였다.

"그래. 하나는 영국에서만 타고, 다른 하나는 유럽에 갈 때, 나머지는 다른 대륙에 갈 때 쓰면 되겠군. 그리고 요트도 두 대 더 사는 게 좋겠어. 롤스로이스도 한 다섯 대쯤 구입하고."

이 정도는 돼야 귀족으로서의 품위가 살아나지 않겠는가.

그는 사교계에서 만인의 부러움을 얻을 자신의 모습을 떠올리며 실실 웃기 시작했다.

영국의 그 어떤 귀족 가문이 이런 재력을 과시할 수 있을까. 왕실 가문과 공작 가문을 제외하면 이제 자신이 최고였다.

백작가, 후작가 모두 제치고 자신이 말이다.

헤프너가는 비로소 자신의 대에서 최고의 영광을 구가하게 될 것이다.

헤프너는 그런 단꿈에 젖어 들었다.

하지만 그것도 잠시.

"이렇게 다 하면…… 뭐야."

미간을 좁힌 그는 다시 처음부터 앞으로 구입할 것들을 계산했다가 얼굴을 구겼다.

"왜 모자라? 무려 1억 1200만 파운드인데도 모자라다고?"

이게 말이 되는 걸까.

마지막으로 다시 계산해 본 헤프너는 끝내 수첩을 집어 던졌다.

"빌어먹을 하층민들!"

콜린 패거리. 그 멍청한 놈들이 경찰에 사로잡히지만 않았다면 모자라지 않았을 액수.

"개 같은! 개 같은! 개 같은-!"

어제오늘 계획했던 달콤한 미래를 정녕 포기해야 하는 건가.

헤프너는 수첩을 짓밟으며 분노를 토해 냈다.

그 순간이었다.

지이잉! 지이잉!

갑자기 격하게 울리기 시작한 핸드폰. 집사였다.

그렇지 않아도 분노가 머리끝까지 솟은 헤프너는 전화를 받자마자 바로 소리를 질렀다.

"내가 전화하지 말라고 했잖아!"

-죄, 죄송합니다, 남작님! 하지만 박물관을 구매하고 싶다는 제의가 와서 부득이하게 연락할 수밖에 없었습니다!

"⋯⋯뭐?"

헤프너의 눈이 동그랗게 떠졌다.

* * *

기이잉!

하루에도 수많은 비행기가 뜨고 내리는 런던 히드로공항.

그곳에 거대한 동체의 비행기가 착륙을 한다.

보잉 747.

그러나 그곳에서 내리는 사람은 단 한 명뿐이다.

수행원까지 합하면 총 10명.

새하얀 양복을 입은 거대한 덩치의 사내는 계단에 발을 딛자마자 두꺼운 시거를 물었고, 그런 그를 마중 나온 헤프너 남작은 눈을 가늘게 떴다.

'저자가⋯⋯.'

박물관의 모든 보물을 구매하고 싶다는 고객이다.

"그런데 예의가 없군."

자신은 엄두조차 못 내는 보잉 747을 전용기로 타고 와서 그런지 헤프너의 배알이 꼴린다.

"나, 남작님."

"알았으니까 닥쳐."

"오! 당신이 헤프너 남작인가!"

이제야 헤프너를 발견했다는 듯 크게 외친 사내가 텅텅

육중한 소리를 내며 계단을 내려온다.

'걷는 모습에서도 예절을 찾아볼 수 없군! 이래서 졸부들은!'

하지만 헤프너는 옅은 미소로 그를 맞이한다.

"영국에 오신 걸 환영합니다. 휴이 헤프너 남작입니다."

사내는 헤프너가 서슴없이 내민 손을 힐끔 보고는 시거 연기를 훅 뿜으며 씩 웃었다.

"내 이름은 들어 봤겠지? 반갑군, 동지. 빅토르 로마노프다."

그랬다. 그는 종혁과 친분이 아주 깊은 빅토르였다.

빅토르는 자신의 반말이 거슬린다는 듯 미간을 좁히는 애송이를 보며 입술을 비틀었다.

'이놈이 나의 친구 최에게 찍혔다라…… 불쌍하군.'

참으로 불쌍한 놈이었다.

부우웅.

달리는 리무진 안.

헤프너 남작이 보드카와 시거를 즐기는, 품위라고는 티끌만큼도 찾아볼 수 없는 야만인을 보며 생각에 잠긴다.

'빅토르 로마노프.'

현재 런던에만 십여 개 자리하고 있는 매장을 비롯해, 유럽 전역에 진출한 드바 로마노프의 회장, 한 해 추정되는 매출만 200억 파운드를 훌쩍 넘는 괴물 공룡기업의 회장이다.

'아마 올데가르히겠지.'

저 소비에트 연방 시절 갑자기 등장한 부호 세력, 올데가르히.

정권과 결탁해 급격하게 부를 늘린 신진 졸부 세력이다.

헤프너 남작가의 정보력으로도 로마노프 가문에 대해 제대로 된 조사를 할 수 없었지만, 그런 세력의 도움 없이 고작 10년 만에 200억 파운드 이상의 매출을 올리는 기업을 만들 수 있을까.

"우리 러시아에서 남자가 남자를 그렇게 쳐다보면 싸우자는 건데……. 차를 세우면 되는 건가?"

섬뜩!

"무, 무……."

맹수가 코앞에서 이빨을 드러내면 이런 느낌일까. 거칠고 맹렬한 살의에 헤프너의 얼굴이 하얗게 질린다.

그에 헤프너의 옆에 앉아 수발을 들던 집사가 버럭 화를 낸다.

"무례합니다! 제아무리 고객이시라지만 예의를 지켜주시길 바랍니다!"

"오, 영감. 그러다 맞으면 죽는다고."

"미스터 로마노프!"

"농담이야, 농담. 하하하. 영국인들은 참 재미가 없구만?"

빅토르는 다 핀 시거를 재떨이에 비벼 끄며 보드카를 들이켰고, 헤프너는 그런 그를 보며 이를 악물었다.

'이 예의 없고 천박한 야만인 같으니!'

러시아 억양 가득 섞인 영어조차도 너무 거슬린다.

"크. 역시 보드카는 진리야, 진리. 아, 동지도 마시겠나?"

"필요 없소."

"얌생이구만?"

'크윽!'

빅토르는 분을 삼키는 그를 보며 킬킬 웃었고, 리무진은 조금 더 달려 박물관에 도착했다.

"오, 아담하군. 나라 크기만큼이나 아담해."

"이 예의 없는 작자 같으니!"

영국을 욕하는 것에 헤프너는 결국 분노를 터트렸다.

"하하. 농담이라니까? 자자, 내가 사과할 테니 들어가자고, 동지."

또 예의 없게 서슴없이 어깨동무를 해 왔지만, 헤프너는 어깨를 짓누르는 팔뚝의 육중한 무게에 정신을 차릴 수밖에 없었다.

"쯧. 따라오시오."

마음 같아선 지금이라도 파투를 내고 싶지만 박물관의 보물을 모두 팔면 거의 1억 6천, 아니 1200만 파운드를 제외하면 약 1억 5천만 파운드의 돈이 생긴다.

그 돈이면 별장에서 세운 계획들을 모두 실현할 수 있

기에 헤프너는 치솟는 수치심을 꾹 누르며 빅토르를 박물관 안으로 안내했다.

"헉. 남작이다."

"헤프너 남작님이다."

도난 사건 때문인지 평소보다 열 배 정도는 더 많은 관람객.

살짝 당황했던 헤프너는 이내 정신을 차리곤 빅토르에게 보물들을 보여 주었다.

하지만······.

"이건 스페인 왕실의 보물로······."

"흐음. 그래?"

왜인지 보물에 별 관심이 없어 보이는 빅토르.

그 심드렁한 모습에 다시 이를 악문 헤프너는 또다시 분노를 누르며 그를 계속 안내했다.

그러다 어느 한 전시대에 앞에 서는 순간이었다.

걸음이 멈춤과 동시에 표정이 돌변하는 빅토르.

"이것이군. 과거 찬란했던 대러시아 제국의 유산들이······ 표토르 대제의 유산이······."

아련하고 경건하다.

또 잃어버린 옛 물건을 찾은 듯 환희에 젖어 든다.

'이 작자?'

이 야만인에게 이런 면모가 있었던가.

"이것 말고는 더 없나?"

"······이쪽으로 오시오."

헤프너는 다른 러시아 보물들을 안내시켜 줬고, 잠시
후 그들은 박물관 내부에 있는 사무실에 앉았다.

"푸후우. 좋군."

다시 시거를 문 빅토르가 만족을 드러낸다.

"이 정도면 점수 좀 따겠어."

주어가 상실된 말이었지만, 헤프너는 곧바로 알아들었
다.

'정말 천박하구나, 천박해!'

고작 정부에 잘 보이기 위해 보물을 구입한다.

이게 매관매직과 다를 게 뭐란 말인가.

역시나 작위 서임이 흔해졌던 19세기 후반 돈으로 작위
를 산 무도하고 비열하며 수치를 모르는 족속들과 똑같
은 놈이었다.

하지만 그 입에서 나오는 말은 많이 달랐다.

"크흠. 만족했는지 모르겠소. 그래도 세계 어딜 가도
개인이 이 정도의 과거 유산을 소유하고 있는 사람이나
가문은……."

"됐고. 얼마야?"

빠직!

"큼. 가치는 상대적인 거라 제대로 된 감정을……."

"4억 달러."

쿵!

헤프너는 눈을 부릅떴다.

"무, 무……."

다시 감정을 해 가치를 부풀린다고 한들 4억 달러가 나올 수 있을까. 3억 달러라도 받으면 다행이다.

헤프너는 그렇게 지키려던 체면도 벗어던지며 자신이 제대로 들은 게 맞냐는 듯 빅토르를 봤고, 빅토르는 그런 그를 보며 나른하게 웃었다.

"이봐, 귀족. 나 같은 사람들의 특징이 뭔지 알아?"

희귀한 건 어떻게든 소유해야 직성이 풀린다는 거다. 정확히는 자신의 능력을 돋보이고 드러내기 위한 건 어떻게든 소유해야 하는 거다.

"그런데 이 박물관이 그 불미스런 사건에 의해 세상에 드러났지."

과거의 대도들조차 욕심을 낸 보물들.

아마 세계에서 내로라하는 부자들이 돈을 싸 들고 달려들 거다.

"그 경쟁자들을 제치기 위해 더 부른 것뿐이니 너무 놀라지 말라고, 동지. 어차피 놈들이 달려들어 봤자 나만큼은 쓸 수 없을 테지만!"

크게 웃은 빅토르는 여유롭게 등을 젖히며 헤프너를 쳐다봤다.

"자, 그래서 대답은?"

꿀꺽.

헤프너는 자신도 모르게 집사를 봤고, 집사는 눈으로 얼른 허락하라는 듯 신호를 주었다.

빅토르의 말이 맞았다.

빅토르 같은 대부호들이 희귀한 것을 소유하기 위해 돈을 아끼지 않는다지만 그것도 어느 정도다.

부자는 돈을 쓰는 방법도 아주 잘 알고 있는 족속들이었다. 그것이 설혹 졸부라고 해도 말이다.

만약 돈 쓰는 방법을 몰랐다면 소비에트 연방이 해체된 이후 드바 로마노프라는 거대 기업을 만들 자금이 없었을 것이다.

집사의 이런 생각과 똑같은 생각을 한 헤프너는 표정을 진중하게 하며 빅토르를 응시했다.

"······거래에 응하겠소."

씨익!

웃은 빅토르는 손을 내밀었다.

"속이 좁은지 알았는데 의외로 화끈하군. 그럼 일도 다 끝났으니 파티를 즐겨 볼까? 영국의 클럽은 어떤지 궁금해 미칠 지경이군!"

빅토르는 악수를 하자마자 신나 하며 몸을 돌렸고, 헤프너는 그럼 그렇지 하며 차갑게 가라앉은 눈으로 빅토르를 봤다가 살짝 놀랐다.

빅토르가 갑자기 걸음을 멈췄기 때문이다.

"아, 그래도 좀 아쉽기는 하군. 그 찾지 못한 보물들까지 인수할 수 있었으면 사천만 달러는 더 쓸 수 있을 텐데······."

컬렉션의 완벽한 완성.

한 가문이 기를 쓰고 모은 보물들을 모두 소유한다. 그것만큼 자신을 돋보이게 할 수 있는 일이 있을까.

"이 부분이 좀 아쉬워. 쯧."

'뭐, 뭣?!'

움찔!

마치 전기에 감전된 듯 몸이 흔들린 헤프너 남작.

'사, 사천만 달러?'

이조차도 기존 헤프너 남작가 한 해 순수익의 20배 가까이 되는 액수다.

"……집사는 좀 나가 있지."

"예? 아, 예."

집사가 의아해하며 나가며 문을 닫자 헤프너는 어리둥절해하는 빅토르를 보며 눈빛을 가라앉혔다.

'그 보물들을 이렇게 빨리 처분할 수 있다고?'

짧게 잡아도 5년 후에나 은밀히 팔 수 있을 거라 여긴 1200만 파운드 상당의 보물들.

그런데 그걸 곧바로 해치울 기회가 왔다. 그것도 영국과 전혀 상관없는 러시아인에다가 컬렉션 완성에 눈이 먼 졸부에게 돈을 더 받아 내면서.

"하나만 묻겠소. 이 보물들은 어떻게 할 생각이오? 박물관을 만들어 전시할 생각이오?"

빅토르는 미간을 좁혔다.

"그런 것까지 설명해 줘야 하나?"

"아마 당신을 예뻐하는 높은 사람에게 뇌물로 주겠지. 조금씩, 조금씩."

기브 앤 테이크. 받을 걸 받아 낼 때마다 그 대가로 넘겨줄 거다. 원래 거래란 그래야 하는 것이기에.

"그리고 그 뇌물을 받은 사람은 자신의 개인 금고에 보관하겠지. 세상에 드러나지 않게. 자신만 볼 수 있도록."

"……거기까지다, 애송이."

"그 나머지 보물을 회수할 방법이 있다면 어떻겠소? ……아무도 모르게."

비열하게 비틀어지는 헤프너의 입술.

"호오?"

* * *

잠시 후 빅토르의 전화를 받은 종혁도 입술을 비틀었다.

"물었군."

욕심이 머리까지 잠식된 멍청이가 드디어 실토를 했다.

종혁은 충격에 빠진 가드너 교수와 갈수록 스케일이 커져 간다며 고개를 젓는 오택수와 최재수를 보며 박수를 쳤다.

"자, 그럼 우리도 준비하시죠."

이제 한국으로 돌아갈 날이 얼마 남지 않았다.

* * *

빅토르와 헤프너 남작이 은밀한 회담을 나눈 다음 날 정오.

런던경찰청 근처의 펍엔 사람들이 가득하다. 사건이 모두 해결되며 해산된 수사본부의 경찰들과 경찰청장까지 모였기 때문이다.

"건배!"

채재쟁!

허공에서 부딪치는 맥주병들.

그와 함께 경찰들의 얼굴에 서린 후련한 미소도 짙어진다.

방금 전 기자회견을 끝으로 수사본부 해산을 외친 그들.

비록 훔쳐진 보물 중 20퍼센트의 행방은 찾을 수 없지만 이것만으로도 어딘가. 영국 최고의 경찰청, 런던경찰청의 체면은 지켰다.

앞으로 따로 전담반을 꾸려 콜린 패거리를 감시하다 보면 곧 뭐가 나와도 나올 터.

물론 이것만 아니었다면 근사한 곳에서 찐한 회식을 했을 텐데 하지 못해서 좀 아쉽기는 했다.

런던경찰청장은 이번 수사의 주역이었던 종혁을 보며 의미심장한 미소를 지었다.

"이거 수사본부의 해산이 늦어지는 바람에 최의 복귀도 늦어진 게 아닌가 싶군요."

"오늘 저녁에 비행기를 타면 문제없습니다. 내일까지만 도착하면 되거든요. 저희 국장님이 그 정도 융통성은 있으셔서요."

"하하핫! 그렇습니까? 좋은 상사군요. 저희 런던경찰청에도 그런 상사들이 많은데…….."

"아하하."

경찰청장은 어색하게 웃는 종혁을, 아니 오택수와 최재수까지 응시하며 눈을 빛냈다.

옆에서 맥주를 홀짝이는 가드너 교수와 맞먹는 추리력을 가진 종혁과 발로 뛰는 수사가 뭔지 제대로 알려 준 오택수, 최재수.

'이 팀이 우리 런던경찰청에 온다면 어떨까.'

아마 더 이상 범인을 찾지 못해 골머리를 썩게 만드는 일은 없을지도 몰랐다.

'하지만 욕심이겠지.'

타국에 와서 이런 능력을 보이는 형사인데, 자기 나라인 한국에선 얼마나 날아다닐까.

혹시나 해서 조사해 봤더니 이력도 어마어마하다. 영국 나이로 고작 25살 어린 나이에 중간 간부의 끄트머리, 고위 간부를 앞에 두고 있다.

한국 경찰들도 종혁에게 많은 기대를 하고 있단 소리다.

'타국 경찰이 부러워진 적은 처음이군.'

"아, 몇 시 비행기로 예약하셨습니까?"

"9시 비행기입니다."

"그렇습니까? 꽤 늦게 출발하시는군요."

종혁은 미소를 지었다.

"짧은 기간이지만 함께 싸운 전우끼리 흠뻑 취할 시간 정도는 가져야 하지 않겠습니까?"

"으하하하핫……! 정말 욕심이 나는군요. 욕심이 나!"

테이블 치며 좋아하던 경찰청장은 돌연 낯빛을 굳혔다.

"취소하세요."

"예?"

"영국인은 결코 은혜를 잊지 않죠. 저희가 항공편을 잡아 드리겠습니다."

그것도 있지만 종혁에게 줄 선물 때문이다.

비록 20퍼센트의 보물은 회수하지 못했지만, 런던 경찰의 체면을 지켜 준 종혁을 위한 선물.

그것들을 실기 위해선 꽤 많은 좌석이 필요했다.

"아, 아니 그러실 필요는……."

이제 와서 전용기를 타고 왔다고 말할 수도 없는 상황.

"부탁드리겠습니다."

"끙……. 알겠습니다."

아무래도 전용기는 주인을 태우지 않은 채 돌려보내야 할 것 같다.

종혁은 쓴웃음을 흘리곤 벽에 달린 TV를 힐끔 봤다.

'슬슬 나올 때가 된 것 같은데…….'

"아, 축구를 보시는군요. 축구를 좋아하시나 봅니다?"

"예? 아, 예. 한국 선수가 맨유라는 곳에 뛴다고 하니 좀 관심이 가더군요."

'아, 그러고 보니 진성이는 잘 있나 모르겠네.'

방콕 아시안게임과 시드니 올림픽에서 여러 종목 국가 대표들과 두루두루 친해지다 보니 그들을 통해 알게 된 박진성, 캡틴 박. 같은 나이라서 빨리 친해지게 되었다.

"오, 그러고 보니 팍이 한국 선수였죠! 마침 경기도 맨 유와의 경기…… 음?"

TV를 보던 경찰청장이 갑작스런 특보에 미간을 좁힌다.

"기자…… 회견?"

그것도 헤프너 남작의 긴급 기자회견이다.

순간 불길한 예감이 든 경찰청장은 맥주병을 내려놓으 며 TV를 뚫어져라 쳐다봤고, 그건 다른 경찰들도 마찬가 지였다.

오직 종혁과 오택수, 최재수, 가드너만이 여유로울 뿐 이었다. 입가에 비릿한 조소가 매달린 그들.

'오, 화면발 좀 받는데?'

종혁은 헤프너의 옆에 선 빅토르를 보며 눈을 빛냈다.

-큼. 바쁜 시간임에도 이렇게 많은 분들께서 찾아 주 셔서 감사의 말씀을 올립니다.

정중한 인사로 시작된 헤프너의 말.

뒤이어 폭탄이 떨어졌다.

-기자분들께는 미리 전달한 것처럼 본 헤프너 남작가 는 더 이상 헤프너 박물관의 유지가 불가능하다고 판단, 현 시간부로 헤프너 박물관의 소유권 및 소유물에 관한 권리를 여기 드바 로마노프의 회장인 빅토르 로마노프 씨에게 이양하기로 하였습니다.

쿠웅!

기자회견장뿐만 아니라 펍에도 떨어진 폭탄.

"뭐?!"

"미친!"

지금 듣고 있는 말이 정말인 걸까.

환청은 아닌 걸까.

그들이 혼란에 휩싸인 사이에도 헤프녀의 말은 계속 되었다.

─마지막으로 밤낮을 가리지 않고 박물관의 보물을 찾아 주시느라 애쓴 런던경찰청의 노고에 깊은 감사와 찬사를 올립니다. 그럼…….

─무, 무슨……! 헤, 헤프너 남작님!

─잠깐만요, 남작님!

너무도 경악스런 말에 아비규환이 된 기자회견장.

그러나 펍은 지독할 정도의 침묵에 휩싸여 있다.

"야, 이 개자식아─!"

경찰청장은 자신들의 노고를 똥통에 처박아 버린 헤프너의 만행에 결국 분노를 터트릴 수밖에 없었다.

"저 이 개새끼가……!"

"빌어먹을─!"

펍이 삽시간에 시끄러워졌다.

"푸후우. 미안합니다. 내가 정말 할 말이 없어요."

해가 저물어 가는 늦은 오후.

경찰청장이 종혁의 옷자락을 잡고 또다시 사과를 한다. 그건 이번 수사본부의 본부장과 다른 경찰들도 마찬가지였다.

"미안합니다. 영국 경찰이 정말 미안합니다."

"미안해, 최. 진짜 면목이 없다."

술을 잘 마시다가도 종혁과 눈이 마주치면 다가와 사과를 건네는 그들.

술이 사람을 잡아먹은 거다. 안주도 없이 술을 들이켰으니 인사불성이 되는 것도 당연했다.

'어이구. 심정을 이해 못하는 건 아닌데…….'

그래도 곧 있으면 빅토르에게 가야 하는데, 술을 좀 깼으면 싶었다.

'이걸 어떻게 끌고 가야 하려나…….'

헤프너 남작이 범인이라고 말할 수만 있었어도 술을 못 마시게 했을 테지만, 이 안에 헤프너의 쁘락지가 있을지도 몰랐다.

심지어 그게 눈앞의 청장이라고 해도 말이다.

"진짜 미안하니…… 아니 사람이 이러면 안 되지! 어떻게 범인을 잡은 지 고작 이틀 만에 보물들을 포기하는데! 우리가 그걸 어떻게 회수했는데—!"

하루에 두세 시간 쪽잠을 나눠 자면서 해결했다.

신사의 나라 영국인이. 그것도 만인의 모범이 되어야 할 경찰이 씻지 못해 몸에서 냄새가 난다는 게 말이 되는가.

"그 러시아 사업가도 그래! 판다고 그걸 넙죽 받아?! 빌어먹을! 돈이면 다냐, 이 개자식아! 앞으로 드바 로마노프 물건은 안 사!"

"옳소! 나도 드바 로마노프 안 산다!"

"청장님이 옳은 말씀을 하는구만! 나도 동참!"

삽시간에 일어난 불매의 물결.

눈을 빛낸 종혁은 슬그머니 입을 열었다.

"아이구, 드바 로마노프 회장과 헤프너 남작에게 불만이 많으신가 봐요."

"최는 안 그렇습니까!? 화도 안 나요?!"

"당연히 저도 화가 나죠. 그러니 우리…… 따지러 갈까요?"

"……예?"

"아니, 저 보물에 우리의 지분도 있잖습니까. 우리가 찾아 줬는데. 안 그래요?"

억지지만 그래도 속은 후련한 말이었다.

"푸하하핫! 그럽시다! 따지러 갑시다! 본부장!"

"예! 다들 가자! 돌격 앞으로!"

"오케이! 2차 갑시다, 2차!"

형사들이 벌떡 일어나자 종혁은 의미심장한 미소를 지었다.

'됐네.'

종혁들과 형사들은 우르르 펍을 빠져나가 거리를 걷기 시작했고, 서로 어깨동무를 한 그들의 입에서 곧 응원하는 축구 구단의 응원가들이 흘러나왔다.

축구 시즌 중에는 서로가 원수지만, 오늘만큼은 동료.

그들은 앞장서는 종혁을 따라 런던 거리를 가로지르며 목청을 높였다.

그렇게 얼마나 걸었을까. 슬슬 힘들어져 술이 깨기 시작한 그들은 종혁을 보며 의아해했다.

멀어도 너무 멀다.

"최, 어디까지 가는 겁니까? 이젠 최도 출국할 준비를 해야 하지 않습니까?"

"그건 그런데…… 따지자면서요?"

"예? 아니, 그건 그냥 말이…….'

"따지려면 따져야죠. 그래야 직성이 풀릴 텐데. 그리고 다 왔습니다."

"……?"

사람들은 코앞에 있는 호텔을 가리키는 종혁의 행동에 어리둥절해했고, 종혁은 핸드폰을 들었다.

"예, 빅토르. 저희 왔습니다. 지금 올라갈게요."

"헉?!"

종혁은 경악하는 경찰들을 보며 싱긋 웃었다.

"갑시다. 마지막 피날레를 장식하러."

이제 사건을 끝낼 시간이었다.

* * *

드르르르!

한 손에 캐리어를 든 헤프너 남작이 호텔 로비를 가로지른다.

입가에 은은한 미소를 그린 그.

그럴 수밖에 없다. 이 캐리어를 넘기는 순간 4천만 달러가 손에 들어오는 것이니 말이다. 그럼 당장 내일부터 수첩에 써 놓은 물품들을 살 수 있을 터.

엘리베이터에 오른 헤프너는 거울에 비친 옷매무새를 가다듬으며 콩닥콩닥 뛰는 심장을 진정시키기 위해 애를 썼다.

그렇지 않으면 지금이라도 체통 없이 웃음을 터트려 버릴 것 같기에.

띵! 스르릉!

"크흠."

엘리베이터에서 내린 그는 곧바로 보이는 펜트하우스의 커다란 문 앞에 서 손을 들었다.

쿵쿵쿵!

"누구십니까?"

"휴이 헤프너 남작이오."

스윽.

조금 열린 문을 통해 헤프너를 확인한 빅토르의 경호원은 곧 문을 활짝 열었다.

"로마노프 회장은?"

"이쪽으로."

'쯧......'

마치 무기질을 응시하는 듯한 불쾌한 시선에 얼굴을 구기면서도 따라간 헤프너는 이내 넓은 풀에서 여자들과 알몸으로 뒹굴고 있는 빅토르를 발견하곤 이를 악물었다.

　'이 야만인이 정말!'

　"꺄르르르!"

　"호호호!"

　"오, 왔나? 잠깐 놀고 있으라고, 아가씨들."

　"빨리 와요!"

　"자, 이쪽으로 가지."

　여자들과 진한 키스를 나눈 빅토르는 가운을 걸치며 한쪽 방으로 향했고, 헤프너는 마치 더러운 것을 외면하듯 여성들을 일견하며 그 뒤를 따랐다.

　그래서 보지 못했다. 그들이 몸이 돌리자마자 얼굴이 딱딱하게 굳는 여성들의 모습을 말이다.

　그렇게 방으로 들어온 빅토르는 어서 펼쳐 보라는 듯 테이블을 가리켰고, 헤프너는 그 위에 조심스럽게 캐리어를 올렸다.

　달칵! 달칵!

　잠금장치가 풀리자마자 열리며 화려한 속살을 드러낸 캐리어.

　금과 은과 보석의 향연.

　"……호오오."

　헤프너는 됐냐는 시선을 보내곤 캐리어를 닫았다.

　그에 살짝 아쉬워하며 입맛을 다신 빅토르는 눈빛을 가

라앉혔다.

"이게 전부겠지? 아니라면 꽤 재밌어질 거야."

"……크흠. 걱정 마시오. 우리 진짜 귀족은 누구와 다르게 약속은 꼭 지키니까!"

"푸하핫! 그래, 그것참 대단하군. 그러면 거래를 시작하지."

소파에 앉은 빅토르는 서류를 하나 꺼내어 내밀었다.

"당신의 부탁대로 나와 전혀 상관이 없는 회사야."

한 박물관에 헤프너가의 가보를 매도한다는 내용의, 회수하지 못했다고 알려진 20퍼센트의 보물이 헤프너가의 가보로 둔갑되어 있는 매매 계약서.

이게 헤프너가 꾸민 스토리였다.

"굳이 이럴 필요까지 있나 싶은데."

"자금의 출처를 밝혀야 하기에 어쩔 수 없소."

그래야 돈을 맘대로 쓰지 않겠는가.

'박물관을 팔아 버렸으니 왕실이 가만있지 않겠지.'

소유한 것을 파는 건 개인의 자유지만, 그게 역사적 가치가 뛰어난 보물들이라면 말이 좀 달라진다. 개중엔 옛 영국의 왕비나 현재는 몰락하고 없는 왕실 방계 귀족가의 가보들도 있기 때문이다.

그야말로 영국의 보물들. 그렇기에 영국 왕실은 매 분기마다 왕실에 귀속시켜 달라고 귀찮게 굴었다.

아마 당분간은 꽤 고깝게 볼 거다.

'사업들에도 약간의 제동이 걸리겠지.'

세무 조사는 기본일 것이고, 1파운드 하나 쓰는 것조차 감시할 것이다.

"귀찮게들 사는구만. 뭐, 나야 보물이 늘어나니 다행이지만."

고개를 저은 빅토르는 소파 옆에 놓인 캐리어를 들어 테이블 위에 올렸다.

쿠웅!

"당신이 원하는 대로 반은 수표, 반은 현금. 확인해 봐."

달칵! 달칵!

'흡!'

눈에 콱 틀어박히는 달러의 향연과 콧속을 혹 파고드는 돈 냄새에 순간 눈앞이 아찔해진 헤프너 남작.

빅토르는 그런 그의 모습에 시거를 물었다.

"그런데 대체 어떻게 찾아낸 거지? 경찰들도 오리무중이던데 말이야."

"다 방법이 있소."

마치 자신의 말이 들리지 않는다는 듯 성의 없이 대하는 그의 모습에 빅토르는 입술을 비틀었다.

"흐음. 역시 자작극이었나?"

움찔!

휙 고개를 든 헤프너는 떨리는 눈으로 빅토르를 봤고, 빅토르는 피식 웃었다.

"왜 이래 선수끼리. 거래도 다 끝났으니 말해 줄 수도 있잖아? 응?"

씨익.

"그렇게 티가 났는지 몰랐군. 바보 같은 영국 경찰들은 다 모르던데 말이야. 이런 걸 보면 역시 태생은 어쩔 수 없는 거겠지. 뒷골목 쓰레기통이나 뒤지던 시궁창 하층민들."

거래가 모두 끝나니 본래의 말투로 돌아온 헤프너 남작.

"그럼 이 아름답고 고귀하며 영광 된 나라에서 부디 품위라는 것을 배우고 가길 바라지, 올데가르히."

빠직!

'후후후.'

드디어 한 방 먹였다.

속이 후련해진 헤프너가 문을 여는 순간이었다.

"어?"

문 앞에 도열해 이쪽을 죽일 듯 노려보는 취객들.

아니, 경찰이다. 경찰청장이다.

"네, 네가 여길 어떻게……."

"더 이상 못참겠다, 이 개자식아!"

빠아아악!

"으악!"

코를 부여잡고 나뒹구는 헤프너 남작.

성큼성큼 다가온 경찰청장은 그런 그의 몸을 뒤집어 깔아뭉개며 수갑을 빼 들었고, 헤프너 남작은 정신이 없는 와중에도 상황을 파악하곤 절망했다.

'아, 안 돼!'

이제 넘치는 돈 속에서 헤엄치는 일만 남았는데 잡힌다니? 그럴 수 없다. 그래서도 안 됐다.

하지만 경찰청장은 매정했다.

"휴이 헤프너! 당신을 사기……."

"놔! 놔라, 이 하층민들아! 내가 누군지 아느냐! 놔아아!"

빠아악!

"누구긴 누구야 범죄자지, 이 개자식아."

'휘유.'

손속에 자비가 없는 런던경찰청장의 모습을 보며 혀를 내두른 종혁은 자신의 억지에 어울려 준 빅토르를 향해 감사의 뜻을 담아 엄지를 치켜들었고, 빅토르는 피식 웃으며 시가를 길게 빨았다.

'역시 최와 있으면 지루할 틈이 없다니까.'

* * *

"오와."

"와우, 씨."

히드로공항의 탑승홈 복도에 선 종혁이 유리벽 밖을 보며 혀를 내두른다.

그건 오택수와 최재수도 마찬가지다.

"런던경찰청 돈 많네요……."

"그러게. 사건 하나 해결했다고 전세기를 다 주네."

그랬다. 런던경찰청이 준비한 건 전세기였다.

그런데 그들이 준비한 건 그뿐만이 아니다.

"대가리 치지 마라!"

"아씨, 내가 누군지 알고! 변호사 불러!"

"Shut Up!"

한국에서 사고를 치고 영국으로, 정확히는 런던으로 도주한 범죄자 총 124명. 외사국이 그렇게 인도해 달라고 요청해도 쌩깠던 범죄자들이었다.

"우리 런던경찰청이 준비한 선물이 마음에 들었으면 좋겠군요."

"아니, 청장님……."

당황한 듯한 종혁의 반응에 흐뭇이 웃던 경찰청장은 이내 낯빛을 굳혔다.

"비록 영국의 보물은 잃게 되었지만, 당신 덕분에 영국 경찰의 자존심을 지킬 수 있었습니다."

계약서상으로는 정당하게 돈을 모두 지불했기에 빅토르의 손에서 보물들을 다시 되찾아 올 수는 없었다.

그러나 헤프너 남작이 넘겨받은 돈은 모두 영국에 귀속될 것이다.

한 사람에게 모두 팔 수 있는 게 아니면, 그 모든 수익은 영국에 귀속시킨다. 그것이 헤프너 박물관의 설립자가 남긴 유언이었으니까.

헤프너는 콜린 패거리가 훔쳤던 보석들을 빅토르가 아

닌, 다른 사람 명의의 페이퍼컴퍼니에 매도했다.

만약 공식적으로 그 보석들이 계속 분실된 상태였다면 아무런 문제가 없었겠지만, 분실되었다고 알려진 보석을 헤프너가 가지고 있었다는 게 알려진 이상 꼼짝없이 분할 거래에 해당될 수밖에 없었다.

영국 왕실은 박물관 설립자의 유언에 따라 헤프너가 벌어들인 모든 수익을 환수할 것이다.

뿐만 아니라 영국 왕실에서는 헤프너 남작가에게 부여했던 여러 혜택들을 회수할 것이고, 1억 파운드의 보험금을 지급할 예정이었던 보험사는 보험금 지급을 중지할 예정이었다.

즉, 이제 헤프너에게 남은 건 파멸이었다.

이 모든 것이 종혁이 헤프너가 이 사건의 진짜 배후이자, 자작극이었음을 밝혀 준 덕분이었다.

"전체 차렷!"

처척!

경찰청장의 외침에 차렷 자세를 취하는 수사본부의 경찰들.

"영국 경찰의 명예를 지켜 준 영웅에게 경례!"

척!

그에 낯빛을 굳힌 종혁도 차렷을 했다.

"전체 차렷!"

처척!

종혁의 구령에 차렷 자세를 취하는 오택수와 최재수.

"영국의 치안을 지키는 진짜 영웅들을 향하여 경례!"

"충-성!"

"……충성."

진짜 영웅. 경찰들의 눈이 크게 흔들린다.

거수경례를 마친 종혁은 웃으며 손을 내밀었다.

"많은 걸 배우고 갑니다, 청장님."

"앞으로 최와 한국 외사국의 요청은 최우선으로 처리할 것을 약속드리죠."

"감사합니다."

"다음엔 여유롭게 차를 즐겼으면 좋겠군요. 그럼 조심히 가시길."

"청장님도 수고하십시오."

내일 아침부터 영국에 불어닥칠 거대한 폭풍.

피해자가 범인이었으니 아마 꽤 시끄러울 거다.

그걸 아는 건지 끙 앓는 소리를 낸 경찰청장은 돌아섰고, 그런 그를 응시하던 종혁은 이내 시나몬 스틱을 질겅질겅 씹고 있는 빅토르를 바라봤다.

왜인지 뚱한 얼굴의 그.

"하하."

"……오랜만에 만났는데 보드카 한 잔 즐길 시간이 없다니. 너무한 거 아닙니까, 최?"

"끙. 저도 공무원이라서요. 조금만 참아 줘요. 곧 다시 만나게 될 테니까."

그 말에 빅토르가 눈을 빛내며 입술을 비틀었다.

"그놈들을 말하는 거군요."

"예. 그놈들 때문이라도."

드디어 바이칼 호수 보물선 인양 사기를 시작한 놈들.

제대로만 엮는다면 본사라는 곳까지 치고 들어갈 수 있을 거다.

'이젠 좀 보자, 진짜.'

대체 어떤 놈들인지 얼굴 좀 봤으면 싶었다.

"그땐 빅토르가 원하는 걸 다 해 보도록 하죠."

"오! 후회할 텐데요?"

"오늘 어울리지 못했으니 어쩔 수 없죠."

어깨를 으쓱이는 종혁의 모습에 빅토르는 결국 졌다는 듯 고개를 저었다.

"좋아요. 그 말 꼭 기억하죠. 아, 그런데 보물은 어쩔 생각입니까?"

이번에 보물을 사들인 자금 모두 종혁에게서 나왔다.

물경 4억 4천만 달러.

천문학적인 액수였지만, 빅토르나 종혁 모두 신경 쓰지 않았다. 드바 로마노프가 종혁에게 한 해 지불하는 컨설팅 비용만 해도 이 금액을 훌쩍 넘어서니까.

처음 종혁과 만났을 때 맺었던 컨설팅 계약.

그게 지금의 드바 로마노프를 만들었기에 빅토르는 그 돈이 하나도 아깝지 않았다.

문제는 지금 그게 아니었다.

종혁은 전전긍긍하는 빅토를 보며 피식 웃었다.

"러시아의 보물은 가져가도록 하세요."

"오! 그래도 됩니까?!"

어느덧 빅토르와 알게 된 지도 10년. 오랜 친구에게 그 정도 선물쯤은 아무것도 아니었다.

"나머지 보물들은 어떻게 하실 생각입니까?"

헤프너 박물관이 소장하고 있던 보석들은 역사적 가치는 높지만, 미적 가치는 그다지 높지 않았다.

장식품으로도 쓰기 애매한 그 많은 보석들을 종혁이 어떻게 쓸지 궁금하지 않을 수 없었다.

빅토르의 물음에 종혁은 씨익 웃었다.

"재밌게도 정말 많은 나라의 보물들을 가지고 있더군요."

"……으하핫! 그 두뇌가 또 재밌는 일을 꾀하나 보군요, 최. 알겠습니다. 그런 일이라면 저도 적극 동참하죠!"

"고마워요, 빅토르. 그럼 다음에 봐요."

"예, 다음에."

종혁을 뜨겁게 바라본 빅토르는 돌아서 탑승홈을 빠져나갔고, 종혁은 마지막으로 가드너 교수를 봤다.

종혁의 러시아어에 놀란 표정을 짓는 가드너 교수.

종혁은 가드너가 러시아어를 할 줄 모르는 걸 알고 있기에 옅게 웃으며 손을 내밀었다.

"잘 놀다 갑니다, 교수님."

"……저 역시 참 많이 배울 수 있었던 시간이었습니다. 다음엔 여유롭게 대화를 나눌 수 있으면 좋겠군요. 아,

이건 제가 준비한 작은 선물입니다."

"아이구, 뭘 이런 걸 다…… 어, 이건?"

종혁은 눈을 동그랗게 떴다.

라벨이 없는 홍차 보관 유리병.

"이거 설마 영국 왕실에서만 마신다는……."

유명 홍차 브랜드인 포트넘 앤 메이슨. 그중 영국 왕실에 납품되는 홍차는 이렇게 라벨이 붙지 않는다는 걸로 알고 있다.

병뚜껑에 새겨진 영국 왕실 문양이 그 증거다.

"오, 아시는군요. 저번에 여왕 폐하께서 선물해 주신 것이죠."

"아니, 이런 귀한 걸……."

"제아무리 귀하다고 한들 친구와의 우정보다 소중할까요."

"교수님……."

깊게 감동한 종혁은 잠시 갈등하다 이내 눈빛을 굳히며 그의 귀에 입을 가져갔다.

"지난 십 년 사이 영국에서 발생한 사건 중 피해액이 백만 파운드 이상의 사건들을 조사해 보십시오. 그럼 꽤 재밌는 놈들이 나올 겁니다."

"최?"

원래는 다음에 다시 런던에 왔을 때 찾으려 한 그 조직의 파견 사원들.

먼저 확보한 그 조직의 놈들을 통해 파견 사원이 런던

에 있고, 뭘로 위장해 있는지 알고 있지만 그 위치가 불분명했기에 다음에 제대로 파 볼 생각이었다.

그런데 이걸 가드너에게 맡겨도 나쁘지 않을 것 같았다.

종혁은 파견 사원들의 신상을 적은 쪽지를 가드너에게 쥐여 주었고, 그에 낯빛을 굳힌 가드너는 종혁을 빤히 응시했다.

"……내년엔 은퇴를 할까 했더니 조금 더 엉덩이를 비벼야 할 것 같군요. 다음에 또 봅시다, 최."

"조심히 가세요, 교수님."

"그럼."

그렇게 가드너마저 떠나자 종혁은 한숨을 푹 내쉬었다.

"이제 다 끝난거죠, 팀장님? 이젠 정말 음식다운 음식을 먹을 수 있는 거죠?"

"그래. 가자, 가."

이제 한국으로 돌아갈 시간이었다.

그들은 목을 꺾거나 어깨를 돌리며 전세기 안으로 들어갔다.

"야, 이 씨부럴 것들아! 조용히 안 해?!"

* * *

달그락.

"우리 영국이 망신을 당할 뻔했군요."

영국 왕실의 관저, 버킹엄.

나이를 짐작할 수 없는 노년의 여성, 영국 왕실이자 영국의 주인 엘리자베스가 방금 전 전해진 소식에 찻잔을 내려놓으며 나지막하게 중얼거린다.

조곤조곤한 말투지만 뒷목을 서늘하게 만드는 위엄.

그에 보고를 하러 온 영국 정보국 MI6의 국장이 다급히 고개를 숙인다.

"죄, 죄송합니다, 폐하."

"우리 왕실의 보물을 환수할 수 없다고요."

"……드릴 말이 없습니다."

빅토르 로마노프는 그 로마노프의 직계 혈족.

억지로 보물을 회수하려 들었다가는 러시아 정부가 움직일 것이다.

"그러나 로마노프의 빅토르가 최라는 한국 경찰에게 러시아의 것을 제외한 모든 보물을 주었으니 한국 정부를 압박해서……."

쨍!

거칠게 컵 받침대를 때리는 스푼 소리에 국장은 다급히 입을 다물었다.

"내 앞에서 그런 명예를 모르는 무도한 말을 입에 담지 않았으면 하는군요. 그 한국 경찰은 영국의 은인입니다, 국장."

"……죄송합니다."

고개를 끄덕이며 찻잔을 입에 가져간 엘리자베스 2세의 눈가에 흥미가 서린다.

"그 최라는 인물이 대단하다고요."

"괴물입니다, 폐하."

"괴물?"

"예. 그를 표현할 수 있는 건 괴물이라는 수식어밖에 없습니다."

전 세계 수사기관이 차용한 수사 기법을 만들어 낸 것도 모자라, 러시아와 미국의 수사기관 및 군인의 피지컬을 상승시킨 훈련법을 개발한 천재.

'거기다 투자의…… 흠, 이건 더 파 봐야겠군.'

러시아와 미국 CIA가 어린 양을 지키듯 보호할 뿐만 아니라 별장이나 전용기 등 막대한 부를 안겨 준 인물, 최종혁.

과연 뛰어난 두뇌만 가지고 그런 대우를 해 줄까.

정보기관 국장으로서의 촉이 흔들리고 있었다.

'아무래도 나탈리아가 그의 전담으로 붙은 게 마음에 걸려.'

"흥미롭군요."

"주시하도록 하겠습니다."

"이 나라에 이득이 된다면 친구로 만드는 것도 괜찮겠죠."

국장도 같은 생각이었다.

자국의 일도 아닌 타국의 일을 위해 빅토르 로마노프라는 거물을 움직인 종혁. 적대하는 순간 정말 적으로 돌아설 인물이다.

톡톡.

검지로 책상을 두드리던 엘리자베스 2세는 눈을 빛냈다.

"현재 영국에 한국의 유물들이 얼마나 있죠?"

"리스트를 정리하겠습니다."

"더 주는 한이 있더라도 왕실의 보물은 회수해야 될 겁니다."

"예, 폐하."

"그리고 한국이 범죄자 인도를 요청하면 들어주도록 하세…… 음, 이건 다음 정부와 이야기를 하면 되겠군요."

받아 낼 건 받아 내기 위해.

이걸 빌미로 왕실의 보물을 회수할 수 있을 테지만 그건 품위가 없는 짓. 왕실의 주인으로서 그런 짓은 할 수 없었다.

"모든 것은 폐하의 뜻대로 될 것입니다."

"늦은 시간에 고생했어요. 나가 보세요."

정중히 고개를 숙인 국장이 몸을 돌려 나가자 엘리자베스 2세는 다 식어 버린 찻물을 머금으며 빙그레 미소를 지었다.

"25살, 어린 나이의 괴물이라…… 혈족 중 이어 줄 만한 아이가 있으려나?"

그 미소는 꽤 음흉했다.

* * *

기이잉 소리를 내며 착륙한 영국발 전세기가 인천공항

에 도착을 한다.

"야, 다들 내려. 자는 새끼 깨우고."

째릿!

"뭐 씨발아. 저 하늘에서처럼 한 번 더 푸닥거리해?! 여기서 던져지면 안 아플 것 같냐?"

스윽!

범죄자들은 얼굴을 구기며 고개를 돌렸고, 종혁은 그런 그들의 엉덩이를 걷어찼다.

"얼른 내리라고. 내려. 저분들도 가야 한다고."

범죄자들의 원활한 수송을 위해 런던경찰청에서 지원해 준 런던 경찰들.

"아, 거 좀 때리지 맙시다!"

"이 씨발 새끼가?"

"……얼른 좀 나가자! 전세 냈냐!"

"킁. 씹새끼들이 어디서…….."

콧방귀를 뀌며 전세기를 나서던 종혁은 이쪽을 향해 맹렬히 달려오는 누군가를 발견하곤 눈을 동그랗게 떴다.

"최 팀자앙-! 최 팀장! 최 팀장!"

맷돼지가 돌진하듯 달려와 와락 껴안는 함경필 국장.

'컥?!'

"어흑! 최 팀장! 내가 믿었던 거 알지!? 진짜 우리 최 팀장이 최고다, 최고! 아, 어디 안 다쳤지? 밥은 잘 먹었고? 뭐야, 왜 얼굴이 반쪽이 됐어! 야, 누가 내 보약 가져와! 보약!"

"아, 충성. 경정 최종혁 외……."

"경감 오택수."

"경장 최재수."

"영국에서의 출장을 마치고 지금 막 복귀했습니다. 충성."

"크흑! 그래, 너희도 잘 다녀왔다. 잘 다녀왔어! 어이구, 내 새끼들! 어이구! 내 팀장, 내 부하들!"

"아, 거 국장님 새끼 아닌 사람은 서러워서 살겠나."

"그럼 너희가 먼저 저 잡것들을 잡든가! 최 팀장, 무시해. 저놈들 다 부러워서 질투하는 거니까."

진짜였는지 아무 말 못하는 외사국 외사수사과의 경찰들. 그래도 장난이 많이 섞여 있었기에 그들은 어쩔 수 없다는 듯 고개를 저었다.

무려 124명이다.

외사국 외사수사과 전체가 달려든다고 해도 족히 4개월은 걸릴 숫자. 그런 경악스런 실적을 올린 형사를 진심으로 질투할 순 없었다.

그런 그들의 모습에 종혁은 다시 아차 했다.

"아, 그리고 각 팀에서 수사하던 놈들 있으면 데려가십시오."

"뭐?! 진짜?!"

"굴러온 돌의 뇌물입니다."

"……누구야! 어떤 새끼가 우리 최 팀장 욕했어!"

"뭐야? 그런 새끼가 있었어?! 나와!"

"일단 난 아니야! 말로 할 때 나와라!"

"씨발, 과장으로서 말한다! 내 밑으로 다 대가리 박아!"

순식간에 태도가 바뀌는 그들의 모습이 킬킬 웃은 종혁.

함경필이 그런 종혁의 옆구리를 슬쩍 찌른다.

"그래서 뭐가 어떻게 된 건데? 응?"

진짜 범인을 잡은 스토리부터 뜬금없이 러시아 대부호가 종혁에게 막대한 보물을 안겨 준 것까지. 듣고 싶은 게 너무 많았다.

"그 전에 일단 이쪽 분들과 인사부터……."

"응?"

"수송 지원을 해 준 런던경찰청의 경찰들입니다."

"아!"

식겁한 함경필 국장은 다급히 앞으로 나서며 손을 내밀었다.

원래 그들 외사국이 지원을 나갔어야 함에도 스케줄이 맞지 않았기에 수고를 끼친 런던경찰청의 경찰들.

범인까지 손수 잡아 넘겨준 그들에게 감사를 표하지 않을 수 없다.

"오시느라 수고하셨습니다. 돌아가실 날까지 숙소 및 체류에 관한 모든 책임은 저희가 질 테니 부디 한국을 즐겨 주시길 바라겠습니다."

"오! 그럼 신세를 좀 지겠습니다."

"자자, 이쪽으로. 야! 국제협력과 뭐해! 손님 받아!"

"옙!"

삽시간에 부산해지는 분위기.

종혁은 바빠지는 그들의 모습을 지켜보다 옆을 스쳐 지나가는 년놈의 뒷덜미를 낚아챘다.

"어디 가냐, 씨발놈들아."

"그, 그게⋯⋯."

"⋯⋯이 새끼들이야?"

"예. 이 새끼들입니다."

"그래?"

차갑게 굳은 얼굴로 노정봉 부부를 바라보는 함경필 국장.

"기대해라, 개새끼들아. 내가 아주 지옥을 보여 줄 테니까."

"힉!"

겁에 질려 시선을 피하는 그들의 모습에 피식 웃은 종혁은 갑자기 낯빛을 가라앉혔다.

"김복순 씨와 승운이는요?"

움찔!

경기를 일으키는 아들 부부.

함경필은 등 뒤를 가리켰다.

"저기."

뚜벅!

부산스러워진 공간을 꿰뚫는 늙고 힘없는 걸음 소리.

노정봉 부부의 눈이 파르르 떨린다.

"어, 어머니."

김복순 할머니의 망막에 초췌한 아들의 얼굴이 맺힌다.

지난 며칠 동안 무슨 모진 고생을 했는지 얼굴이 반쪽이 된 하나뿐인 아들, 하나뿐인 며느리.

하지만…….

"난 당신 같은 자식 둔 적 없어라."

"어, 어머니! 어머니! 제 말 좀 들어 보세요!"

"네, 어머니! 오해예요! 저희는 분명……."

"없는 자식 데려오느라 수고하시었소, 슨상님. 내 이 은혜 꼭 갚겠소. 가자, 승운아."

"……응, 할머니."

"어머니-!"

"승운아-!"

마지막 희망을 품었는지 무너지는 그들 부부.

종혁은 그런 그들을 뒷목을 잡아 들어 올렸다.

"어딜 눕고 지랄이야? 가자, 개새끼들아."

"어머니-!"

그렇게 복도를 빠져나온 종혁은 다시 놀랐다.

왜 모여 있는지 모르지만, 이쪽을 향해 선망과 존경의 눈빛을 보내는 인천공항의 직원들.

그것도 모자라 뜨거운 박수를 보낸다.

짜자자자작!

"수고하셨습니다, 팀장님!"

"대단하십니다, 팀장님-!"

마치 자신의 일처럼 사건을 접수하자마자 곧바로 그 먼 영국으로 날아가 범인을 잡아 온 형사.

그랬다. 이게 진짜 경찰이었다.

그들은 감사의 뜻을 담아 박수를 쳤고, 종혁은 누구보다 열렬히 박수를 치는 조은별 팀장과 기동타격대 대원들의 모습에 눈을 동그랗게 뜰 수밖에 없었다.

그건 함경필을 비롯한 외사국 형사들도 마찬가지였다.

지금까지 인천공항에서 이런 환대를 받은 경찰이 있던가.

아무래도 정말 사람을 잘 받은 것 같다.

함경필은 음흉히 웃으며 종혁의 옆구리를 찔렀고, 종혁은 쑥스러움에 머리를 긁적였다.

"에이, 기분이다! 오늘 퇴근하면 제가 쏩니다! 공사 직원들도 모두 참석!"

"우와아아아아!"

"최종혁! 최종혁!"

그렇게 뜨거운 불길이 치솟는 순간이었다.

"최종혁 경정님?"

뚜벅뚜벅 걸어와 종혁의 앞에 서는 정장 입은 사내들.

"누구?"

"문화재청에서 나왔습니다."

종혁의 표정이 딱딱하게 굳었다.

'왔구나?'

올 거라 예상했던 인간들이 드디어 왔다.

종혁은 주먹을 꽉 쥐었다.

방금 전까지만 해도 뜨거웠던 열기가 빠르게 식는다.

고압적인 말투와 일자로 꾹 다문 입술.

마치 넌 내가 뭐라 말하든 따라야 한다는 듯한 모습에 인천 국제공항공사 직원들은 안절부절못하고, 함경필 국장을 비롯한 외사국 형사들은 입술을 핥으며 종혁의 앞을 막아선다.

저쪽이 공무원이라면, 이쪽도 공무원. 꿀릴 건 없었다.

그 순간이었다.

빠아악!

박이 터지는 듯한 맑고 영롱한 소리.

종혁과 사람들은 눈을 동그랗게 떴다.

"아이고, 죄송합니다! 이놈이 신입이라! 야, 이 새꺄! 지금이 무슨 쌍팔년도인 줄 알아?! 빨랑 사과 안 드려?!"

"죄, 죄송합니다!"

"더 크게!"

"죄송합니다―!"

"……허 참."

"에이."

순간 말랑하게 풀리는 분위기.

함경필과 외사국 형사들은 혀를 차며 종혁의 앞에서 비켜섰고, 종혁을 막아선 이의 뒤통수를 후려치며 나타난 사람은 종혁을 향해 고개를 숙였다.

"저도 정중히 사과드리겠습니다."

'어이구?'

종혁은 속으로 웃음을 터트렸다. 수작이 눈에 뻔히 보였다.

"아니요. 괜찮습니다."

"하하. 갑자기 저희가 찾아와서 많이 놀라셨죠? 인사가 늦었습니다. 문화재청 국제교류과의 성상국 과장입니다."

"경찰 본청 외사국 외사수사과 팀장 최종혁 경정입니다."

명함을 나눈 성상국 과장은 종혁을 보며 싱긋 웃었다.

"저희가 왜 왔는지는 아시죠?"

당연히 안다.

액수도 액수지만 몇몇 나라에서 보물이라 불릴 유산들이 곧 한국으로 반입된다.

대한민국의 모든 문화재의 관리감독을 하는 문화재청이라면 당연히 개입을 할 수밖에 없다.

"일단 자리를 옮기시는 게 어떻겠습니까?"

지금은 눈이 너무 많다. 이런 곳에선 할 말도 못할 수밖에 없다.

그런 그의 모습에 종혁은 피식 웃었다.

"뭐, 그러시죠. 저도 할 말이 많고요."

"예?"

"왜요?"

"아, 아뇨."

대체 경찰이 문화재청에 할 말이 뭐가 있을까.

성상국의 머릿속은 헝클어졌고, 종혁은 그 모습을 보며 킬킬 웃었다.

하지만 그 눈은 싸늘했다.

'머릿속이 아주 복잡할 거다, 이 날강도 새끼들아.'

개인이 소유한 가보나 보물을 국가의 유산이라고 회수하면서도 그 대가를 제대로 치르지 않은 문화재청.

회수를 먼저 해 놓고 입을 싹 닦는 저들의 만행이 어디 하루 이틀이던가.

어디 그뿐인가. 관리감독조차 제대로 하지 않는 저들의 모습에 실망을 한 적이 많다.

저들의 관리 소홀에 소유하고 있던 문화재가 훼손되면 그 소유주는 누구에게 하소연을 하겠는가?

바로 경찰이다.

1년에 최소 100건 이상. 문화재청과 연관된 일로 인해 경찰에 신고되는 신고 숫자다.

'너희가 제대로 했으면, 우리 경찰이 문화재 전담반을 만들었겠냐?'

작년에 서울경찰청에 신설된 문화재 전담반.

광역수사대의 개념으로 전국의 문화재 도난 및 훼손, 사기 등 문화재 사건만을 전담하는 부서다.

성상국을 따라 발걸음을 옮기던 종혁은 아차 하고는 뒤쪽을 바라보며 소리쳤다.

"퇴근하면 주차장에 모여 있으세요! 버스 대절해서 이동할 테니까!"

"우아아아아⋯⋯!"

"최종혁! 최종혁!"

입술을 비튼 종혁은 다시 성상국 쪽으로 고개를 돌렸다.

"가시죠."

그 순간이었다.

"최종혁 형사님? 미안하지만 저와 먼저 이야기를 나눌 수 있겠습니까?"

'응?'

고개를 돌린 종혁은 눈을 부릅떴다. 그건 다른 이들도 마찬가지였다.

'뭐야, 당신이 여기서 왜 나와?'

"바, 박명후 후보님!"

강력한 대권 주자이자, 박노형의 뒤를 이어 이 나라 권력의 정점에 서게 될 박명후.

그가 특유의 서글서글한 눈빛을 지으며 다가오고 있었다.

공항 내 조사실로 자리를 옮긴 그들.

"현몽준 대표를 통해 이야기 많이 들었습니다."

그렇게 말하는 박명후의 눈빛이 깊어진다.

'최종혁.'

정치 경력은 오래됐지만, 그 재력이나 경력에 비해 정치 기반이 모자랐던 현몽준을 현재의 당대표로 만드는 데 큰 기여를 한 인물.

'삼성클럽 사건을 해결하는 데 큰 기여를 했다지.'

현몽준을 치명적인 약점이 될 뻔했던 사건.

당시 현몽준 측 대선캠프 참모의 성상납 비리.

그 사건으로 현몽준은 대선 후보에서 물러났지만, 당대

표 자리를 꿰차며 당내에서의 입지를 굳건히 했다.

이후 현몽준은 각종 법안을 발의했는데, 모두 국민들이 열망하던 법안들이라 박노형 대통령 다음으로 이 나라 국민들에게 가장 사랑받는 정치인이 됐다.

어째서 이번 대선에 출마하지 않았는지 수많은 이들이 의아해할 정도로 말이다.

놀라운 건 그러한 현몽준의 행보 뒤에 종혁이 자리하고 있다는 점이었다.

즉, 지금의 현몽준을 만든 건 종혁이라고 봐도 무방했다.

'현몽준 스스로도 인정하는 분위기였지.'

소년법 개정과 관련하여 대담을 진행했을 때 슬쩍 떠봤더니, 현몽준은 마치 팔불출 아버지처럼 종혁의 칭찬을 했었다.

"대표님께서 제 욕을 하지 않으셨으면 다행이겠네요. 저도 후보님 말씀 많이 들었습니다. 그리고 이번 소년법 개정에 힘을 실어 주신 것에 대해 경찰로서 감사의 말씀을 올립니다."

"……저 역시 현 대표가 욕이나 하지 않았으면 다행이겠군요."

"하하."

웃음을 흘린 종혁은 눈빛을 가라앉혔다.

"그런데 이렇게 오셔도 되는 겁니까?"

현재 박명후는 대선 후보다. 일거수일투족이 감시를 당할 수밖에 없다.

아마 박명후의 뒤를 따라온 기자들도 제법 있을 터. 지금쯤 온갖 추측 기사들이 쏟아지고 있을 거다.

이런 종혁의 말에 박명후가 입술을 비튼다.

"이 나라의 국익을 위해서라면 그깟 기자들의 펜대가 무섭겠습니까. 정치인은 후안무치가 덕목이라지요. 후후."

종혁은 헛웃음을 터트렸다.

"정치인의 덕목은 성실과 정직 아니었습니까?"

"성실하지 않고, 정직하지 않은 정치인도 있답니까? 다 성실하고 정직하게 움직입니다. 다만 가치관의 차이가 있을 뿐이죠."

'……이야, 이런 인간이었어?'

능구렁이다. 그것도 자기가 능구렁이임을 드러내는 능구렁이.

현몽준과 완전히 다른 타입의 정치인이었다.

'하긴 이러니 대통령이 된 거겠지. 무서운 양반이네.'

박명후는 자신의 목표를 위해서라면 어떤 일이든 할 수 있는 부류의 인간이다. 그것이 설사 한참 어린 사람에게 고개를 숙이는 일이라도 말이다.

'적으로 돌리면 꽤 골치 아플 인간이야. 뭐 그렇다고 무섭다는 건 아니지만, 흐음…….'

잠시 생각하던 종혁은 고개를 끄덕였다.

'강력한 패 하나 챙긴다고 생각하자.'

"그렇게 하시죠."

"……예?"

"빅토르에게 받은 선물을 가지고 타국과 외교를 하실 거잖습니까? 그렇게 하시라고요."

'흡?!'

박명후의 몸이 살짝 흔들린다.

파악한 정보에 따르면 빅토르 로마노프가 종혁에게 넘긴 보물은 약 3억 달러를 넘어설 것으로 예상됐다.

그 누가 그런 거금을 이렇게 손쉽게 포기할 수 있을까.

'알려진 게 전부는 아닐 거라고 생각은 했지만…….'

수천억을 대수롭지 않게 대하는 태도는 종혁의 밑바닥이 어디인지 가늠조차 할 수 없게 만들었다.

종혁은 혼란해하는 그를 향해 검지를 세웠다.

"대신 절반만 드리겠습니다."

흠칫!

"……나머지 절반은 현 대표를 위해 남겨 두는 것이겠군요."

종혁은 나른하게 웃었다.

"분명 대한민국의 것임에도 이 나라에 있지 않은 것들이 참 많죠."

그것도 모자라 자기들이 주인이라고 자처한다.

"으하핫!"

돌연 웃음을 터트린 박명후는 눈을 가늘게 떴다.

'그랬군. 이런 부류의 인간이었군.'

자신이 하고 싶은 것을 하지 못하면 할 수 있을 때까지 물고 늘어지는 부류. 하고 싶은 건 무조건 해야 되는 부류의 인간.

'골치 아픈 타입이군.'

그냥 하고 싶은 것을 해야 되는 철없는 애새끼라면 다루기 쉬울 거다.

하지만 종혁이 하고 싶은 건 결국 대의고 민의다.

이 나라를 위해, 국민을 위해서라면 눈앞의 이득 따윈 얼마든지 버릴 수 있는 부류.

하지만 선을 넘는 순간 얼마든지 악마로 돌변할 수 있는 잔혹한, 종잡을 수 없는 부류다.

그 선이 어디까지인지 아무도 모르기에. 그리고 괴물 같은 두뇌까지 갖췄기에.

이건 종혁이 그간 해낸 일들이 증명했다.

'섬뜩하군.'

이런 종혁이 혹여나 자신의 목을 노린다면 어떨까.

절로 목덜미가 서늘해진다.

'그래, 이래서 현 대표와 죽이 맞았던 거야.'

냉정할 땐 냉정하지만, 성품이 좋은 현몽준.

이제야 종혁에게 어떻게 다가가야 할지 알 것 같다.

하지만 그 전에 묻고 싶은 게 있다.

"왜 납니까?"

아직은 대통령 후보에 불과한 박명후 본인.

종혁은 그런 자신에게 베팅을 한 거다. 조금만 기다리면 다른 대선 후보들도 달려들 텐데 말이다.

"글쎄요……. 요 사이 집값이나 물가가 많이 뛰었으니

그걸 잡아 줄 분이 필요할 것 같아서요?"

"예?"

'고작 그런 이유로 2천억에 가까운 돈을 태운다고?'

방금 전까지 종혁에 대해 알았다고 생각했는데 뭔가 어긋나는 것 같다.

'대체 뭐냐. 뭘 노리는 거냐.'

종혁은 그런 그를 보며 싱긋 웃었다.

"그럼 이후의 일은 후보님이 알아서 해 주실 거라 믿고 일어나겠습니다."

정말 믿는다며 일어서던 종혁은 아차 하며 박명후를 봤다.

"아, 후보님. 발목 잡힐 일이 있다면 정리하시는 게 좋을 겁니다. 러시아와 미국에 끌려 다니고 싶지 않다면."

오싹!

'무슨!'

"제가 친해서 아는데, 그 사람들 한 번 물면 잘 놓지 않거든요."

또 하나를 내놓으면 둘을 내놓으라고도 한다.

그런 그들의 손아귀에서 벗어나는 방법은 하나다.

약점을 만들지 않으면 된다.

"그리고 보물은 공짜 아닙니다. 돈 주고 사 가세요."

종혁은 할 말은 다 끝났다는 듯 조사실을 빠져나갔고, 박명후는 종혁이 닫고 나간 문을 멍하니 바라봤다.

"허어."

태풍이 이럴까.

정신없이 얻어맞은 것 같지만 썩 기분이 나쁘진 않다.

'흠. 그보다 미국과 러시아라…… 그들이 증거를 확보했다는 건가.'

"빌어먹을."

하나를 해결했는데 골치 아픈 일이 생겨 버렸다.

그는 장고에 들어갔다.

한편 조사실 밖.

안절부절못하던 함경필 국장이 다급히 달려든다.

형사들과 문화재청 관계자들 귀를 쫑긋 세운다.

"시장, 아니 후보님이 뭐래?"

"이 나라의 국익을 위해 쓸 테니 보물을 빌려줄 수 있겠냐더라고요."

"그, 그래서!"

"그러라고 했죠."

"뭐?! 왜! 아, 아니 그게 얼만데-!"

"타국에 있는 우리나라 보물과 교환해 온다고 하시더라고요."

"오, 정말? 아니, 그래도 그건 좀……."

"대신 그 소유권은 제가 가지는 걸로 하기로 했습니다."

"진짜?!"

종혁은 고개를 끄덕였다.

현몽준과는 그렇게 거래할 거다.

"마, 말도 안 됩니다!"

종혁은 문화재청 관계자를 봤다. 아까 성상국 과장에게 뒤통수를 맞은 놈이다.

"뭐가 말이 안 되는데요?"

"국가의 유산을 개인이 소유하다니요!"

"푸흐. 이 양반, 말을 재밌게 하시네. 그 말, 삼전 회장 앞에서도 할 수 있습니까?"

움찔!

"꽤 많은 국보와 보물이 그 양반 사모님 갤러리에 있다고 알고 있는데…… 이건 어떻게 설명할 겁니까?"

엄연히 한국은 헌법으로 재산권을 보장하는 국가였다.

국가지정문화재라 할지라도 이를 국가에서 몰수하거나 박물관에 기탁할 것을 강제하는 건 사유 재산권을 침해하는 행위에 해당됐다.

"그, 그건 그분들이 그걸 지킬 수 있는 능력과 자격이……."

"홍종필!"

"흡!"

성상국은 다급히 부하의 입을 다물게 했지만, 종혁은 이미 듣고 말았다. 자격이란 단어를 말이다.

"자격? 오호라, 자격? 그러니까 문화재청은 국민들이 평등하지 않고 신분과 계급에 의해 나눠져 있다고 생각하는 걸로 받아들이면 되는 겁니까? ……공무원이? 씨발? 이 새끼들이 처돌았나."

"아, 아닙니다! 절대 아닙니다! 이게 보물을 안전하게 보관하기 위해선 아무래도 재력이 필요하기에 그걸 잘못 말한 겁니다! 그렇지?!"

'그렇다고 말해, 새꺄!'

"예, 예! 그리고 이, 이게 또 역사적 가치를 지닌 보물이 훼손되지 않게 보관을 하려면…… 그리고 세금 문제도 있고……."

종혁은 필사적인 그들의 모습에 코웃음을 쳤다.

"박물관 세우면 됩니까? 아니면 그냥 확 행복의 쉼터 재단에 기부해 버려도 되고요. 아, 박물관은 그쪽이 더 잘 세우겠네."

"……."

"단가 후려치는 사람들과는 거래할 생각 없으니까 가세요."

원래라면 박명후와 나눴던 이야기를 이들과 나눴을 것이다. 그러나 더 믿을 수 있는 박명후와 거래를 마쳤으니 이들은 더 이상 필요가 없었다.

"아, 그리고 혹시 기자들을 움직일 생각이라면 관두세요. 우리 쪽에서 입 열면 당신들 모가지 줄줄이 날아가는 거 알지요?"

알다 뿐일까. 문화재청이라는 기관의 존속 자체가 위태로워질 거다.

"……이거 오늘은 날이 아닌 것 같군요. 다음에 다시 찾아뵙겠습니다."

"그러시든지요. 바빠서 만날 시간이 있을지 모르겠지만."

"그, 그럼……."

문화재청 관계자들은 마치 도망치듯 자리를 떴고, 함경필은 음흉하게 웃으며 종혁의 옆구리를 찔렀다.

"이거, 이거. 우리 최 팀장 아주 단호해, 어?"

"하하. 아, 맞아. 이건 이번 출장에서 쓴 비용입니다. 모두 경비로 처리해 주신다고 했죠?"

"그럼! 내가 그렇게 말했지! 어디 줘 봐! 이런 건 바로 처리…… 어?"

갑자기 눈을 비비는 함경필 국장.

"최 팀장, 내가 노안이 왔나 봐. 뭔가 숫자가 많은 것 같아."

"그 돈이 맞습니다."

"아, 맞아?"

"예."

"꺽!"

"국장님!"

"히익!"

뒷목을 잡고 쓰러지는 함경필의 모습에 다급히 다가왔다가 바닥에 떨어진 영수증을 발견하고 식겁하며 종혁을 쳐다보는 경찰들.

'그거 전용기 기름값은 뺀 건데…….'

종혁은 좀 억울했다.

*　*　*

"좋은 아침입니다, 팀장님!"

"팀장님, 아침 드셨어요? 아직 안 드셨으면 이것 좀 드세요!"

"아이고, 좋은 아침입니다. 아이고, 잘 먹겠습니다."

만나는 직원들마다 환한 미소로 인사를 건네 온다.

'역시 회식이 좋아? 응?'

사람과 친해지려면 역시 술이 최고였다.

인천공항에 내 사람을 만들겠다는 계획이 착착 진행되어 가는 것 같아 기분이 좋아진 종혁은 가벼운 걸음으로 사무실에 도착했다가 한숨을 내쉬었다.

책상에 뻗어 있는 오택수와 최재수.

"그러게 그냥 휴가 쓰라니까."

비록 경비 처리 문제 때문에 뒷목을 잡고 쓰러졌지만, 술이 거하게 들어가서인지 휴가를 주겠다고 외쳤던 함경필 국장.

"시끄러워⋯⋯. 팀장이 휴가를 안 가는데, 어떻게 팀원이 휴가를 가냐⋯⋯."

그랬다. 종혁은 인천공항에서 할 일을 위해 함경필 국장이 주겠다고 한 휴가를 뒤로 미루기로 했다.

그에 오택수와 최재수도 한숨을 내쉬며 출근을 할 수밖에 없었던 것이다.

"말하지 마요. 머리 울려…… 읍!"

입을 움켜쥔 최재수는 다급히 사무실을 뛰어나갔고, 종혁은 고개를 저었다.

"쯧. 그러게 적당히 좀 달릴 것이지. 그럼 쉬고 있으세요."

"아침 댓바람부터 어디 가게?"

"순찰이요."

공항 내에서는 도난 및 분실 사건이 하루에도 수백 건씩 발생한다.

이 중 도난 사건은 도둑이 물건을 들고 비행기를 타 버리면 쫓기가 힘들기에 상당히 골칫거리였다.

'거기다…….'

이 시기에 대한민국을 발칵 뒤집는 사건이 벌어진다.

그 시발점이 바로 인천공항.

'그놈들에게 받아야 할 게 있어.'

무조건 꼭 받아야 할 것이다.

그놈들을 만나기 전까지는 무한 순찰이었다.

"숙취 푸는 데는 움직이는 게 최고죠. 후딱 해치우고 해장국이나 먹으러 갑시다."

"하, 씨불. 알았다. 가자, 가."

출동 및 순찰은 2인 1조가 기본. 이건 절대적인 명제다.

힘들어 죽겠지만 일을 하자는데 안 할 수도 없는 노릇이라 오택수는 죽상이 된 얼굴로 몸을 일으켰다.

하지만 그것도 잠시.

마주치는 사람마다 밝은 미소로 인사를 건네 오니 종

혁과 오택수의 입가에도 어느새 피어오른 미소가 떠나질 않는다.

그렇게 도착한 출국 홀들이 가득한 탑승동.

한 CCTV 앞에 선 종혁은 무전기를 입가에 가져가며 CCTV를 향해 손을 흔들었다.

"상황통제실, 들립니까? 본청 외사국 최종혁 팀장입니다. 지금부터 저와 오택수 경감, 순마 13. 제1터미널에서 순찰 시작합니다."

-확인. 그리고 오늘 무전 채널은 6번입니다. 무리하지 마세요.

"접수. 무전 채널 6번이래요."

"아, 그래?"

일주일에 한 번씩 바뀌는 무전 채널.

무전기 점검을 끝마친 그들은 이 아침에도 비행기를 타기 위한 사람들로 바글바글한 복도를 느긋이 걷기 시작했다.

그렇게 얼마나 걸었을까.

어쩐 일인지 탑승동에 있는 조은별 팀장이 화사한 미소로 다가와 인사를 건넨다.

"대단하시네요. 어제 그렇게 마셨는데도 어떻게 이렇게 멀쩡하실 수가 있죠?"

"아하하. 제가 술이 좀 세서요. 그런데 그렇게 말하시는 조 팀장님도 그렇게 드셔 놓고도 화장이 잘 먹으셨는데요?"

"제가 해독이 빨라서요!"

"푸핫! 그래요? 그런데 탑승동엔 어쩐 일로?"

종혁이 알기로 그녀가 소속된 여객서비스팀은 탑승동 밖 터미널에서 고객을 상대했다.

"아, 동료에게 뭐 좀 물어볼 게 있어서……."

"좀 더 옆으로 붙어 봐요!"

찰칵! 찰칵!

"어머? 저 사람들?"

조은별은 한 게시판 앞에 서서 사진을 찍는 사람들의 모습에 살짝 놀랐고, 종혁은 눈을 빛냈다.

'그래, 저 인간들이었지.'

그동안 여행 자제 권고가 최고 단계였던 대한민국의 여권법을 바꾼 사람들.

가지 말아야 할 곳을 간 사람들.

눈빛이 차갑게 가라앉은 종혁이 그들을 향해 발을 뗐다.

4장. 이런 이들도 구해야 하는 걸까

이런 이들도 구해야 하는 걸까

[아프간 여행 자제 요망]

최근 아프간 탈레반이 수감 중인 동료의 석방을 위해 한국인을 납치한다는 정보가 있습니다.

따라서 국민 여러분께서는 아프간 여행을 자제해 주시길 바랍니다.

옷차림이 꽤 단정한 젊은 남녀들이 이런 안내문이 붙은 작은 게시판을 가운데 두고 포즈를 취한다.

"자자, 김치!"

마치 안내문이 신기하다는 듯, 아니면 웃기다는 듯 입가에 미소를 매단 그들.

카메라를 든 오십대의 남성 또한 입가에 미소를 매단 채 그런 그들을 찍는다.

찰칵!

"잘 나왔어요, 교수님?"

"에이, 밖에서는 전도사님이라고 부르라니까. 교수님 하면 너무 늙어 보이잖아!"

"오! 사진 찍는 실력이 예술이신데요? 사진작가인 줄?"

"저희도 찍어 주세요! 저희도!"

"그래, 얼른 서 봐!"

호들갑을 떠는 학생들의 모습에 자신을 전도사라 칭한 교수가 다시 카메라를 들고, 그런 그들에게 종혁이 다가섰다.

"아이고, 대학생들끼리 어디 멀리 가시나 봅니다."

"아, 예! 봉사활동 하러 가요!"

"주님의 말씀을 전파하러 갑니다!"

자신들이 지금 무슨 짓을 저지르려는 것인지도 모른 채 해맑게 대답하는 그들.

종혁은 꼬이는 심기를 억지로 추스르며 미소를 지었다.

"오, 젊은 분들께서 좋은 일을 하러 가시는군요. 그런데……."

게시판에 붙은 안내문을 힐끔 본 종혁이 교수를 보며 눈을 가늘게 뜬다.

"아프간까지 가시나 봅니다?"

"허흠. 뭐, 그렇죠."

"허. 거긴 이슬람교 국가라 여러모로 힘드실 텐데…… 여기저기서 총탄이 날아다니니 위험할 테고요."

걱정이 가득한 종혁의 시선에 교수의 어깨가 쫙 펴진다.

"하하. 그곳 역시 주님의 은총이 닿은 곳일 텐데 무엇이 불안하겠습니까. 다들 안 그래?"

"그럼요!"

"힘들게 사는 어린 양을 돌보는 건 저희의 소명이죠!"

"그러면서 주님의 깊은 뜻을 전파하고요?"

"와! 잘 아시네요? 기독교인이세요?"

"이야, 정말 생각들이 대단하시네. 그럼 여권 좀 제시해 주십시오."

"예?"

"경찰입니다."

종혁이 내미는 경찰공무원증에 그들은 주춤 물러섰고, 종혁은 무전기를 들었다.

"여기는 순마 13. 여행 제한 국가 여행객 발견. 보안팀 보내 주시고, 외교부에 확인 바람."

—접수. 3분 안에 도착합니다.

무전을 종료한 종혁은 하얗게 질리는 그들을 향해 활짝 웃어 주었다.

"일단 따라오시죠?"

'말로 할 때.'

* * *

—최 팀장! 방금 외교부에서 연락 왔는데 그 사람들 꼭

잡아 놓으래!

"예, 알겠습니다."

인천공항내의 조사실.

통화를 종료한 종혁이 대명대학교 기독동아리 달란트를 응시한다.

그에 책상을 치고 일어나는 교수.

"허! 국가가 왜 우리를 막는지 모르겠군요! 우리에겐 어디든 갈 수 있는 이동의 자유가 있습니다!"

"예, 아무렴요. 그렇죠. 당신들에게 여행을 갈 자유가 있듯 대한민국도 국민의 안전을 지킬 책임이 있습니다."

"법으로도 막을 수 없는 걸 일개 경찰이 막겠다고?"

여권법이 개정되기 이전인 지금, 일반인의 여행을 금지할 수 있는 법률은 없었다. 그저 위험하다고 여행을 자제하라고 권고할 수 있을 뿐.

"이봐! 이거 책임질 수 있어?!"

쾅!

책상을 걷어찬 종혁은 이를 드러냈다.

"내가 존댓말로 할 때 앉으세요."

"지, 지금 경찰이 시민을 협박하는……."

"앉으라고."

오싹!

순간 콱 옥죄어지는 심장.

입을 다문 교수는 슬그머니 자리에 앉았고, 종혁은 대학생들을 둘러봤다.

눈이 마주치자 재빨리 고개를 돌리는 그들. 차갑게 노려보는 오택수와 최재수의 눈빛에 숨이 턱턱 막힌다.

고개를 끄덕인 종혁은 다시 미소를 지었다.

"자, 그럼 처음부터 다시 묻겠습니다. 현재 아프가니스탄이 내전 중인 국가임을 인식하고 계십니까?"

"이거 당신 권한 맞아…… 요?"

"당신들이 거기 가서 사고 치면 그때부턴 내 소관이 되는 거죠. 내가 외사국 소속이거든요."

"그, 그럼……."

"그런데 범죄 중에는 미수라는 개념도 있어요. 폭행미수, 살인미수. 그런데 당신들이 그 동네 가서 선교를 하겠다는 말을 내가 들어 버렸네? 국민들 대부분이 유일신 알라를 믿는 그곳에서? 그럼 사고가 터질까요, 안 터질까요? 당신들을 고깝게 보는 사람이 있을까요, 없을까요?"

"……."

"그럼 알아들은 걸로 알고 계속하겠습니다. 제 질문에 대답해 주세요. 현재 아프가니스탄이 내전 중인 국가임을 인식하고 계십니까?"

"알고 있습니다."

이를 악문 교수와 대학생들의 모습에 종혁은 담배를 물며 노트북을 두드렸다.

찰칵! 치이익! 타다다닥!

"도심과 교외 등 어디서든 옆에서 폭탄이 터질 수 있

고, 총을 맞을 위험성이 있다는 걸 인지하고 계십니까?"

"흥. 그런 이교도의 총탄 따위는……."

"잘 생각하고 답하세요. 내가 작년까지 그 동네에서 파견군으로 있다가 때려치우고 경찰이 됐거든요?"

종혁은 상의를 걷어 옆구리를 보여 줬다.

"흡!"

"이게 거기서 얻은 상처예요. 부위를 보시면 아실 테지만, 죽다 살아났고. 여기도 있고, 여기도 있습니다."

입을 꾹 다문 교수는 예전에 그 조직 놈들에 의해 생긴 종혁의 흉터들을 노려봤고, 대학생들은 술렁이기 시작했다.

이제야 사태의 심각성을 조금이나마 인식한 모습.

그걸 본 교수는 얼굴을 구겼다.

"당신 종교가 뭡니까?"

"기독교입니다."

아니다. 무교다.

교수는 의도한 대로 대답이 돌아오지 않자 당황한 듯 주춤거렸으나, 이내 푸근한 미소를 지으며 입을 열었다.

"주님께서 아직 형제님을 데려가실 생각이 없으셨던 겁니다. 그건 아마도 형제님에겐 아직 이 세상에서 해야 할 일이 있기 때문이겠죠. 그건 주님의 신실한 종인 우리도 마찬가지고요."

"……후우우. 그러니까 기어코 아프가니스탄에 가시겠다는 거죠? 가서 죽을 수도 있고, 인질로 붙잡혀 고문이나 강간 등 험한 일을 당할 수도 있고, 그로 인해 이 대한민국에 막대한 피해를 입힌다고 해도 가시겠다는 거 맞죠?"

"그렇습니다, 형제님. 그것이 저희에게 내려진 소명……."

"다른 분들도 같은 생각입니까?"

교수의 말을 무시한 종혁은 대학생들을 봤고, 대학생들은 잠시 주춤하다가 이내 교수를 보곤 고개를 끄덕였다.

'이 개씹새끼.'

교수 이놈 때문에 이번에도 생목숨이 날아가게 생겼다.

"육성으로 대답하세요."

"예."

"네."

"그러니까 여러분은 위의 모든 내용을 인지했음에도 아프가니스탄에 입국하시려는 겁니다. 그렇습니까?"

"아, 그렇다니까요!"

쾅!

"씨발. 진짜 신중하게 생각하고 답해라. 걱정하는 사람 빡돌게 하지 말고. 니들이 잘못되면 너희 부모가 피눈물 흘려, 이 철없는 새끼들아-!"

그것도 종교 때문에 그렇게 된다면 아마 미쳐 버릴 것이다. 그럼 그들의 그 한은, 자식을 가슴에 묻은 그 한은 어떻게 풀어야 한다는 건가.

실제로 이 사건으로 몇몇 유족은 자살을 하고 만다.

"……예! 그렇다고요!"

"그깟 이교도들이 총칼을 들이밀어 봤자 주님께서 보호하는 우리를 해할 수 있을 것 같습니까?!"

"야, 이 개새끼들아!"

종혁은 결국 폭발해 버렸다.

"해할지 못할지 한번 맞아 볼래!"

차라리 그게 나을 것 같다.

징계를 먹는 한이 있더라도 이들의 다리몽둥이를 죄다 부러트리고 싶다.

"내 학생들을 겁주지 마십시오!"

"아오, 진짜!"

종혁은 의자를 집어 던졌고, 다급히 최재수가 달려들었다.

"진정하세요, 진정. 예?"

"씨발. 후우……."

애써 마음을 진정시킨 종혁은 최재수에게 입을 열었다.

"내 책상 첫 번째 서랍에 동의서라고 적힌 서류 있거든? 그거 여기 사람 숫자대로 가져와."

"옙!"

최재수는 재빨리 조사실을 빠져나갔고, 이내 곧 서류 뭉치를 들고 다시 돌아왔다.

종혁은 그 동의서를 그들에게 내밀었다.

"읽어 보고, 사인하세요."

"흥!"

종혁을 노려보다 동의서를 받아 든 교수와 대학생들은 눈을 동그랗게 떴다.

살해, 납치 등 방금 전까지 종혁이 말한 내용을 포함해 여행객이 해외에서 당할 수 있는 수많은 일이 모두 적혀 있는 동의서.

그런데 마지막 문구가 목에 가시처럼 걸린다.

[위의 사항으로 인해 대한민국에 피해를 줄 시 그로 인해 발생하는 모든 피해에 관한 금전적인 보상과 피해에 관한 책임을 지며, 법적인 처벌을 받을 것에 대해 동의한다.]

"이름 쓰고 사인하세요."

"허. 이건 너무한 거 아닙니까! 당신은 이런 걸 강요할 권한이 없습……."

쾅!

"진짜 어떻게든, 기어코 아프가니스탄에 가고 싶으면 사인하라고. 안 하고 나중에 뒷말하면 내가 씨발 어떻게든 조져 버릴 테니까. 당신 교수랬지?"

"……쯧."

교수는 어쩔 수 없다는 듯 펜을 꺼내 들었고, 대학생들도 그를 따라 이름과 사인을 했다.

"후. 마지막으로 딱 한마디만 더 묻겠습니다. 우리 대한민국은, 그리고 경찰은 당신들을 말릴 만큼 말렸습니

다. 이런 말도 안 되는 동의를 강권할 정도로 말린 겁니
다. 인정하십니까?"

"예, 인정합니다."

"……수고하셨습니다. 그럼 외교부 직원이 올 때까지
여기서 대기하고 계십시오."

"큼. 그럼 티켓값은 어떡할 겁니까? 당신의 이 무도한
행위 때문에 비행기를 놓쳤습니다!"

"최재수, 여기서 대기하고 있다가 외교부 직원 오면 비
행기표 끊어 드려. 직항이든 뭐든. 여기 카드."

"옙!"

"방금까지 제가 했던 불쾌한 언행에 대해 모두 사과드
리며, 부디 온전히 돌아오시길 바라겠습니다. 그럼."

고개를 꾸벅 숙인 종혁은 조사실을 빠져나왔고, 뒤따라
나온 오택수가 그런 종혁을 보며 의아해했다.

"대체 왜 그런 거야?"

분명 종혁답지 않은 모습이었다.

"오 경감님, 작년에 아프가니스탄에서 발생한 일 기억
안 나요?"

"어?"

"거기서 한국인 회사원이 죽었습니다."

"뭐? 진짜?"

"다 저렇게 선교하려고 지랄 떨던 어떤 교인들이 그 동
네 이슬람 교인들의 가장 중요한 축제에서 난리를 쳤거
든요."

그로 인해 현재 아프가니스탄 내에서 기독교, 특히 한국인 기독교인에 대한 반감이 극에 달해 있었다.

"그럼 어떻게든 막아야지!"

"어쩌겠습니까. 지금으로선 이게 최선인데……."

법이 개정되지 않는 이상 저들을 강제할 수단이 없다.

거지 같지만 이게 정말 최선이었다.

종혁은 자신이 할 수 있는 한 최선을 다했다. 이제 남은 건 하늘이 돕기만을 바랄 뿐이었다.

'씨발. 그냥 확 납치라도 해 버리고 싶네.'

그건 경찰로서 선을 넘는 일이기에 한숨만 폭폭 내쉰 종혁은 안절부절못하는 조은별 팀장을 보며 눈을 빛냈다.

"설마 저 사람들 찾으러 온 거였어요, 조 팀장님?"

"……네."

외교부에서 여행 제한 국가로 가려는 이들을 체크해 달라는 특별 지시가 내려왔다. 리스트와 함께 말이다.

그래서 그들이 출국 게이트를 넘어섰다는 무전을 듣고는 다급히 쫓아왔던 것이다.

"후. 못 찾았으면 뭐 될 뻔했네요."

"그러게요……."

사고가 터지지 않는다면 다행이겠지만, 사고가 터지면 어떻게 될까. 저들을 인식했음에도 제대로 말리지 못한 여객서비스팀의 목이 줄줄이 날아갈 것이다.

"죄송해요, 최 팀장님. 이런 내용은 공유를 했어야 했는데……."

어제 회식 때 종혁이 저런 이들에 대해 물어봤는데도 깜빡하곤 평소 민원인을 상대하는 것처럼 업무의 보안을 지키기 위해 둘러댔다. 그러면 안 되는데도 말이다.

너무 미안해 울 것 같은 그녀의 모습에 종혁은 괜찮다며 어깨를 토닥였다.

"뭐 바쁘다 보면 그럴 수도 있는 거죠. 일단 제가 할 만큼 다 했으니까 마음 놓고 업무로 복귀하세요."

'이렇게까지 했는데도 딴말이 나오면 진짜 개새끼들이지.'

그땐 종혁도 참지 않을 거다.

"저, 정말 이 은혜를 어떻게 갚아야 할지······."

"그럼 오늘 회식에 참석하든지요."

"네? 오늘도 회식해요?"

"저 갈 때까지 계속할 건데요."

"와. 역시 전용기 가진 부자······."

"그러니 조 팀장님은 특별히 매일 참석. 땅땅땅!"

"헉?!"

타다다다다!

"뭐야. 조사실이 어디야! 거기 조사실이 어딥니까!"

"······빨리도 온다. 씨발."

외교부 직원임을 직감한 종혁은 고개를 저으며 몸을 돌렸다.

기이이잉!

"씨발. 결국 갔네."

본래 베이징과 아랍에미리트 두바이를 거치는 경유 노선을 통해 돈을 최대한 아끼면서 아프가니스탄 수도 카불로 입국하려고 했던 그들.

　하지만 종혁이 구매해 준 티켓으로 두바이 직항 노선을 탄 그들은 결국 인천공항을 떠나 버렸고, 그 모습을 지켜보던 종혁은 이를 악물며 돌아섰다.

　'제발 마음을 고쳐먹었으면 좋겠네.'

　고쳐먹지 않는다고 해도 부디 선교만큼은 안 했으면 싶었다.

　부디 그러기만을 바랄 뿐이었다.

＊　＊　＊

　아프가니스탄의 수도, 카불의 국제공항.

　아프가니스탄인들과 확연히 다른 외모의 동양인들이 우르르 쏟아져 나온다.

　대명대학교 기독동아리 달란트의 학생들이다.

　"와아."

　이곳이 아프가니스탄.

　주님의 손길이 미치지 않은 땅.

　"공항 겁나 작아."

　"허름해. 아까 이상한 냄새도 나더라."

　"우리나라가 정말 좋은 거구나."

　마치 서울에 있다가 저 먼 시골로 내려온 듯한 기분.

어디선가 똥내마저 풍겨 오는 것 같아 얼굴이 절로 찌푸려진다. 해외 봉사가 처음인 몇몇 학생들은 큰 충격을 받았다.

교수는 술렁이는 학생들을 보며 미소를 지었다.

"아프가니스탄의 모습이 어떻습니까?"

"구려요."

"더러워요."

주님의 뜻을 알리러 온 봉사자로서 이런 말을 해선 안 되지만, 솔직히 너무하다.

교수는 그럴 줄 알았다는 듯 눈을 빛냈다.

"모두 주님을 믿지 않아서 그러는 겁니다."

누군가 들었으면 말도 안 된다고 멱살을 잡았을 궤변.

"한국이 고작 60년 만에 이렇게 발전할 수 있었던 이유가 뭐였을 것 같습니까."

주님을 믿는 신실한 자들이 각자의 위치에서 나라를 부흥시키기 위해 노력하였고, 그런 어린 종들을 불쌍히 여긴 주님이 대한민국에 축복을 내려 주어서다.

일제의 탄압에서 해방될 수 있었던 것도 주님의 은총 덕분.

"그분께서 계심을 믿습니까?"

"아멘."

"그분께서 우리를 지켜보고 계심을 믿습니까?"

"아멘!"

공항을 우렁차게 울리는 외침에 만족스럽게 고개를 끄

덕인 교수는 주위를 둘러보다 이쪽을 향해 잰걸음으로
다가오는 중년인을 발견하곤 환하게 웃었다.

"목사님!"

"얼른 따라오십시오!"

"예?"

"일단 따라오시라고요!"

"예, 예."

어리둥절해하면서도 짐을 챙겨 들며 목사의 뒤를 쫓는
그들은 보지 못했다.

하얀 모자 파콜이나 터번, 차도르 등을 쓴 아프간인들
의 낯빛이 딱딱하게 굳어 있다는 걸 말이다. 몇 명은 살
의마저 눈에 담을 정도.

그중 한 명이 핸드폰을 꺼내어 어딘가로 전화를 걸었다.

"배부른 이교도 돼지 새끼들이 주 알라의 땅에 침범에
이교의 신을 부르짖었습니다."

─빠득! 알았다.

통화가 끊긴 핸드폰을 수습한 사내, 택시기사는 자신의
차례가 되자 다급히 앞으로 나섰다.

"다음!"

"예, 갑니다!"

* * *

부르릉!

달리는 허름한 버스 안.

공항을 온전히 빠져나온 것 같자 목사가 얼굴을 구긴다.

"아니, 어쩌자고 공항에서 그런 일을 벌인 겁니까!"

현재 아프간 내에 있는 그 어떤 기독교 단체도 벌이지 않는 짓.

"허! 그럼 주님을 찬양하는데도 때와 장소를 가려야 하는 겁니까!"

"당연히 아니죠! 그거야 칭찬받아 마땅하죠! 하지만 여기선 때와 장소를 가려야 합니다!"

"뭐라고요?!"

"지금 당신들이 무슨 짓을 했는지 아십니까?!"

거기 있는 무슬림들 얼굴에 똥을 던진 거다.

그나마 국제공항은 여러 사람, 다양한 인종이 오가는 곳이라 선전포고까지는 아니지만, 그래도 고깝게 보는 사람들이 있을 터.

그중 극우주의 무장테러단체의 일원이 없다고 장담할 수 없었다.

"걔들이 어떤 놈들인지 알아요?!"

대화 대신 총알부터 쏘는 놈들이다. 이 버스에 난 구멍들도 그로 인해 생긴 것들이다.

"지금 아프간 내의 교인들도 숨을 죽이고 있는 마당에 무슨!"

"……."

섬뜩!

버스에 난 구멍들을 보자 한국을 떠나기 전 종혁이 보여 줬던 흉터가 다시금 생각난 그들은 입을 다물었고, 목사는 이를 갈았다.

"어후, 내가 이래서 가려 받아야 한다고 했는데! 아무튼 지금부터 아무 말 말고 내 통제에 따르세요. 아셨습니까?"

"……예."

"후. 말이 거칠어서 미안합니다. 하지만 조금만 주의하자고요. 주님의 뜻을 전파하다가 주님 곁으로 갈 수 있으니까."

이는 순교지만, 그래도 기왕이면 몸 성히 오랫동안 선교를 하면 좋지 않겠는가.

어깨를 움츠리는 그들의 코끝으로 피와 땀, 쇠의 냄새가 스쳐 지나갔다.

* * *

"이런 뒷골목에도 테러단체의 끄나풀이 있을 수 있으니 모두 언행에 각별히 주의를 기울여 주세요."

그런 목사의 엄포에 심신이 위축됐던 그들.

하지만 그것도 그리 오래가지 않았다.

"미스! 미스!"

"어머!"

대명대학교 기독동아리 달란트의 회원인 여대생 김해수는 한 소년이 꺾어 온 이름 모를 들꽃에 환한 미소를 지었다.

"나 주려고 가져온 거야? 고마워, 작은 핫산. 아, 땡큐 리틀 핫산."

작은 핫산, 큰 핫산, 마른 핫산.

핫산이란 이름이 참 많았기에 그들은 그렇게 앞에 작고 귀여운 별칭을 붙였다.

"줘, 줘. 초콜릿. 드러그."

"아, 초콜릿과 약? 자, 여기. 아니지. 내가 이걸 받으려면 어떻게 해야 된다고 했지?"

"감사합니다. 아멘?"

"그래. 네가 이런 약을 가질 수 있는 것 모두 주님의 은혜 덕분이야. 자, 가져가렴!"

"땡큐!"

"앗!"

김해수를 와락 끌어안은 핫산은 그들이 두바이에서 구매한 감기약과 구충제 등 기초 의약품이 든 가방과 초콜릿을 들고는 뒷골목으로 사라졌고, 김해수는 그런 핫산을 푸근한 미소를 지켜보다 돌아섰다.

"와, 해수야. 어떡해. 애들이 모두 다 착해."

"모두 주님께서 지켜보고 계시니까 그런 거 아니겠어?"

"맞는 말이네. 아, 얼른 이 땅에도 주님의 은총이 내려지면 좋겠다. 그럼 이곳도 살 만해질 텐데……."

여기저기 널려 있는 쓰레기와 오물들. 코를 썩게 만드는 시궁창 냄새.

서울에서 좋은 것만 보고 자란 그들에게 있어 이곳은 인세의 지옥이나 다름없었고, 그렇기에 이곳에서 주님의 은총을 모르고 사는 이들이 불쌍해서 미칠 것 같았다.

"그러게 말이야. 저들이 저렇게 태어날 수 있었던 것도 모두 주님 덕분인데."

그럼에도 저들이 저렇게 사는 데에는 모두 주님에게 뜻이 있어서일 터. 아마 그건 자신들 같은 선교자들이 주님의 말씀을 전파하고, 이 땅을 주님의 땅으로 만들라는 시련일지도 몰랐다.

주님은 아마 그를 위해 이 땅에서 은총과 축복을 거둔 것일 게 분명했다.

"미스! 미스!"

"아, 통통한 파미르! 어서 와!"

그들은 잠시 생각을 접고 다시 봉사에 열중했다.

자신들이 나눠 준 작은 친절이 어떤 일을 불러일으킬지 모른 채 말이다.

* * *

타다다닥!

기초 의약품과 초콜릿을 마치 값비싼 보물처럼 품에 숨긴 핫산이 거미줄보다 복잡한 골목을 내달리고, 멍한 얼굴로 집 앞에 걸터앉은 사람들은 그런 그를 보며 눈을 빛낸다.

삶의 희망이 사라진 눈에 욕심이 생긴다.

그럴수록 더 몸을 웅크리며 의약품을 감추는 핫산.

'엄마. 엄마!'

무섭고 두렵지만, 이걸 보고 힘낼 엄마를 생각하니 핫산은 이를 악물며 더 강하게 땅을 박찼다.

그 순간이었다.

쩍!

'어?'

쿠당탕!

바닥을 나뒹군 핫산은 잠시 땅을 보며 눈을 껌뻑였다.

뭘까. 왜 자신이 누워 있는 걸까.

얼굴을 얻어맞아 정신을 차릴 수 없는 핫산에게 젊은 사내 두 명이 다가섰다.

"이 개자식! 그깟 초콜릿 따위를 위해 감히 이교의 신을 입에 담아?!"

"헉!"

그 외침에 기겁한 핫산은 반사적으로 몸을 웅크렸고, 다가선 두 명의 사내 중 한 명이 마치 공을 차듯 핫산을 걷어찼다.

퍼억!

"아악!"

"죽어라! 죽어!"

"악! 악! 살려 주세요! 누가 좀 살려 주세요!"

하지만 주위 그 누구도 핫산을 구원하지 않는다. 그저 눈을 빛내며 지켜볼 뿐.

그렇게 얼마나 지났을까.

너무 맞아 정신이 혼미해질 때 가만히 지켜보고 있던 마른 체구의 사내가 입을 열었다.

"그만해. 그 정도면 알아들었겠지."

"하지만 파미르! 이런 이교도는 즉살을 해야……!"

"저 어린것이 어찌 알라의 큰 뜻을 알겠어. 그저 배부른 이교들의 감언이설에 속은 것뿐이지."

"……쯧."

마른 체구의 사내는 친구가 물러나자 핫산의 앞에 쪼그려 앉으며 의약품이 담긴 봉지를 잡아당겼다.

"아, 안 돼……. 이건 안 돼……."

"네가 살아 있는 게 네 가족에게도 좋지 않을까?"

섬뜩!

핫산은 고저가 없는 말투에 결국 팔에서 힘을 풀 수밖에 없었고, 사내는 그런 핫산이 기특하다는 듯 머리를 쓰다듬었다.

"네가 오늘 이런 일을 당한 건 모두 이교와 어울렸기 때문이다, 꼬마. 부디 이번 일로 교훈을 얻어 주 알라의 전사로 자라나길 바란다. 이건 우리가 태워 버릴 테니까 너무 화내지 마라."

그런 궤변을 늘어놓으며 봉지를 회수한 사내는 순간 빠르게 손을 움직였고, 핫산은 놀라 사내를 봤다.

"내 이름은 파미르다. 나중에 위대한 전사로서 전장에서 만나자, 용기 있는 꼬마."

"저딴 싹수 노란 놈이 무슨 위대한 전사야!"

"알라를 믿는 자들은 누구든 위대한 전사가 될 수 있지. 가자고, 친구."

"넌 너무 착해서 탈이야!"

"알았다니까."

그렇게 사내 둘이 멀어지자 그 모습을 가만히 응시하던 핫산은 힘을 쥐어짜 몸을 일으켰다.

그런 그의 눈에 서리는 굵은 눈물.

핫산은 절뚝절뚝 다리를 절며 집으로 향했고, 주위의 사람들은 그런 핫산에게서 시선을 거뒀다. 모든 걸 뺏긴 이상 핫산은 더 이상 먹잇감이 아니었다.

이후 한참을 걸어 다 쓰러져 가는 판잣집 앞에 도착한 핫산은 재빨리 양손으로 얼굴을 비비며 묻은 흙과 먼지를 털어 냈다.

그러곤 문 대신 달린 커튼을 박차며 집 안으로 들어갔다.

"다녀왔습니다!"

"하, 핫산! 콜록! 콜록!"

병상에 누워 있다가 깜짝 놀라 몸을 일으킨 삼십대의 깡마른 여성.

핫산은 오늘도 찢어지는 기침을 내뱉는 엄마의 모습에 이를 악물었다가 이내 환하게 웃으며 다가가 한 줌의 의약품과 초콜릿을 내밀었다.

방금 전 파미르라고 자신을 소개한 사람이 몰래 준 그 것들을.

"짜잔! 엄마 이게 뭔지 알아? 약이래, 약!"

"핫산−!"

어미는 자신을 위해 위험을 무릅쓴 자식의 모습에 결국 무너지고 말았고, 빈민가를 빠져나온 사내들은 의료와 포교 활동을 하고 있는 이들을 보며 눈을 가늘게 떴다.

"더 지켜볼 순 없겠군. 저놈들이 곧 칸다하르로 이동한 다고?"

"어. 통역으로 잠입한 동료가 그렇게 말했어."

"지도자님에게 보고해. 저들이 주 알라의 은총이 서린 이 땅을 더 이상 더럽히기 전에 시작하자고."

"괜찮을까? 한국은……."

"미군의 앞잡이일 뿐이지."

"후. 우리 같은 작은 종파가 저들을 건드려도 될지 모 르겠네."

있는지도 없는지도 모를 작은 조직인 그들.

만약 이 계획이 성공을 한다면 탈레반 거대 종파들을 상대로도 높은 발언권을 얻게 될 테지만, 실패한다면 외 면당할 것이다.

그러면 자신들은 분노한 저들 정부군에 의해 그대로 쓸 려 나갈 것이다.

"그렇게 된다면 그 역시도 알라의 뜻이겠지. 모든 것은 신의 뜻대로. 알라 후 아크바르."

"……알라 후 아크바르."

광신도들은 자신들의 모든 것을 건 전쟁을 준비했다.

* * *

"뭐라고요? 지, 지금 호위 병력도 없이 움직이겠다고요?!"

목사는 말도 안 되는 말에 펄쩍 뛰었다.

이 사람들이 지금 제정신일까.

"하하. 뭘 그렇게 놀라십니까. 요 며칠 지켜보니 모두 다 착하던데요!"

"아니, 그거야……!"

이곳이 중요도가 떨어진 빈민가니 그런 거다. 지금도 외국인들이 모여 있는 곳에선 하루에도 몇 번씩 총성과 폭발음이 울린다.

아무래도 그런 소리를 듣지 못해서 저들의 머릿속에 꽃밭이 생긴 것 같다.

"그리고 보디가드를 구할 돈도 없고요."

"그럼 파견군…… 빌어먹을!"

한국군이나 미군에게 다른 도시로 포교를 하러 갈 테니 호위해 달라고 말하면 어떤 반응을 보일까.

곧바로 구금이다.

"후. 김 교수님, 차라리 여기서 멈추는 게 어떻겠습니까?"

"십자가 앞에서 한 약속은 지켜야죠."

"……빌어먹을! 마음대로 하세요! 난 분명 경고했습니

다. 경고했어요!"

결국 질려 버린 목사는 몸을 돌려 사라졌고, 그런 그를 보던 교수는 코웃음을 쳤다.

"겁쟁이 같으니. 자, 우리도 가자!"

"네!"

"핫산, 잘 있어! 파미르, 바이바이!"

그동안의 수고와 노력이 통했던 건지 마중 나온 사람들을 향해 해맑은 미소로 손을 흔들어 준 학생들은 버스에 올라탔고, 교수는 운전석에 앉은 통역사에게 신호를 줬다.

"무함드, 출발!"

"예. 출발합니다!"

통역사, 무함드의 서늘한 미소와 함께 버스가 출발했다.

부르릉!

핫산은 멀어지는 버스를 계속 응시하다가 돌아섰다.

부르릉!

아프가니스탄의 수도 카불을 벗어나고도 한참 동안 외진 도로를 달린 버스 안.

목사의 반응이 마음에 걸려 긴장을 했던 교수와 학생들의 어깨가 펴진다.

"뭐야. 별일 없잖아?"

"에이씨. 괜히 겁먹었네."

"크흠. 이러니 사람은 늙으면 죽어야 하는 거야."

"어? 그럼 교수님도?"

"이놈의 자식이?!"

"죄송합니다!"

"으하하하!"

웃음이 울려 퍼지며 긴장이 풀어진 그들.

그런 그들은 곧 심심함에 몸부림을 쳤다.

한국에서야 핸드폰으로 인터넷을 하든 친구와 문자를 보내든 할 텐데, 이곳에선 그럴 수가 없다.

"어우. 입도 심심한 게……."

디리링!

사람들은 갑자기 울리는 기타 소리에 고개를 돌렸다가 활짝 웃었다. 드디어 지루함에서 벗어날 걸 찾은 그들의 눈빛.

"전도사님! 우리 심심한데 찬송가 부르죠!"

"그럴까? 종철아, 아무거나 반주 넣어!"

"아냐, 아냐! 우리 시스터 액트로 가자!"

"오 해피데이?"

"고고고!"

"시작한다?"

디리링!

"오 해피데이?"

"오 해피데이!"

기타 소리에 맞춰 합창을 시작한 그들.

버스 밖까지 그들의 노랫소리가 울려 퍼졌다.

그렇게 얼마나 달렸을까.

절로 신이 나고 힘이 나던 찬송가도 지쳐 버려 의자에 늘어져 있던 그들은 아주 저 멀리 도시가 보이자 눈을 빛냈다.

　'물!'

　'밥! 음료수!'

　"무함드! 저기 시티 스톱! 푸드 잇팅. 드링크 벌컥벌컥. 오케이?"

　"오케이! 오케이! 알았어!"

　'병신 같은 것을. 좋댄다.'

　혹시라도 이들에게 호위 병력이 따라붙을까 얼마나 걱정했던가.

　'이놈들은 그냥 병신이군. 우리가 아니었어도 곧 누군가 잡아먹었겠어.'

　이들을 보자 한국이란 나라는 대체 어떤 꽃밭일까 의문이 든다.

　'한국에 일하러 다녀온 친구들 말에 의하면 엄청 살기 힘든 나라라고는 하던데…….'

　거긴 지옥이라는 말을 자주 했다.

　그래서 의문이었다.

　'뭐 그게 무슨 상관이야. 어차피 한국에 가지도 않을 건데.'

　무함드는 이내 콧노래를 흥얼거리며 버스를 계속 몰았고, 이내 곧 약속된 장소인 도로, 표식이 나타나자 급히 브레이크를 밟았다.

끼이익!

"악! 무함드. 여기 아냐. 저기, 저기 시티!"

철컥!

"노, 노. 스톱. 앉아."

교수와 학생들은 자신들을 가리키는 쇠뭉치에 잠시 상황을 이해하지 못했다가 이내 눈을 부릅떴다.

"무, 무함드?"

총. 권총이다.

사람들이 하얗게 질리는 그 순간이었다.

후다다다닥!

도로 옆 수풀에서 튀어나와 버스 안으로 난입하는 일단의 사람들.

그들의 손에 들린 커다란 총에 교수와 학생들의 얼굴이 파랗게 질렸다.

그리고…….

"모두 꼼짝 마!"

타다다다당!

"으악……!"

"꺄아아악!"

버스는 삽시간에 아비규환이 되어 버렸다.

* * *

―총 24명의 기독동아리 회원들이…….

쿵!

인천공항을 돌아다니던 사람들이 곳곳에 설치된 TV를 멍하니 응시한다.

"최, 최 팀장님!"

하얗게 질려 종혁을 보는 조은별 팀장.

종혁은 이를 악물었다.

"씨발. 결국 터졌네."

왜 사람은 꼭 하지 말라는 짓을 하고 마는 걸까.

띠리링! 띠리링!

-최 팀장!

"지금 가겠습니다. 최재수! 오 경감님!"

"예!"

종혁은 바닥을 박차며 본청으로 향했다.

(회귀 경찰의 리셋 라이프 19권에서 계속)

[우리 아카데미 정상 영업합니다]

아카데미가 망했다
ROHRAN 판타지 장인소

풍운의 꿈을 안고 상경한 아몬 드레이크
유서 깊은 아모니스 아카데미의 교사로 부임한 첫날
충격적인 소식을 접하고 마는데

"소식 못 들었소? 이 아카데미, 파산 직전이오."

게다가 아카데미에 남은 사람이라고는
도박에 빠진 학장과 주정뱅이 교사들뿐
아몬은 생각했다

"아카데미가 망하면 계약도 무효가 되지 않을까?"

탈출은 지능순이라 했다
인생을 갈아 넣기 싫다면 아카데미를 망하게 해라
세상 현명한 남자의 아카데미 탈출기가 시작된다!